Né à Paris en 1973, Antonin Varenne passe son enfance aux quatre coins de la France, puis sur un voilier. Au sortir de l'université, il devient alpiniste du bâtiment, vit à Toulouse, travaille en Islande, au Mexique et aux États-Unis. Revenu en France, il s'installe dans la Creuse et se consacre désormais à l'écriture. Il a publié une dizaine de romans parmi lesquels *Fakirs* (2009) – « Prix Michel-Lebrun », « Prix Sang d'encre 2009 », « Prix du meilleur polar de Points 2010 » – et *Le Mur, le Kabyle et le Marin*, (2011) – « Prix Quais du Polar 2011 », « Prix Amila-Meckert 2011 ».

L'Artiste a été couronné par le « Prix Rive Gauche à Paris 2019 ».

DU MÊME AUTEUR

Le Gâteau mexicain
Toute latitude, 2008
et « Points », nº P4189

Fakirs
Viviane Hamy, 2009
et « Points », no P2492

Le Mur, le Kabyle et le Marin
Viviane Hamy, 2011
et « Points », nº P3031

Trois Mille Chevaux vapeur
Albin Michel, 2014
et « Le Livre de poche », nº 33924

Battues
La Manufacture de livres, 2015
et « Points », nº P4393

CAT 215
La Manufacture de livres, 2016
et « J'ai lu », nº 11848

Équateur
Albin Michel, 2017
et « Le Livre de poche », nº 35112

La Toile du monde
Albin Michel, 2018
et « Le Livre de poche », 2020

Antonin Varenne

L'ARTISTE

La Manufacture de livres

L'Artiste est une version rééditée
et entièrement revue et corrigée par l'auteur
du titre *Le Fruit de vos entrailles*
paru en 2006 aux éditions Toute Latitude

ISBN 978-2-7578-7285-7
(ISBN 978-2-35887-529-5, 1ère publication)

« Ceux qui se félicitent aujourd'hui de voir la ville si calme, engluée dans le continuum du temps bergsonien de la domination et de l'ennui, pourraient se trouver un jour bien étonnés. Mieux que toute autre, l'histoire de Paris rouge illustre la remarque de Benjamin que le temps des opprimés est par nature discontinu. Au cours des combats de juillet 1830, des témoins concordants et stupéfaits affirment qu'en plusieurs endroits de Paris les insurgés faisaient feu sur les horloges des monuments. »

Éric HAZAN, *L'Invention de Paris*

1.

Paris grandit comme une vague nucléaire, poussant ses peurs vers l'extérieur. Elle se dilate, son centre se vide et les plantes du vide, la misère et la révolte, sont sa dernière enceinte. Les barricades, quand elles naissent sur les faubourgs, progressent vers le centre. Comme les ondes d'une bassine. L'écho de la périphérie. Qui ce jour-là soufflait un petit vent frais sur la nuque de la capitale. Un courant d'air humide, venu du nord, chassant au-dessus de Ménilmontant les nuages de la dernière averse. Des haubans de soleil balayaient les rues et les toits de zinc, faisaient briller les vitres des vieilles huisseries, et passèrent un instant sur un ancien immeuble de trois étages aux enduits fissurés. C'était un morceau usé du quartier, coincé entre deux barres neuves de béton, une dent cariée sur laquelle on continue de mâcher. De ses gouttières en dentelle, brillantes comme des diamants souples, des gouttes d'eau tombaient encore sur le trottoir. Le soleil continua son chemin sur le boulevard, mais au rez-de-chaussée dc l'immeuble, occupé par un bistrot défraîchi au nom mal choisi de Bar du Matin, restèrent accrochées les couleurs d'un lever de soleil peint à la main. Le nom de l'établissement était aussi peint à la main, en lettres dégoulinantes, par un artiste local payé au verre. Devant l'entrée, un grand homme maigre agitait ses longs bras tatoués. Deux flics en uniforme l'encadraient, eux-mêmes cernés par des parasols Kronenbourg déchirés, des tables et des chaises renversées, couverts de gouttelettes argentées. Entre les éléments épars du mobilier chaviré, un sac caoutchouteux, noir et luisant, gisait. Deux hommes en blouse blanche déposaient sur un brancard une jeune femme inanimée. Le trottoir était mouillé, gras et glissant. Autour de la terrasse foudroyée, une poignée d'agents nerveux contenait la foule qui débordait sur le boulevard. On se tordait le cou et on se bousculait pour voir. Un véhicule de réanimation du SAMU s'éloignait sirène hurlante.

De l'autre côté du boulevard de Ménilmontant, là où finit Belleville et où commence Paris, un vieux coupé Mercedes noir se gara. Un homme blond, costume clair et tête haute, en descendit et traversa la chaussée. Virgile Heckmann fendit la foule en brandissant sa carte tricolore, un agent du cordon s'écarta pour laisser le lieutenant entrer dans le cercle. La confusion y régnait. Heckmann fit signe à un jeune agent, qui se faufila entre les meubles valdingués et se présenta au rapport, les doigts sur ses coutures de pantalon. Le bleu connaissait le lieutenant de réputation ; protégé du ministère, appelé à une grande carrière. Heckmann, flic sans humour.

– C'est pas beau, lieutenant. Une fille qui a tenté de se suicider. On ne savait pas qui appeler.

Le jeune flic était émotif. Heckmann jeta un coup d'œil à la femme inconsciente qu'on roulait dans un véhicule d'urgence. Il ne comprenait pas non plus ce qu'il faisait là, les suicides ne le regardaient pas, encore moins ratés.

– Mais comme un des deux enfants est mort, on s'est dit que c'était pour vous.

Heckmann se retourna. Pourquoi n'avait-il pas remarqué plus tôt le sac noir ? Parce qu'il semblait vide, à peine rempli par le corps à l'intérieur ? Il observa encore, refit le compte des acteurs, leva les yeux vers les fenêtres, les baissa sur la terrasse éclatée. Le jeune gardien de la paix avait les lèvres blanches. S'il ne l'avait déjà fait, il allait vomir.

– L'autre gamine est mal en point, elle est déjà partie à l'hôpital. La mère est inconsciente. Elle a sauté du deuxième, sur la terrasse, avec ses deux mômes dans les bras, lieutenant.

Virgile Heckmann accusa le coup, serra les dents.

– CRS de Belleville. Dispersez la foule.

La netteté de l'ordre redonna un peu d'assurance au bleu. Le soleil repassa sur la terrasse et l'immeuble, soulevant les parfums de la ville mouillée, mélange d'hydrocarbures, de cuisine et de poubelles. Le SAMU emporta la mère, sirène à plein volume. Heckmann marcha jusqu'au sac, s'accroupit et tira sur la fermeture Éclair. Un gamin de trois ou quatre ans, crâne défoncé, baignant dans son sang que le plastique retenait précieusement, l'empêchant de se mêler aux déchets du trottoir.

Rond-point du métro Ménilmontant, trois J5 croisèrent le véhicule du SAMU. Les gros bras de la Compagnie républicaine de sécurité se déversèrent sur le boulevard, bousculant sans retenue Chinois, Kabyles, les clochards et les badauds, les étudiants à vélo et les premiers journalistes. En cinq minutes, vingt mètres de trottoir devinrent un désert quadrillé. Autour du vide, le flux humain continua de s'écouler, contournant la ligne de casques muets et de boucliers en plexiglas.

Heckmann entra dans le bar miteux. Des flics notaient les noms et coordonnées de trois autres témoins encore livides. Le patron, maigre et tatoué, était assis au bar et se grattait les cuisses. Dehors, un légiste et un type du labo étaient arrivés pour prendre mesures, notes et photos. Après avoir entendu le patron qui n'avait rien à dire sinon que la mère était une habituée et qu'elle était *tombée d'en haut* Heckmann monta au deuxième étage de l'immeuble. L'escalier en bois sentait la pisse de chat et les marches étaient molles. Le palier n'avait qu'une seule porte, sur laquelle un brigadier bien en chair posait des scellés. En silence, il laissa passer le lieutenant dans l'entrée minuscule.

À droite, une salle de bains étriquée, baignoire sabot à l'émail écaillé. En enfilade, une petite cuisine en contreplaqué marron, table en formica jaune aux angles décollés, trois chaises dépareillées, des bols renversés, sur le linoléum des céréales dans une flaque de lait. À gauche, une porte donnait sur un salon-chambre-à-coucher chaotique. Lit d'enfant dans un coin, canapé-lit déplié, draps froissés, vêtements en boule et peluches. Un autre flic, penché à une fenêtre du salon, regardait en bas.

– Eh Bernard ! Tu crois que tu t'en sortirais, toi ? Peut-être, si tu tombais dans un verre de Ricard ! Ha ! Dis, ça y est, il est barré le Saint ? Oh ! Tu m'entends ?

Le flic se retourna, vit le lieutenant et sortit la queue entre les jambes. Heckmann prit sa place. Vue d'en haut, la terrasse semblait soufflée par une grenade. Il sentit sous ses mains le contact désagréable des gouttes froides, sur le zinc de l'appui de fenêtre, et essuya ses mains sur sa veste. Il ressortit et sur le palier questionna le flic gras du bide.

– Rien, inspecteur, aucune lettre. Elle a pas laissé d'explication. Tout ce qu'on a trouvé, c'est un peu de haschich. Certainement un acte de folie, inspecteur.

– Vous en savez quelque chose, vous, de la folie ?

– Ben, ça fait vingt ans que je suis policier, inspecteur.

Vingt ans de carrière faisaient-ils d'un flic un connaisseur ou un fou ? Heckmann ne prit pas la peine de relever l'ambiguïté du propos, ni le titre obsolète d'inspecteur que le vieux brigadier lui donnait. Il redescendit les deux étages, passa dans le hall d'entrée devant une boîte aux lettres marquée de trois noms en déliées hésitantes et sortit du bâtiment. Les gars du labo étaient partis, on avait finalement emporté le petit cadavre et le patron du bar, regardant en l'air comme si un nouveau malheur allait lui tomber dessus, remettait sa terrasse en ordre.

Il se glissa dans le vieil intérieur cuir de sa Mercedes, au parfum de passé rassurant. Il enfila le boulevard, jusqu'à Nation où il prit la direction de la gare de Lyon.

Le diagnostic de la folie ne servait qu'à rassurer les flics fatigués et trop exposés à la réalité, comme leur humour macabre. Mais ils avaient tous appris, comme Virgile, que le suicide était parfois une réponse rationnelle à la condition humaine. C'était la clarté de cette conscience, avec les années de carrière, qui endurcissait les flics. Et bien que la plupart auraient refusé d'employer un tel mot, que se jeter d'une fenêtre avec ses enfants pouvait être le résultat d'une soudaine, étouffante et insurmontable bouffée d'amour.

Il était 16 heures quand il arriva quai des Orfèvres. Un crachin collant se mit à tomber sur la ville.

2.

Maximilien Marty, sortit du périphérique porte de Bercy, pour tourner aussitôt à gauche vers Bercy 2. Il était 22 heures, le crachin tombait depuis l'après-midi et comme les embruns d'une cascade avait lentement trempé Paris. Les lumières se reflétaient sur la masse ventrue et le métal ruisselant du centre commercial. Les architectes de ce monument à la gloire des week-ends en famille avaient réussi un tour de force : dessiner en 1990 une larve intergalactique des années 1960, échouée aux portes de Paris. Max traversa le parking désert, suivant les panneaux indiquant le centre de secours. Il descendit sa vitre, jeta son mégot et regarda la petite incandescence rouge atterrir dans une flaque.

Au-dessus d'une double porte découpée dans la carapace du bâtiment, une enseigne lumineuse annonçait « Local Pompiers ». Trois voitures étaient stationnées devant. Assis sur le capot avant d'un vieil Express Renault, un type aux longs cheveux blonds fumait. Max se rangea à côté de lui et sortit de son Espace cabossée.

– Salut Osdez.

– Salut Max.

Le type à la crinière blonde lui tendit un joint.

– On peut pas fumer à l'intérieur !

– Ça va toi ?

– Tranquille.

Ils finirent le pétard, laissant le crachin les couvrir de paillettes de mercure, avant de sortir des coffres les sacs Petzl et les cordes.

– Tu trouves pas que ça ressemble à une larve ce truc ? demanda Max en regardant le bâtiment.

– On dirait une merde en armure, dit Osdez. Ils rigolèrent, la bouche un peu sèche. Un type de chez Vertical est tombé sur le parking y a deux ans. Une saloperie de plaque a coupé sa corde. Faut des élingues pour bosser là-dessus. Il a atterri sur une voiture, mais ça l'a pas sauvé.

Sacs aux dos, les deux hommes poussèrent les portes du centre de secours. Un large couloir menait vers les galeries marchandes, à gauche le comptoir des pompiers. Derrière, une rangée d'écrans de contrôle noirs et blancs montrait les entrées et les allées du centre vide. Un soldat du feu, du haut de son mètre quatre-vingt-dix, se leva pour les saluer. Il avait des dents de cheval et les manches de sa veste étaient un peu courtes pour ses vingt-cinq ans.

– C'est les monte-en-l'air, c'est ça ?

– Ouais, c'est ça, répondit Osdez en regardant ses cordes.

– Je vais vous montrer le vestiaire. Si vous avez besoin de quelque chose, vous nous le dites les gars, on est là pour ça. Moi c'est Jérôme. Le centre est fermé maintenant, vous allez pouvoir bosser tranquilles. Il me faut juste vos noms et des cartes d'identité.

– Les nôtres ? dit Osdez.

Max pouffa. Osdez reprit très lentement.

– OK, c'est Maximilien Marty, M.A.R.T.Y, Max si tu préfères – le pompier nota sur un bordereau d'entrée – et Laurent Osdez, O.S.D.E.Z. La société c'est AcroJob, A.C.R…

Max serra ses lèvres sur un éclat de rire incontrôlable qui fit un bruit de pet.

– Ça va j'ai compris, coupa le pompier. Les casiers sont au fond, là-bas.

Les deux associés poussèrent des portes coupe-feu ouvrant sur un autre couloir crème.

– Connards ! siffla le pompier dans sa grande bouche de décapsuleur.

Max et Osdez attendirent que les portes se referment pour éclater de rire. Même pas un calendrier d'outillage dans le vestiaire. Comme souvent ces derniers temps après qu'il eut ri, un cafard terrible rattrapait Max.

Ils enfilèrent leurs combinaisons de travail – c'était Osdez qui en avait choisi les couleurs, manches rouges, torse jaune et jambes vertes –, puis les baudriers, descendeurs, jumars et mousquetons, toute la clique. Max regarda Laurent.

– Je m'y fais pas à ces combinaisons. Tu sais que la Jamaïque, c'est pas un paradis. C'est un mythe.

– Personne s'en est plaint. Et puis on se souvient de nous, pas vrai ?

Quand ils repassèrent devant le comptoir, le premier pompier avait été remplacé par un autre, plus vieux et moins sympathique. Dehors, le crachin était enfin devenu une vraie pluie et c'était comme une libération, parce qu'on imaginait que ça ne pourrait plus durer éternellement. Ils déchargèrent en vitesse une échelle à trois brins du toit de l'Express, du coffre de l'Espace des seaux, des joints d'étanchéité, des cartouches de silicone et des pistolets à colle.

Dans le centre commercial, tels des vivants dans un cimetière, ils marchèrent en silence. Les brins de l'échelle s'entrechoquaient, les mousquetons cliquetaient, les anses des seaux grinçaient.

– On dirait du Pierre Henry, pensa Max tout haut, encore légèrement planant.

Les magasins, éclairés seulement par les groupes de sécurité, étaient morts, grilles baissées sur leurs trésors soldés. Seules les allées étaient allumées, plein feu, pour que les pompiers ne se perdent pas en faisant leur ronde.

– Ouais, remarqua Osdez, défoncé. C'est aussi animé que le salon de la charcuterie à Kaboul.

L'équipe AcroJob s'arrêta au pied d'un escalator magnifique et droit, ascenseur pour les deuxième et troisième niveaux du bonheur, électroménager et crédits à vie. Vingt mètres au-dessus de l'escalier mécanique, une verrière donnait sur la nuit noire.

– Combien on leur a pris pour ce job, Max ?

– Trois mille.

– Trois mille francs ?

Max était en charge des finances.

– Euros.

– Ah. On se fait un joint, non ?

Max dressa l'échelle sur les dernières marches de l'escalator pendant que Laurent roulait un petit marocain. Entièrement dépliée, l'échelle atteignait une poutrelle depuis laquelle ils pourraient progresser dans la charpente métallique, jusqu'à la verrière. Max redescendit les marches vers son collègue.

– Y a pas de caméras à l'intérieur, on se balade ?

Ils étalèrent leurs cordes au sol pour donner un air besogneux à la scène et se mirent en marche. Laurent, né dans les bassins houillers du Nord plutôt que sur une plage ensoleillée, allumat le pétard. Le parfum de marie-jeanne les suivit dans les allées.

Les fringues babas cool étaient à la mode, des machines à laver trônaient comme des victoires sur des estrades, des ordinateurs sommeillaient sur des étagères, les rangées de caisses enregistreuses attendaient les heures d'ouverture et les salaires minimums. Max laissa Laurent finir le joint car sa déprime s'aggravait à chaque latte.

– Ça va pas, Max ?

– Le bourdon.

– C'est l'arrivée de ton gamin. Ça m'avait fait aussi ça pour mon premier. Comment va Hélène ?

– Ça va.

– C'est pour bientôt, non ?

– Un mois et demi. 28 octobre. C'est annoncé au jour près, comme une date d'exécution.

– Quand y s'ra là, tu penseras plus à rien d'autre. Et les enquêtes, t'as complètement arrêté ?

– À part les histoires de coucheries, les détectives privés font plus que dans l'informatique. Les arnaques, les usurpations d'identité. J'y connais rien en informatique et ça m'amuse plus, les photos de mecs qui s'envoient la meilleure copine de leur femme. Ou les nanas qui s'envoient le meilleur pote de leur mari. Merde, qu'ils se mettent d'accord sans moi. Je sais pas ce qui m'a pris de croire un jour que j'allais rendre service en faisant ce boulot. J'ai fait qu'annoncer des mauvaises nouvelles. Les gens pensent qu'ils veulent la vérité, mais j'en ai pas rencontré beaucoup qui la supportaient.

Laurent n'insista pas, il se planta avec le joint devant une boutique de cordonnerie qui faisait aussi des clés, des plaques d'immatriculation et des photocopies, tout un univers qu'il entreprit d'explorer méthodiquement. Max continua à marcher un peu, passa devant une boutique de sous-vêtements féminins et ressentit une excitation en promenant ses yeux verts sur les photos. Le sexe pendant une grossesse, comme la bouffe pendant la guerre, nourrissait à peine son homme. Laurent le siffla doucement. Derrière le chti se pointait le grand pompier de l'accueil, le jovial. Osdez glissa en vitesse la fin du joint dans une poche poitrine de sa combinaison. Le pompier aux dents de castor avait la main à la ceinture, posée sur une bombe anti-agression. Batman dans un costume de Jacques Brel.

– Vous n'avez pas le droit de vous promener dans le centre.

Osdez, de plus en plus défoncé, souriait de toutes ses dents bien alignées.

– On cherchait les chiottes, chef.

– Vous n'avez pas le droit de fumer non plus.

– Bien sûr que non, chef !

Ils passèrent devant le pompier, qui s'éloigna sur ses grandes jambes arquées. en soufflant encore une fois :

– Connards !

Max perdit son blues dans un fou rire.

– Merde ! Osdez tapota la poche en feu de sa combinaison.

Laurent attacha deux brins de cordes à un anneau de son baudrier et monta à l'échelle pour atteindre la poutrelle. Sur un point haut de la structure, il fit un cabestan, glissa la corde dans son anti-chute et, en sécurité, commença à progresser dans la charpente. Arrivé au centre de la verrière, il noua la seconde corde et laissa le mou pendre jusqu'aux marches en métal. Max y accrocha les seaux et le matériel d'étanchéité, que Laurent remonta jusqu'à lui. Max à son tour grimpa à l'échelle.

À mi-hauteur, Osdez le siffla encore. Max leva la tête, Laurent montra le bas avec son pouce, Max baissa la tête. Le vieux pompier à tronche de barbouze était accoudé à la rampe de l'escalator, tout en bas, une main nonchalamment pendante au-dessus de la commande d'activation. Laurent avait un sourire figé au visage. Max regarda le pompier, puis les pieds de l'échelle six mètres plus bas, sur les marches roulantes. Le pompier ne bougeait pas. Max riva ses yeux dans les siens, il allait redescendre quand la radio du pompier se mit à crachoter. Une fois. Une seconde fois. Le pompier à brosse réglementaire s'éloigna.

– C'est qui ce faf ? dit Osdez.

Max finit de grimper à l'échelle et ils se mirent au travail, tout le bénéfice des pétards était perdu : le pompier les avait fait redescendre brutalement. Pendant trois heures ils remplacèrent les étanchéités pourries de la verrière. À 2 heures du matin, Max annonça une pause. Ils se laissèrent tomber dans leur baudrier, les cordes doucement élastiques se mirent en tension et, suspendus en l'air, ils firent quelques étirements.

– Faut pas qu'on s'énerve, j'ai facturé trois nuits de boulot et on a déjà fait la moitié. En plus, on se casse le dos dans cette charpente.

– C'est clair, faut y aller tranquil…

Une détonation, venue de quelque part dans le centre commercial.

– Merde. C'était quoi ça ?

Trois secondes passèrent, quelqu'un gueula « Stop ! » Un deuxième coup partit, plus proche cette fois. Court silence. Tap, tap, tap… Des chaussures claquaient sur les dalles. Quelqu'un venait vers eux en courant. Max éjecta la clé de son descendeur et laissa filer la corde, il lâcha la poignée pour s'arrêter lorsqu'il eut une perspective plongeante sur l'allée principale. À cinquante mètres, un corps était couché sur le sol et un type courait comme un dératé vers l'escalator, un flingue à la main. Derrière l'escalier mécanique, l'allée se rétrécissait et des grilles bloquaient le passage. Le type armé regardait partout, cherchant une issue, et ses baskets grinçaient sur le sol lustré. Derrière lui, le vieux pompier arrivait ventre à terre, gueulant dans sa radio. Le type en fuite n'avait qu'une issue : l'escalator immobile. Paniqué, il vit l'échelle, mais pas la corde ni le type suspendu six mètres au-dessus de lui. Il attaqua les marches quatre à quatre. En pleine foulée, il leva finalement les yeux pour voir ce qui agitait cette corde. Il prit les deux pieds de Max en pleine tête.

Une demi-heure plus tard, des tas de nouveaux bruits couraient dans les couloirs. Des sirènes, des roues de brancard, des bottes, des radios, et la rumeur qu'un grand pompier aux oreilles décollées était mort, du bruit qu'avait fait une balle de .38 dans sa tête.

– Vous lui êtes tombé dessus ? De là-haut ? Le flic regardait la verrière, incrédule. Mais c'est vachement haut !

– J'avais une corde.

– Ah ouais.

Max demanda ce que le mec qu'il avait assommé faisait là.

– Il braquait la pharmacie du centre. Le pompier qui l'a surpris a sorti sa lacrymo, l'autre un révolver.

Le braqueur estourbi se réveillait tout juste et les flics défaisaient encore les nœuds. Osdez l'avait emballé comme une momie dans cinquante mètres de corde d'escalade. Laurent Osdez, totalement défoncé par l'énorme joint qu'il avait fumé avant l'arrivée des flics. Deux infirmiers passèrent en poussant une civière recouverte d'un drap blanc. Osdez allongea un coup de pied discret dans les côtes du braqueur.

– Connard.

Un capitaine de police, contrarié d'avoir été tiré du lit, fit rapidement le tour du problème et dit aux deux types dans leur combinaison rasta de passer pour les dépositions, demain 11 heures, au commissariat central du XIIe arrondissement.

Max et Laurent redescendirent leur matériel, plièrent l'échelle et leurs gaules. Une nouvelle équipe de pompiers avait pris la relève et le parking s'était passablement rempli d'orange, de rouge et de bleu. Ils virent passer une équipe de nettoyage, deux Algériennes qui semblaient plus habituées que d'autres à se lever au milieu de la nuit pour faire le ménage. Le centre commercial ouvrait dans quelques heures, des morceaux de cervelle de pompier commençaient à sécher sur les dalles.

Osdez proposa un dernier pétard, Max dit qu'il allait plutôt essayer de dormir.

– Il avait une bonne tête le pompier, conclut Osdez.

Max tourna le contact de son diesel sans préchauffer et insista jusqu'à ce que le moteur démarre dans un claquement de pistons froids. Laurent resta un moment à planer au milieu des gyrophares, à regarder les couleurs se refléter sur les plaques d'acier de Bercy.

– Ça va faire un putain de drôle de papillon, quand il va éclore, ce cocon.

3

Le lendemain, les deux collègues se retrouvèrent devant le 80 avenue Daumesnil. La moiteur de ce mois de septembre pluvieux, succédant à deux mois de canicule, donnait l'impression que la climatisation générale, quelque part, était tombée en panne. Les vêtements collaient à la peau, les visages étaient luisants. Laurent était tendu et ce n'était pas dans ses habitudes. Max n'avait pas fermé l'œil de la nuit, des heures à tourner dans les draps collants, à côté d'Hélène qui prenait toute la place et dormait pour deux. Le matin était arrivé comme une défaite. Ils croisèrent le vieux pompier qui sortait du bâtiment, totalement abattu. Dans le commissariat régnaient l'ordre et une effrayante gaieté corporative. Selon Max, deux choses surtout étaient à craindre dans ces endroits : la salle du fond où on se faisait tabasser, et la syntaxe policière. Ils poireautèrent une heure avant que se pointe un flic gueulant que c'étaient eux, les types qui avaient assommé le braqueur avec une corde ! Ils eurent droit à des sifflets et des blagues sur l'homme-araignée. Le policier s'installa devant son clavier d'ordinateur.

– À ce jour du 9 septembre 2001, quel métier exercez-vous à titre d'activité professionnelle ?

Ils ressortirent une heure et demie plus tard, après avoir appris que le tueur-dealer-braqueur était bon pour vingt ans de réclusion carcérale, du fait de ses récidives à plusieurs reprises et aggravées, sic. Max annonça à son collègue qu'ils ne bosseraient pas cette nuit. Il avait besoin de repos. Ils se quittèrent en pensant tous les deux au pompier à brosse dont le fils, pompier lui aussi, s'était fait descendre la nuit passée à Bercy 2.

Malgré ça, parce que c'était un dilemme moral d'un autre ordre, Max se demanda comment sa conscience allait supporter la responsabilité d'une peine de vingt ans ? Ce n'était pas le genre de chose dont il avait l'habitude. L'anarchiste en lui rechignait déjà.

Boulevard de Belleville, il suivit au ralenti une balayeuse de Paris Ville Propre, puis vira à droite rue des Couronnes. Il arriva rue Henri-Chevreau dans un état de fatigue et de nerfs désastreux. L'ascenseur le remonta du parking souterrain au sixième étage. Aimanté sur le frigo, un mot d'Hélène lui disait qu'elle était chez sa gynéco et qu'elle l'aimait. Sur la table du salon, dans un sac en papier kraft, il trouva des vêtements pour nourrisson. Il retourna à la cuisine se chercher une bière. Depuis qu'Hélène était sortie des toilettes sept mois plus tôt en agitant un thermomètre bleu, tout avait déraillé, le bonheur, le sexe, le goût des aliments. En plein spleen, il fit l'erreur d'ouvrir *Libération*, à la page des faits divers, habitude persistante de détective privé. Le premier entrefilet qu'il lut racontait qu'une jeune mère s'était défenestrée, avec ses deux mômes, d'un immeuble de Ménilmontant à cinq minutes à pied de chez lui. Il essaya d'appeler Hélène mais tomba sur sa messagerie. Il raccrocha sans laisser de message parce que de toute façon, on n'avorte pas à presque huit mois de grossesse. Il imagina ensuite appeler des filles qu'il avait connues avant Hélène, mais les numéros n'étaient certainement plus attribués, ou bien des enfants allaient lui répondre. Il ouvrit une deuxième bière, s'assit sur le canapé et le chien qu'il avait pris pour un coussin poussa un cri. Max dormait avant d'avoir fini sa canette.

Il rêva que le vieux pompier lui tirait une balle dans la tête, se réveilla en sursaut. Hélène avait jeté son trousseau de clés sur la table basse. Elle se baissa avec effort, tenant son ventre, et l'embrassa sur le front. Un geste maternel qui agaça Max. Les femmes enceintes semblent croire qu'elles sont enfin devenues adultes, entourées d'enfants ; en particulier les hommes.

– Bonjour mon amour. Alors, le commissariat ?

Deux jours plus tard, alors que Max avait repris des forces et retrouvait doucement le moral, deux avions s'écrasèrent contre les tours du World Trade Center de Manhattan, ils s'écrasèrent dans tous les postes de télévision du monde, contre des milliards d'yeux.

4.

Le mois de septembre tirait à sa fin, les jours rétrécissaient, le vent restait au nord et en ce week-end raisonnablement ensoleillé, les Parisiens se promenaient en regrettant de ne pas avoir pris une petite laine supplémentaire.

Des deux côtés d'un axe théorique, des intellectuels texans et islamistes repensaient le monde. La justice et la paix n'allaient pas tarder à régner sur Terre. Paris était en fête et comme toujours en province, régnait la morosité. Paris, elle, avait la culture pour égayer ses soirées. Robert Hossein préparait le procès de Ben Laden au palais des Congrès et place du Tertre à Montmartre, des artistes vous tiraient le portrait en trente minutes sur place ou d'après photo. Jules Armand était un de ces artistes que le monde entier nous envie. Il s'appelait en réalité David Kurzeja, mais trouvait le pseudonyme plus vendeur auprès des touristes américains qui voyageaient encore dans le monde laïc. Pour cinquante euros seulement, il vous faisait un tableau des jours heureux assez ressemblant. Jules finissait sa journée, estimant qu'elle avait été de merde, avec en poche un traveller's chèque American Express de cent dollars (Jules ne rechignait pas à la petite escroquerie touristique), une avance de trente euros et pour modèle la photo d'une adolescente qui lui avait demandé de ne pas peindre son appareil dentaire. Il se pressait car on était samedi et qu'il devait passer au Progrès régler son ardoise, trouver André pour encaisser le traveller's et dégoter un vernissage où casser la croûte ce soir. Il pliait son chevalet et ses boites à couleurs, un type sapé comme un éleveur de la Sarthe en goguette à Paris lui demanda si l'art se vendait bien en ce moment.

– Ouais, j'ai une expo à Beaubourg le mois prochain. Bien le bonsoir.

Le mètre quatre-vingts, la mauvaise humeur et les bras poilus de Kurzeja, d'ascendance slave, dissuadèrent le critique d'art de poser d'autres questions. Jules, artiste *so french*, barda à l'épaule, partit à pied car il n'habitait pas loin et que sa voiture était à la fourrière. Il descendit les pentes de Montmartre, saluant des connaissances et ignorant, princier, les galeries pleines de merdes déjà vues mille fois.

Au Progrès, rue des Trois-Frères, il fila les trente euros qui ne couvraient pas la totalité de sa note. Il promit le reste pour le lendemain, obtint des commentaires sur les nouveaux billets « qui font pas vrais » mais aucune réponse à la question : « Quelqu'un a vu André ? »

Lucas, un peintre abstrait qui attendait la gloire au comptoir, balança un tuyau sur un vernissage dans le Xᵉ. Finalement, tout ce que Jules avait à faire était fait et il était content de lui. Il rallongea son ardoise de deux Ricard avant de repartir pour la rue Sémard.

D'après ses calculs, 21 heures serait le meilleur moment pour s'incruster au vernissage ; avec le trajet, cela lui laissait deux bonnes heures de libres. Puis il se dit que 20 h 30 était sans doute un meilleur choix : si Lucas était au courant, ils ne seraient pas les seuls et à 21 heures, d'autres collègues auraient déjà pillé le buffet. La nuit tombait lorsque Jules passa en vitesse devant la loge de son gardien, car il avait deux mois de loyer en retard. Il traversa la cour intérieure et franchit la porte cochère en enfilade. L'herbe poussait entre les pavés, là où deux siècles plus tôt ruisselaient les germes du choléra, descendus des fontaines pourries de Montmartre. Au fond de la deuxième cour, à gauche de l'entrepôt « André Paul – Vins en Gros », une porte menait à son atelier de l'unique étage.

Jules enleva ses chaussures, enfila des charentaises défoncées, relança le poêle à pétrole et, enfin, se versa un verre de rouge d'une bouteille de corbières entamée.

La moitié du toit de l'atelier était une verrière, certes pleine de fuites, mais tout de même : la lumière justifiait le froid en hiver et le loyer qu'il avait du mal à régler. Quatre fenêtres, dans le mur opposé à l'entrée, donnaient sur la cour. Un réchaud sur un buffet, un évier plein de vaisselle sale, une table et trois chaises constituaient la cuisine. Dans un coin, un lit sans pieds faisait office de chambre, un canapé en velours râpé donnait une impression de salon au milieu de la pièce. La salle de bains était sur le palier mais Jules était le seul à l'utiliser et y négligeait le ménage comme dans son logement. Tout le reste de l'espace était rempli par des chevalets, des tableaux en cours ou abandonnés, des cadres vides, des toiles vierges roulées, des tubes de peinture essorés jusqu'à la dernière goutte, des tas de chiffons et de spatules, un mannequin anatomique rafistolé, devant une fenêtre, qui prenait le soleil.

Jules Armand, peintre du bonheur parisien, laissa tomber sa grande carcasse dans le canapé aux ressorts saillants. Il se roula une cigarette d'Ajja 17 Corsé et contempla sa dernière œuvre, dont il était fier. Un manège en automne, des enfants et des parents, des arbres aux feuilles colorées, une atmosphère nostalgique et réconfortante, sous un ciel gris pâle.

Bien qu'inachevée, la toile était déjà affreuse. Les personnages étaient aussi expressifs que des figurines Playmobil, les feuilles d'automne juraient avec tout ce qui s'en approchait, le ciel tombait comme une tache sur le manège qui évoquait un gâteau de mariage à étages, en train de fondre. Jules se dit qu'il sentait des pieds et qu'il fallait qu'il travaille son ciel. Il attrapa sa palette et ses brosses, glissa dans sa poche arrière un chiffon et s'approcha de la toile avec ferveur. On frappa à sa porte. « Bordel de merde ! »

David Kurzeja, poète slave occasionnellement violent quand il avait bu, reposa son matériel le temps d'envoyer balader celui ou celle qui venait de l'interrompre, certainement un collègue venu lui demander de l'argent, ou un coup à boire. Il ouvrit la porte d'un grand geste : « C'est pour quoi ? » et fut stoppé net. Sur son palier, un type pleurait.

– Vous êtes qui, vous ?... Hé ! Vous êtes le type de tout à l'heure... qui voulait savoir, quoi déjà ? Qu'est-ce que vous foutez là ?

Le péquenot reniflait comme un môme, dans son costume bleu ciel de chez Tati. Jules vit rouge.

– Vous m'avez suivi ?

Le type bafouilla des excuses.

– Ouais, ben vous n'avez rien à foutre ici.

Jules voulut refermer la porte, le péquenot fit un geste timide pour l'arrêter.

– Oh là mon p'tit gars, il va vous arriver des ennuis !

– S'il vous plaît, je ne voulais pas vous déranger, je... c'est seulement que je suis... j'avais besoin de parler à quelqu'un.

Jules s'immobilisa. Il n'était pas assez saoul pour taper sur un freluquet, inoffensif et en pleurs. Il sentait le froid du soir monter de la cage d'escalier et dans son dos la chaleur du poêle s'échapper en courant d'air de son atelier. Sa colère retomba comme une vague.

– Ouais, ben restez pas ici mon p'tit vieux, parce que vous allez geler sur place. Allez boire un verre quelque part si vous avez besoin de parler, j'ai autre chose à faire.

Jules sentait son inspiration se faire la malle et se dit que l'heure du vernissage approchait. Il repoussa la porte, le bonhomme avança encore une fois.

– Merde alors ! Vous êtes Témoin de Jéhovah ou quoi ? Je vous dis que j'ai pas le temps.

Le type rougit et se racla la gorge.

– Non, non, je ne veux rien vous… je veux dire que c'est seulement… Il se tortillait comme un gamin au tableau. C'est seulement que je m'intéresse à l'art !

Et l'inconnu fit de son mieux pour se tenir noblement.

– Pardon ?

– Je voudrais voir vos peintures, dit-il en se redressant.

Quelqu'un avait suivi Jules jusque chez lui pour voir ses tableaux. Dehors la nuit tombait et le palier était froid, le visiteur souriait timidement. David Kurzeja n'était pas particulièrement attendri, mais son ego s'enflammait.

– Bon ben entrez. Ça caille ici, nom de Dieu.

Il referma derrière le type, qui n'osa pas faire un pas de plus dans l'atelier. Il n'était pas tellement plus petit que Jules, seulement voûté sous son costume une ou deux tailles trop grand.

– Entrez, entrez. Vous voulez boire un coup ? Vous n'êtes pas d'ici, non ?

Jules se dirigea vers la table et la bouteille de vin.

– Non, enfin si, j'habite Paris. Et non merci, je ne bois pas.

– Je vous ai pris pour un touriste, sur la place tout à l'heure. Je crois que j'ai pas été très sympa, ajouta Jules dans un élan de diplomatie.

Le type piqua un fard.

– Pas tellement en effet…

– Allez ! Faut pas vous mettre dans cet état, c'est juste que je suis comme ça, vous voyez. Je m'appelle Jules.

Il tendit sa main à l'inconnu qui lui tourna le dos pour regarder l'atelier.

– Je m'appelle Augustin.

Jules resta un instant le bras tendu puis haussa les épaules, de sa main inutile attrapa le corbières.

– Vous vous intéressez à l'art, donc ? C'est un portrait que vous voulez ?

Augustin rentra la tête dans ses épaules.

– Non, pas un portrait.

Le type flirtait avec les limites de la patience slave de Jules, qui avait néanmoins du flair pour les pigeons. S'il ratait le vernissage, il pourrait au moins se faire trois ronds.

– Vous voulez voir mes tableaux alors ?

– Oui, s'il vous plaît !

Désarmant. Jules se mit à fouiller dans ses toiles et sélectionner ses préférées, qu'il disposa contre les murs, sur le canapé et les chaises, allumant toutes les lumières de son atelier.

– Voilà !

Augustin contempla émerveillé les croûtes de Jules.

– Vous avez un talent extraordinaire ! Comment faites-vous ? Toute cette beauté ! Et on voit tellement de détails !

Le premier persuadé de son talent, le peintre se lança dans de grandes explications sur son travail, ses techniques et sa mystérieuse inspiration, ce don que la nature ne distribuait pas démocratiquement : on le possédait, comme lui, ou pas. Il convoqua les grands maîtres et les grandes écoles, écorchant les noms et mélangeant les dates. Augustin l'écoutait, admiratif. Devant cet amateur d'art qu'il avait mal jugé, Jules se livra totalement, se permettant même quelques autocritiques que seul le génie autorisait. Augustin reprit des couleurs et Jules ne voyait plus le temps passer, comme si c'était lui, finalement, qui avait trouvé un ami à qui parler.

– Alors ! Lequel tu prends, Augustin ? conclut l'artiste après avoir siphonné la bouteille de corbières.

– Mais… aucun, je ne veux rien acheter. Je veux…

Jules cligna des yeux.

– Tu te fous de ma gueule ? J'ai déballé tout l'atelier pour rien ?

Jules avança vers lui, se transformant en montagne à mesure que l'autre se tassait. Augustin jacta à toute vitesse.

– Écoutez, je ne suis pas venu pour acheter. Je suis venu parce que d'abord vous avez été malpoli avec moi et je voulais des excuses. Mais en fait, ce n'est pas ça. Ce n'est pas ça !

– Accouche ! Qu'est-ce que t'es venu faire ici ?

Augustin, qui s'était remis à sangloter, cria tout à coup :

– Moi aussi je veux être artiste ! Moi aussi je veux peindre !

Les mots firent doucement leur chemin et après un instant de doute, Jules éclata de rire et alla chercher une autre bouteille de corbières sous l'évier, la déboucha et se resservit.

– Bon allez, c'est fini ces conneries, j'ai encore le temps d'aller casser la graine. Rentre chez toi maintenant.

– Je veux faire ce que vous faites. Est-ce que vous pourriez m'apprendre ? supplia Augustin.

– Laisse tomber je te dis. On devient pas peintre comme ça.

– Je veux devenir artiste, comme vous.

Augustin, lèvres tremblantes, prit la bouteille de vin sur la table, la leva à sa bouche et avala une longue gorgée qui lui brûla les tripes. Il essuya ses larmes et rota, devant un Jules à nouveau souriant et attendri. Augustin lui fracassa la bouteille sur la tête. Le peintre chancela, tomba à genoux en portant ses mains à son crâne.

– Non mais je rêve, ducon !

Il secoua la tête, le visage ruisselant de vin, des éclats de verre accrochés à ses cheveux. Augustin, livide, s'avança vers Jules, recula, ne sachant plus quoi faire.

– Je suis désolé.

Il courut à l'évier, trouva une éponge, la reposa, attrapa un torchon, le reposa, saisit un couteau de cuisine, se jeta sur Jules et le poignarda trois fois à la gorge. La carotide du peintre, qui avait un cœur slave, propulsa des jets de sang à travers l'atelier, maculant au passage le manège nostalgique et réconfortant.

Augustin, son costume couleur de ciel bleu maculé de sang vermeil, s'agenouilla pour regarder le corps se vider lentement, maintenant que le cœur s'était arrêté. Il pleurait et murmura les mots que lui inspirait cette vision. De la poésie, pensait-il, vite, avant que la laideur de ce qu'il venait de faire le rattrape. Les beautés terrestres étaient monstrueusement éphémères. C'était un tour du diable, de les faire miroiter, puis de nous les arracher. Seules les œuvres d'art, pensait Augustin, pouvaient les retenir un peu plus longtemps.

– Je vins à Carthage, mon âme avait faim, privée qu'elle était de la nourriture de l'âme, de vous-même mon Dieu. Mais je ne sentais pas cette faim-là, seulement celle que satisfont les nourritures terrestres.

5.

Depuis le 11 septembre, tous les services étaient sur les dents. Mais les insomnies du lieutenant Heckmann remontaient à un mois, au suicide manqué de Ménilmontant. Un sac noir le poursuivait la nuit, quand il s'endormait les échos de gouttes d'eau tombant dessus le réveillaient. Depuis, il avait travaillé sur une autre affaire qui n'avait rien arrangé. Un maquereau serbe avait tabassé à mort l'une de ses filles, deux autres s'étaient enfuies, avaient eu le courage de contacter la police et de demander une protection en échange d'informations. Des cartes de séjour contre un meurtrier, un deal républicain honnête. Le proxénète se prenait pour un grand guerrier et un grand mafieux ; quand on était venu l'arrêter, il avait ouvert le feu au fusil à pompe depuis son pavillon de Gennevilliers. Heckmann, qui coordonnait l'opération avec un groupe du GIPN, avait fait preuve d'un *courage exemplaire*. En réalité, il avait pété les plombs. Sa hiérarchie avait couvert l'incident : *un simple moment d'égarement*, qui n'avait aucune raison de figurer dans le dossier du lieutenant. Il s'était jeté à découvert sous les volées de chevrotine. Pour ses collègues, Heckmann avait fait du zèle.

Les deux prostituées avaient fait plus que leur part ; après le maquereau, elles avaient balancé tout ce qu'elles savaient sur le réseau qui les avait exploitées, tout sur leur parcours depuis des pays ravagés par la guerre jusqu'aux trottoirs de Paris. Le fusil du maquereau, un Spas italien calibre 12 volé, avait aussi allumé une petite lumière : son numéro de série mit les douanes sur la piste d'un trafic d'armes, en parallèle du réseau de prostitution, passant par la Turquie et l'Italie. Les deux filles furent expulsées et renvoyées dans des familles qui n'existaient plus. Elles avaient expliqué qu'elles allaient mourir, mais l'administration française avait rejeté leurs demandes d'asile politique. Elles eurent droit à une consultation avec un psychologue et des billets d'avion. La police se désintéressa du trafic de femmes pour se concentrer sur celui des armes : les journaux firent des sous-entendus sur un possible réseau terroriste, sans éclaircir le rapport qu'il pouvait y avoir entre des nationalistes serbes et des extrémistes islamistes. Heckmann, flic héroïque, avec sa tête de premier de la classe et ses phrases sans accroc, fut de corvée médiatique. On le vit dans les journaux, à la télévision, on l'entendit à la radio. Tout était bon, depuis New York, pour inquiéter et rassurer en même temps. La quantité de lettres de délation reçues par la police était telle qu'il fallut embaucher des intérimaires pour s'occuper du courrier. Sur le bureau d'Heckmann s'empilaient les circulaires Vigipirate et des ordres moins officiels concernant les mesures de protection du territoire. Les Arabes avaient intérêt à être polis avec les flics, parce que les brides étaient lâchées. Les cités, suspectées de tout et chauffées à blanc, allaient exploser au moindre prétexte. Tandis que des circulaires mettaient la pression, d'autres recommandaient donc la discrétion et la souplesse. Sous les képis, la contradiction rendait les choses instables.

Sur le bureau d'Heckmann, qui avait passé sa matinée à trier des dossiers et remuer du papier, le téléphone sonna.

– Lieutenant Heckmann ? Ici l'hôpital Saint-Louis.

La circulation était mauvaise, il prit les couloirs de bus, son pare-soleil baissé et l'autocollant police en vue.

Isabelle Enjalbal était incapable de communiquer. Elle appelait ses enfants, arrachait ses perfusions, ne semblait pas se souvenir de ce qui s'était passé et pouvait encore moins répondre aux questions d'un flic. Heckmann n'en avait pas. Il était seulement venu la voir. Elle ne remarqua même pas sa présence. Quels que fussent les rêves qu'elle avait faits pendant son coma, elle s'éveillait dans un cauchemar pire encore, qu'on voulait lui faire prendre pour la réalité.

Un médecin expliqua au lieutenant qu'il était encore trop tôt pour savoir si elle retrouverait toutes ses facultés. Soit le choc physique laisserait des séquelles, soit le choc psychologique empêcherait indéfiniment une reprise de conscience. La fille cadette d'Isabelle Enjalbal, âgée de trois ans, avait survécu à la chute, moelle épinière coupée. Tétraplégie. La petite réclamait sa mère et son frère mort.

Le médecin, qui cherchait à entrer en contact avec la mère réveillée, demanda au policier s'il connaissait les raisons de son geste. Virgile Heckmann se retint de lui parler d'un excès d'amour et des enfants qui avaient peut-être braillé une fois de plus, au mauvais moment. Il convoqua des évidences, le manque d'argent, pas de travail, le poids des responsabilités, un père absent.

– Vous voulez vraiment l'aider à comprendre ce qui s'est passé, docteur ?

Lorsqu'il s'installa derrière le volant de sa voiture, la radio cracha un code et une adresse. Virgile arracha la Mercedes du trottoir et appela la Centrale ; il était de permanence et le premier à avoir pris l'appel. Il travaillerait sous l'autorité du juge Martin. Heckmann, toujours premier. Il demanda une équipe homicide complète.

Devant la porte cochère du 28 rue Pierre-Sémard, tout était encore calme. Dans la cour intérieure étaient stationnés un camion de transport André Paul et un véhicule de patrouille de la Municipale. Un agent lui indiqua la porte qui menait au premier étage. Un autre policier attendait devant l'entrée.

– Une fuite d'eau, lieutenant. Les employés de chez André Paul sont montés voir parce que ça tombait sur les cuves de vin. Ils ont dit que la porte était ouverte et appelé tout de suite. On a touché à rien, enfin si, j'ai fermé le robinet de la cuisine qui était ouvert parce qu'il y avait de l'eau partout. C'est pas beau, lieutenant.

Heckmann ne répondit pas à ce commentaire inutile. Il avait déjà déduit de la pâleur du flic en bas, puis de celui-ci, que rien de joli ne l'attendait à l'intérieur.

– Combien de corps ?

– Un seul.

– D'autres habitants dans ce logement ?

– Personne, le type vivait seul.

– Laissez-moi. Quand les gars du labo et de l'identité arriveront, dites-leur aussi d'attendre que je redescende.

Le policier ne se fit pas prier. Le lieutenant devait être un de ces mystiques de la Criminelle, du genre obsessionnel. Et morbide. Ça se voyait à sa tête de déterré.

À vos ordres, lieutenant.

Heckmann enfila des gants en latex et referma la porte derrière lui.

Le cadavre était assis sur une chaise de la cuisine, face à la table, tête en arrière. Dans sa gorge s'ouvraient plusieurs petites bouches rouges, façon Rolling Stones. De la verrière, le soleil tombait avec un angle tendre sur le corps raide. Le parquet avait déjà absorbé l'eau, sauf sous la table où il fléchissait et formait une cuvette. La surface lumineuse de l'eau, mélangée à du sang, reflétait le mort et la table en une symétrie sépia et rosée. Une nature morte impressionnante, troublée par les mouvements d'Heckmann et les craquements des lames de parquet propageant des ridules à la surface du miroir liquide. Les vaguelettes projetèrent des étincelles de lumière sur la scène. Contrairement à ce qu'avait dit le flic sur le palier, c'était très beau. Virgile se reprit, se réprimant d'avoir pensé une chose pareille devant un cadavre, inquiet de s'habituer à leur compagnie et de son état de solitude.

Il classa tous les éléments de la scène dans sa tête bien faite, fit un petit bilan mental auquel il se permit d'ajouter seulement une petite note esthétique. Plongeant ses chaussures dans l'eau rose – comme dans ces bénitiers où d'autres avaient déjà trempé leurs doigts et que, enfant, il trouvait répugnants –, il s'approcha du corps. Le sang séché sur les vêtements, l'odeur de la chair et la couleur de la peau lui donnèrent une première estimation : trente-six heures environ, la nuit de samedi à dimanche. Les mains du mort, posées à plat sur la table, étaient tailladées. Le bois était propre, sans marques de coups de couteau – presque certainement le type d'arme utilisé. Le cadavre avait été déplacé et assis là, ce qui confirmait l'impression générale de mise en scène. Des coups avaient aussi perforé la poitrine. Heckmann chercha autour de lui où le meurtre avait pu avoir lieu. Nulle part on ne voyait de sang. Comme les plaies, tout était propre. Il secoua ses pieds pour égoutter un peu ses semelles et inspecta la cuisine. L'évier, bouché par la bonde, était encore plein, le robinet, aux joints défectueux, gouttait régulièrement. Peut-être que l'inondation avait rincé les traces de sang sur le sol ? Heckmann fit le tour des murs et des meubles de l'atelier de peinture. Rien non plus. Dans l'escalier, les pas de l'équipe de la Judiciaire résonnèrent.

Heckmann donna ses ordres : interrogatoire des voisins, emplois du temps dans la nuit du samedi 22 au dimanche 23 septembre. Identité de la victime, famille, relations, profession probable : peintre. Il demanda aux techniciens de l'IPS de chercher si la victime avait été tuée ici, les recherches grâce aux empreintes et aux résidus biologiques, si jamais il restait quelque chose sur le parquet inondé. Il voulait aussi des photos détaillées du corps et de la pièce. Les techniciens commencèrent leur travail de fourmi, Heckmann, lui, fit le tour des tableaux. Un flic remonta de chez le concierge, consultant ses notes.

– David Kurzeja, peintre, locataire depuis six ans. Pas de fréquentations régulières, hommes ou femmes. Le concierge n'a rien vu ni entendu pendant le week-end. Il dit que la victime avait un autre nom d'artiste, Armand quelque chose, il ne se souvient pas, et qu'il travaillait place du Tertre. Rien sur la famille, célibataire, toujours d'après le concierge.

Heckmann demanda une recherche au sommier, annonça qu'il s'occupait tout de suite de la place du Tertre et repasserait plus tard.

Virgile marcha vingt minutes, le temps de suivre par étapes les premiers raisonnements et d'en tirer les premières déductions, pour trouver dans quel grand tiroir ranger ce meurtre. Très grande violence et mise en scène. Passionnel ? Artiste peintre, population marginale, mobile marginal. Rivaux ? Querelle d'école ?

Il sourit. Crime du hasard ou victime connue ? Pas d'effraction. Au milieu de ses réflexions s'interposait l'image d'une radio médicale, une colonne vertébrale cassée, accompagnée du bruit intérieur qu'il imaginait être celui de la moelle épinière se déchirant. Virgile s'inquiéta à nouveau de trouver dans la fréquentation des cadavres un divertissement à ses angoisses.

Place du Tertre, les arbres perdaient leurs feuilles et il y avait peu d'activité. C'était un de ces jours où les restaurants ne donnent pas faim et les bars ne donnent pas soif. Au bistrot Chez Eugène, Heckmann commanda ce que l'on commande quand on n'a pas soif et besoin d'un prétexte pour ne plus être seul, un café. Il demanda au barman s'il connaissait un peintre appelé Armand, qui travaillerait par ici. Le barman, des cernes de veilleur de nuit, dit que le nom était familier, lui conseilla de poser la question au vieux qui peignait sur la place ; le vieux René, qui connaissait tout le monde.

– Parce que des peintres, dans le coin, y'en a un paquet.

Heckmann ressortit sans toucher au café et trouva René, gapette de titi parisien, en train de peindre un portrait de Lady Di, d'après photo. Heckmann ne se présenta pas. Il cherchait seulement un peintre nommé Armand.

– Et qu'est-ce que vous lui voulez à ce peintre ?

– C'est pour une commande.

– Je suis moins cher que lui et il travaille que le week-end.

– Où est-ce que je pourrais le trouver si je ne voulais pas attendre toute la semaine ?

– Vous êtes flic.

Heckmann sortit sa carte. Le vieux dit qu'il l'avait reconnu tout de suite.

– Vous êtes le flic de la télé, celui du terroriste serbe.

Heckmann rentra la tête dans les épaules et reposa sa question.

– Jules, il est toujours au Progrès, rue des Trois-Frères. C'est pas son vrai nom Jules Armand, c'est un polack, le Jules. Il est terroriste aussi ?

– Est-ce que vous savez si Jules a travaillé samedi dernier ?

– Je suis pas sa secrétaire.

Le lieutenant Heckmann, de la télévision, remercia et félicita le peintre pour son travail. Le vieux René lui dit de s'occuper de ce qui le regardait.

Au Progrès, il demanda si on connaissait Jules Armand. Tout le monde le connaissait. Virgile exhiba sa carte et demanda au patron s'ils pouvaient parler en privé. Ils passèrent dans la cuisine qui sentait le fromage et la friture. Heckmann annonça, sans préciser comment, que Jules Armand, alias David Kurzeja, était mort.

– Merde ! Il me devait encore seize euros. C'était pas son vrai nom, vous dites ?

Jules Armand était passé samedi en rentrant du Tertre, vers 18 heures parce que c'étaient les infos sur Europe 1. Il cherchait André pour une histoire de chèque et avait bu deux Ricard. Virgile apprit que le mort n'était pas apprécié par tout le monde, parce qu'il était un peu ours et pas fin quand il avait bu. Heckmann dit au patron que quelqu'un repasserait dans l'après-midi lui reposer les mêmes questions.

– Comment il est mort, le Jules ?

Virgile retourna rue Sémard. Dans l'atelier, un jeune type de l'IPS lui fit un premier compte-rendu.

– L'appartement a été nettoyé.

– Par quelqu'un qui savait ce qu'il faisait ?

– Je peux pas encore vous dire, seulement qu'on va pas trouver grand-chose. Les empreintes, je n'y compte même pas. Par contre, je suis sûr que la victime a été tuée dans cette cuisine, lieutenant. Parce que depuis l'étage d'en dessous, on commence à voir une grande auréole rouge sur le plâtre du plafond – le type sourit à Heckmann et rajusta ses lunettes –, juste là où on est maintenant. L'eau passe d'abord, ensuite le sang, plus épais.

Heckmann regarda ses pieds, recula d'un pas.

– Continuez.

– Il y a un couteau ici – le technicien leva un Ziploc dans lequel il avait glissé un couteau de cuisine – qui pourrait à première vue faire l'affaire. Je vais vérifier. Il a été lavé. J'ai trouvé une bouteille cassée dans la poubelle, je vais essayer de dégoter quelque chose. Il y avait autre chose de bizarre dans la poubelle, lieutenant.

– Oui ? demanda Heckmann en se préparant à un nom d'organe quelconque.

– C'est plein de poussière.

– Incroyable.

– C'est pas ce que je voulais dire, lieutenant. La bouteille cassée était recouverte d'un gros tas de poussière et le type qui est mort, là, il a une blessure à la tête avec un morceau de bouteille planté dans le cuir chevelu.

Heckmann avait du mal à suivre, il regardait un tableau représentant un manège.

– Lieutenant ?

Virgile se reconcentra sur les explications ménagères du type en blouse de plus en plus excité.

– Le tueur a lavé le couteau, ramassé les morceaux de la bouteille cassée et nettoyé le sol. Il a fait le ménage.

– Vous m'avez déjà dit ça. Il a effacé ses traces. Il a pensé à tout et il a des nerfs solides.

– Ce n'est pas ce que je vous dis maintenant. Je ne sais pas encore dans quel ordre il a fait tout ça, pendant que le corps se vidait ou après, mais le tueur n'a pas fait le ménage comme vous l'entendez, pour effacer ses traces. Il a fait la vaisselle, il a passé le balai et la serpillère. Il a nettoyé tout l'appartement. Je ne serais pas surpris s'il avait plié et rangé les vêtements dans les armoires. Je dirais que ça lui a pris au moins deux heures.

Cette fois Heckmann réagit.

– Vous aussi vous avez travaillé. Vous êtes nouveau ?

– Je remplace Ménard qui est malade. J'ai pas tout à fait fini mon cycle, mais il me manque seulement l'UV de criminologie. C'est ma première enquête, lieutenant.

– Vous mettez les bouchées doubles parce que vous m'avez vu à la télé ?

– Vous êtes passé à la télé ?

– Comment vous appelez-vous ?

– Georgelin. Boris.

– Georgelin, vous restez sur cette affaire jusqu'à ce que je vous dise que vous pouvez vous reposer.

Heckmann appela le parquet et annonça à la secrétaire du juge Martin le début d'une enquête sur l'assassinat d'un peintre de Montmartre, David Kurzeja, dit Jules Armand. Avant de quitter l'atelier, il regarda plus en détail le tableau du manège. Il trouva les couleurs des arbres jolies et le ciel bleu, au-dessus, réussi.

6.

– Vous faites une dépression réactionnelle, Max. Arrêtez de venir ici, prenez rendez-vous avec un psychologue.

– Docteur, c'est pas un monde pour un enfant.

– Max, vous êtes un optimiste contrarié, un pessimiste qui croit au bonheur.

– Ce n'est pas moi qui ai inventé le tourisme sexuel.

– Tout ce qui vous rend heureux vous pose problème, vous êtes un égoïste. Cet enfant vous effraie parce que ce sera le plus bel événement de votre vie. Votre Œdipe ne supporte pas la transition du statut d'enfant gâté à celui de père.

Le docteur Furet, généraliste, était un psychanalyste contrarié.

– Je veux bien l'aimer, moi, ce môme, mais les autres ?

– Marty, vous êtes encore sous le choc de ce meurtre. Vous devez arrêter de vous identifier à ce pompier qui a perdu son fils. Je vais vous donner de quoi dormir, seulement en attendant que vous preniez rendez-vous avec un psychologue. Et je vous ai déjà dit de ne pas venir avec votre chien.

– Il ne dérange pas, il dort.

– Ce n'est pas le problème.

Max sortit de chez le docteur Furet qui ne voulait pas qu'on le prenne pour un vétérinaire. À un kiosque il acheta *Libération* pour se convaincre que faire des enfants à notre époque était un choix cynique. Le chien lui arracha la laisse des mains pour entrer dans le parc de Belleville et se jeter sur une femelle caniche. Max se dit qu'il était vraiment temps de lui faire couper les couilles. Il s'assit sur un banc, ignorant la propriétaire du caniche qui tentait de séparer les deux bêtes. Les faits divers attirèrent à nouveau sa curiosité malade. L'article le plus développé était celui sur le meurtre du peintre de Montmartre, dont il avait entendu parler déjà sur France Inter ; l'affaire était assez sensationnelle pour intéresser les grands médias. Peut-être parce que la victime était un artiste, race innocente ? Plus surement la mise en scène décrite, le cadavre déplacé, assis à une table. Max lut le nom du flic en charge de l'affaire. Cela lui disait quelque chose.

La pluie commençait à tomber, il siffla le chien qui pensa sans doute à sa bouffe et abandonna le caniche, dont la propriétaire se mit à crier. Que c'était un scandale, que certaines bêtes ne méritaient pas leurs mauvais maîtres. Max s'éloigna en haussant les épaules. C'était un parc à chiens après tout, pas un pensionnat de jeunes filles.

À l'appartement, il fouilla dans la pile de vieux *Libé* et trouva ce qu'il cherchait, le suicide du Bar du Matin et le nom du flic, Virgile Heckmann, et dans un autre article encore, l'affaire du proxénète serbe. Le lieutenant Heckmann était une star. Et il ne chômait pas, les mains dans la bidoche en permanence. Le chien avait avalé ses croquettes et s'était endormi sur la moquette du salon en bandant. Max attrapa son portable.

– Brigadier Daniel, s'il vous plaît.

La *Lettre à Élise* grinça un instant dans le combiné.

– Daniel, c'est pour quoi ?

– Gilles, c'est Max.

Il y eut un court silence.

– Qu'est-ce que tu veux, Max ? Et me dis pas que tu as repris tes conneries d'enquêtes privées.

– Je prends juste des nouvelles.

– Me prends pas pour un con.

Pendant quelques années, Daniel et lui Daniel avaient joué à être potes, mais ils ne l'étaient pas. On n'est jamais plus ami avec un flic qu'avec son banquier ou son garagiste.

– Tu le connais, Heckmann ? On entend parler que de lui.

Il y eut un autre silence.

– Pourquoi il t'intéresse ?

– Pour rien, je m'emmerde, je lis les journaux.

– La propagande de gauche ?

– Y a plus que toi et tes collègues pour penser que les socialistes sont encore la gauche. Heckmann, il est au syndicat avec toi ou bien il adresse pas la parole aux troufions ?

Le brigadier Daniel pouffa.

– Tu m'as toujours fait marrer, Max. Heckmann, c'est la nouvelle arme des services de communication de l'Intérieur. C'est aussi un fils à papa, du genre qui avait un chauffeur pour aller au foot et une bonne qui l'a dépucelé sur ordre de son père. Encore que c'est pas sûr parce que tout le monde dit qu'il est puceau ou pédé. Il a un QI de prix Nobel et faut être honnête, il bosse et il est du genre hargneux. Il lâche pas prise. Tout le monde le voit parti pour la grande carrière. Vu que les journalistes le suivent partout, ça devrait arriver facilement.

– Et toi, toujours brigadier alors ?

– J'ai un QI de moineau, moi, c'est pas pareil. Faut que je te laisse, j'ai pas le temps de m'emmerder. Max ?

– Quoi ?

– Te remets pas à fouiner là où ça nous dérange. Laisse-nous faire notre boulot. Les temps ont changé.

– Les temps n'arrêtent jamais de changer.

– Tout le monde est à cran, Max. Tu devrais te méfier.

– Je t'ai dit que je faisais plus d'enquêtes.

– Je veux bien te croire. Me rappelle pas.

Il raccrocha avant que Max ait pu ajouter quelque chose. Ouais, les temps changeaient. À une époque pas si lointaine, il ne s'emmerdait pas et faisait tous les jours l'amour avec Hélène. Hélène qui allait bientôt rentrer de la piscine où elle barbotait, trois fois par semaine, avec d'autres nanas toutes plus enceintes les unes que les autres. Elle n'aurait pas tellement apprécié de savoir qu'il recontactait des flics. Elle aussi ne voulait plus entendre parler des grands rêves romantiques de Maximilien Marty, enquêteur privé contrarié, qui ne croyait pas à la justice. La place du Tertre, tout bien pesé, n'était pas une mauvaise idée de balade. Il ouvrit la porte de l'appartement et siffla le chien qui traîna sa laisse jusqu'à l'ascenseur.

Une heure de marche, trois cents parcmètres, poteaux, roues de voitures et derrières plus tard, le chien et son maître arrivèrent à Montmartre par la rue Utrillo. En passant devant des vitrines de galeries, Max se demanda s'il s'était passé quelque chose dans le monde de l'art depuis Picasso, ou bien si lui-même n'avait pas oublié de se tenir au courant. Il s'assit sur un banc, le chien s'enfuit à la poursuite d'une odeur.

7.

Georgelin avait fait son rapport. Son style écrit valait son oral, un vrai sac de nœuds, mais Heckmann était content des résultats. La théorie du grand ménage était confirmée : dans la poubelle, au-dessus de la bouteille cassée, Georgelin avait trouvé toutes sortes de résidus de poussière provenant de tout l'appartement de David Kurzeja, et même de la salle de bains du palier. L'appartement entier avait été récuré, des gants en latex avaient laissé des traces de talc sur le manche du balai et le tube d'aspirateur. Huit types différents de cheveux avaient été tirés de la poubelle. Georgelin allait commencer ses analyses génétiques, il avait aussi demandé des cheveux de Heckmann, pour comparaison, parce que des cheveux de la poubelle étaient presque aussi blonds que les siens, et par mesure de prudence, il voulait les différencier. Le rapport d'autopsie concluait à l'utilisation du couteau de cuisine comme arme du crime. D'après les coups, les angles et la profondeur, le meurtrier était un homme, droitier, ou bien une femme comme on n'en faisait plus. Kurzeja n'avait rien mangé depuis huit heures, avait bu une boisson anisée et du vin rouge en assez grande quantité.

Heckmann avait aussi reçu ce matin la visite du divisionnaire Lecreux, qui s'inquiétait de son état de fatigue depuis l'affaire de Gennevilliers. Heckmann avait menti, prétendu qu'il était reposé et en pleine forme. Lecreux, roi de l'intrigue, proche du juge Martin et de beaucoup d'autres gens, n'avait pas avalé ses couleuvres. Il avait gentiment et clairement mis Heckmann en garde. À la prochaine bavure, il serait plus difficile de laisser l'Inspection générale des services en dehors du coup, ou même le public.

– La solidarité est une base de notre corporation, avait-il dit avec un sourire de pute.

Lecreux l'avait dans le collimateur pour une raison ou une autre et voulait s'assurer, sinon de sa loyauté, du moins qu'il saurait la fermer au besoin. Son statut de coqueluche s'effritait, passé l'état de grâce, on allait commencer à peser le pour et le contre de la personnalité du lieutenant Heckmann.

Faire son travail, le mieux possible, était donc toujours une bonne idée, du côté du pour, en même temps que le seul moyen qu'il connaissait d'occuper son temps. Il retourna à Montmartre.

Il fit le tour des galeries et des cafés du Tertre, posant des questions sur le peintre Jules Armand. Le sujet n'intéressait personne. Virgile ne se faisait aucune idée particulière sur le métier d'artiste. Du moins considérait-il cela comme un métier, ce qui n'était pas le cas de tout le monde dans les bistrots. S'il respectait les artistes, il ne connaissait rien à l'art. Dans sa famille, l'éducation des femmes se limitait à l'apprentissage des bonnes manières, pour les hommes à celui des bonnes affaires. L'art n'y était qu'un élément coûteux de l'étiquette, qui se résumait essentiellement aux commandes, génération après génération, des portraits de la famille. Il avait le sien, dans le grand salon de la maison d'Alsace, parmi ceux des aïeux prospères, les austères protestants de la dynastie Heckmann.

Personne n'avait vu Jules Armand avec quelqu'un en particulier, samedi dernier. Rien d'anormal, aucune altercation. L'artiste n'avait que les ennemis sans conséquences qu'une grande gueule avinée pouvait rapporter. Un galeriste suggéra qu'un critique d'art, dans un moment de lucidité, avait enfin assassiné un peintre de Montmartre. Le type rigola de sa blague, Virgile lui décrivit comment on avait poignardé la gorge de Kurzeja, attendu qu'il se vide de son sang, puis frappé sa poitrine et tailladé ses mains.

– Vous connaissez un critique qui aurait pu faire le coup ?

Le type s'excusa tandis que Virgile, calepin sorti et stylo prêt à noter, attendait. L'humour du lieutenant Heckmann n'avait rien à voir avec quelque chose de drôle. En sortant de la galerie, il vit une jeune femme passer en courant, un Yorkshire dans les bras, et derrière elle, un autre chien, beaucoup plus gros, qui trottait. Un type suivait le manège sans se presser, sifflant l'animal excité, un journal sous le bras et un manteau jeté sur l'épaule. Heckmann sourit.

Il reprit une dernière fois le chemin du Progrès.

Les gens qu'Armand fréquentait le plus étaient tous là. Pourtant, personne ne pouvait dire si Jules avait d'autres connaissances en dehors du bar. Passé quelques articles de presse, le peintre n'intéressait déjà plus personne. *Rencontre de hasard et meurtre sans motif.* Heckmann sentait venir l'impasse.

Heckmann appela Georgelin pour savoir si quelque chose avait avancé. Le jeune chercheur lui dit qu'il faisait ses tests sur les cheveux, rien d'intéressant pour le moment.

– Dites, Georgelin, ce n'est pas dans mes habitudes de proposer cela, mais est-ce vous voudriez boire un verre quand vous en aurez terminé avec la poubelle ?

– Boire un verre avec vous ?

– Oui.

– Je vous remercie, mais je vais finir tard et j'ai déjà un rendez-vous ce soir. Une prochaine fois, alors. Avec plaisir.

Georgelin raccrocha en se demandant si les rumeurs sur l'homosexualité d'Heckmann étaient vraies, Virgile en se demandant si le refus du technicien était une vraie ou une fausse excuse. Il menait avec habileté des interrogatoires de suspects, mais était incapable, dans ses relations sociales, de différencier la vérité du mensonge. Peut-être parce que les relations sociales fonctionnaient selon d'autres critères et subtilités que ces deux catégories, simplistes, dont se contentait la justice.

En retournant à sa voiture, Virgile s'arrêta dans une boutique, Chez Louise, à côté de l'école de la rue Houdon. Il tourna un moment sans savoir quoi prendre, choisit finalement une reproduction de Van Gogh, n'importe quoi, parce qu'il voulait rentrer avec quelque chose chez lui. Il avait acheté le *Champ de blé aux corbeaux*. La vieille dame de la caisse, roulant le poster, lui raconta ce qu'Antonin Artaud avait dit de ce tableau. Que les corbeaux noirs représentaient le vol morbide de la bourgeoisie au-dessus des forces créatrices, le champ de blé, la nature.

– Il a écrit ça dans son livre sur Van Gogh, *Le Suicidé de la société*. Ils étaient un peu fous tous les deux, alors ils se comprenaient.

***

Octobre était arrivé, plus personne n'oubliait son pull pour sortir. Au petit matin, on ramassait les premiers sans-abri congelés de la saison.

Le vent du nord soufflait sur le boulevard des Capucines, où, en des temps plus glorieux, Félix Nadar tirait pour la postérité des portraits photographiques de Victor Hugo, tandis que sur la chaussée se faisaient et se défaisaient les barricades de la Commune. Max et Laurent, eux, au numéro 35, nettoyaient les vitres d'un immeuble de verre hébergeant au rez-de-chaussée un magasin de chaussures, aux étages suivant une compagnie d'assurances, au dernier une agence de voyages israélienne par laquelle ils devaient transiter pour atteindre le toit. Un gardien vif comme un aigle demandait sept fois par jour, depuis trois jours, à voir les cartes d'identité des deux associés de la société AcroJob.

Un nuage d'herbe s'envolait dans l'air du boulevard. Max et Laurent, dos aux vitres, installés dans leurs baudriers à sept étages du trottoir, contemplaient d'en haut la vie d'en bas, tirant sur leur joint. Aucune barricade à l'horizon, si ce n'étaient les vagues de Parisiens sinistres.

– Il commence à faire froid.

– Ouais.

– On va pas tarder à fermer boutique, déclara Laurent en tirant une dernière latte.

– Peut-être encore quelques chantiers.

– On a pas de quoi tenir jusqu'au printemps ?

Depuis trois ans qu'ils avaient créé leur entreprise, ils passaient l'hiver au chaud. À quoi bon être son propre patron si c'était pour s'envoyer au boulot par moins cinq degrés ? Max remonta le col de sa veste polaire.

– Si, on a de quoi voir venir. Mais je me dis que je continuerais bien encore un peu.

Laurent rigola.

– Tu sais, ça coûte presque rien un gamin, t’as pas besoin de t’en faire.

– Arrête de te foutre de moi.

– Remets-toi au boulot, qu’on se tire de cet endroit. Que les vendeurs de chaussures aillent se faire foutre.

Hélène était maintenant en congé maternité. Elle passait toutes ses journées à l’appartement, Max sortait de plus en plus souvent promener le chien. Rue Henri-Chevreau, le conjugal avait tourné à la guerre de tranchées.

Laurent, poussant sur son pied, se balança sur sa corde jusqu’à son associé.

– Faut que tu rentres chez toi, Max. On plie les gaules pour l’hiver et tu profites de ce temps bien au chaud chez toi pour être avec Hélène et attendre votre bébé.

– Ça me fout la trouille.

– Je sais. Mais t’as rien à craindre.

Laurent saisit la corde de Max, poussa un grand coup de ses deux pieds sur la façade vitrée et les envoya voler au-dessus du boulevard et des passants, légers, tandis que l’air froid dans leurs poumons, rencontrant la fumée de la marie-jeanne, les fit éclater de rire.

8.

Heckmann avait fait assez d'heures supplémentaires pour rattraper trois mois de vacances, il en prit trois jours, pensa rouler jusqu'en Alsace y voir des connaissances ; l'idée était absurde, il n'avait personne à voir là-bas. Peu importait ; s'il devait passer ces trois jours à ne rien faire et s'ennuyer, il savait avoir besoin de temps pour lui, fût-il perdu. Après une nouvelle nuit d'insomnie pleine de sacs noirs, il profita du plus banal et traditionnel loisir que proposait la ville, l'errance. Il quitta son appartement de la rue Saint-Charles, marcha une heure rive gauche puis traversa la Seine à l'Alma et remonta l'avenue Montaigne. Dans les grands courants d'air haussmanniens, les Parisiens se pressaient, soufflant des petits nuages blancs.

Il remonta le boulevard de la Madeleine, aperçut l'Olympia au loin et se souvint d'un air de Piaf, « Sur le boulevard du crime, pour voir la pantomime, ce soir on se bouscule… », une chanson entendue sur un poste de radio de la grande maison Heckmann. Piaf, cantatrice du peuple, n'y était pas particulièrement appréciée.

Avenue de l'Opéra, Virgile acheta un cadre pour sa reproduction, descendit jusqu'à Rivoli et l'île de la Cité, passa devant le Quai des Orfèvres et résista à l'envie d'entrer au 36, histoire de relever son courrier, de sentir ce qui s'y passait. Absolument rien. S'il n'y remettait jamais les pieds, rien non plus n'arriverait. Comme le peintre assassiné de Montmartre, personne ne se préoccuperait de son absence. Il rentra chez lui, deux heures de marche encore, et la fatigue de son corps finit par l'emporter sur ses pensées.

Il mit le *Champ de blé* sous verre et ne sut pas où l'accrocher. Il se prépara un sandwich accompagné d'un verre de pomerol, se laissa tomber dans son canapé en cuir qui était froid. Sur la table basse, il attrapa *Surveiller et punir* délaissé depuis des semaines, et reprit sa lecture à la première page.

Damiens avait été condamné, le 2 mars 1757, à faire amende honorable devant la principale porte de l'église de Paris.

Le souvenir de la description du supplice de Damiens lui revint aussitôt en mémoire, il referma le livre et monta le thermostat du chauffage central à vingt-deux degrés. Virgile essaya la télévision, mais les bruits sortis de cette fenêtre morte, qui prétendait lui apporter le monde, l'insupportèrent. À défaut de son courrier au Quai des Orfèvres, il ouvrit celui qu'il négligeait de sa boîte aux lettres personnelle. Une lettre type de son club de tir le prévenait que son abonnement allait expirer, avertissement accompagné d'une invitation au grand pot de Noël. Des factures, des courriers du syndic et des prospectus, une lettre d'Alsace, l'écriture de sa mère, qu'il jeta sans la lire, et une autre postée à Paris, qu'il ouvrit.

Monsieur Heckmann,

Nous ne nous connaissons pas mais cela ne fait pas une grande différence, il y a beaucoup d'autres choses plus importantes que nous ignorons. Je vous écris parce que nous faisons partie du genre humain, et que c'est de choses humaines que je voudrais vous entretenir.

L'écriture était tremblante et terriblement couchée, l'introduction familière : les insultes de qualité humaine allaient bientôt suivre la présentation polie, le tout agrémenté de tranches d'humanisme bien senti, conseils agressifs et moralisateurs à l'adresse d'un pauvre flic ignorant. Habituellement, les lettres d'insultes arrivaient à son bureau. Le fait que celle-ci ait été livrée à son domicile le persuada de continuer. Il avait déjà tout essayé aujourd'hui, pourquoi pas se faire traiter de fasciste ou de pédé ?

Je ne vais pas vous insulter ni dénoncer mon voisin qui fait des méchouis dans son jardin. Je n'ai jamais dénoncé personne, à commencer par moi-même, et je ne vais pas commencer aujourd'hui. Je respecte les croyances et coutumes qui ne sont pas les miennes, tant qu'elles ne m'empêchent pas de faire cuir ce que je veux dans mon jardin. Bien qu'au fond, qu'irais-je foutre dans un jardin ? Mais je n'écris pas pour vous parler de croyances, encore que tout soit lié. Il se trouve simplement que depuis une affaire sur laquelle vous avez travaillé, je passe de mauvaises nuits. Non que je ne dorme plus, je ne dors plus depuis longtemps, mais je n'arrive plus à penser à autre chose. Je ne signerai pas cette lettre, monsieur Heckmann, car encore une fois, cela importe peu. Mais j'ai vu, dans les journaux, votre visage se transformer après le terrible fait divers au sujet duquel vous avez été interviewé. Le suicide manqué et assassin de cette jeune mère, il y a plusieurs semaines.

Virgile avala le pomerol de travers, toussa dans sa main pour ne pas cracher de vin sur la lettre.

Nous avons aujourd'hui le même visage, monsieur Heckmann, malgré notre différence d'âge. C'est pourquoi je vous écris.
Selon certains points de vue, dont je ne tiens absolument pas compte, j'ai tué des dizaines d'êtres humains. Ce qui ne fait pas de moi un être insensible, vous le constaterez, puisque l'histoire de cette mère et de ses enfants m'a bouleversé. À voir dans les journaux vos yeux se creuser, je suppose que vous ne dormez plus non plus.
Cette lettre n'éclaircira pas tous les mystères, Monsieur Heckmann, il faut bien qu'il vous reste quelque chose, mais je voudrais essayer de vous dire pourquoi vous devez faire le deuil de cette tristesse qui vous ronge. Et, je l'espère, en vous écrivant cette lettre, me débarrasser de la mienne par la même occasion. Le whisky n'ayant servi à rien.

Virgile reposa son verre de vin et se concentra sur la lettre, son cerveau de flic remit en route.

Pourquoi, Monsieur Heckmann ? Pourquoi faire de tels choix ? Vous devez avoir quelques réponses, j'en suis certain, la société, la misère et la solitude, l'amour même. Diable, tout ce qui sans doute a fait de vous un policier. Mais ces explications ne suffisent pas, n'est-ce pas ?
Vous ne dormez plus, lieutenant, parce que vous avez réalisé que votre vie était un échec et, sous sa forme actuelle, que votre combat était inutile. Vous devez changer de point de vue. Quoi que vous fassiez, des mères se jettent par la fenêtre avec leurs enfants, des prostituées meurent et personne ne réclame plus leur corps une fois qu'il est froid.
La décomposition générale du monde ne s'arrête pas pour un petit imprévu, la mort d'une femme ou d'un enfant. La terre exige de toutes ses créatures qu'elles lui

revienment, surtout de la beauté, dont elle se contrefout. La nature est jalouse : elle ne donne que pour reprendre et digère sans états d'âme. Même si Virgile Heckmann a décidé de prendre l'affaire en main. Attention. Je ne prône pas la passivité, j'encourage même grandement l'action. Mais vous devez arrêter de vous donner trop d'importance. Faites l'éloge de la défaite, lieutenant Heckmann. Nous ne pouvons pas gagner contre la vie : elle nous tue. Vous faites fausse route : cette mère ne s'est pas jetée par la fenêtre parce qu'elle se croyait perdue, elle a sauté parce qu'elle croyait avoir trouvé un moyen de gagner facilement. La victoire est difficile, elle passe par le renoncement, par la vie. L'ignorer est la plus grande erreur possible, mais ce qu'il y a d'heureux, c'est qu'en dehors de celle-ci, il n'y a aucune autre erreur, monsieur Heckmann. C'est le chemin de la révolution, jeune homme, au cas où vous l'ignoreriez. Souvenez-vous qu'en 1967, dans la jungle bolivienne, une poignée d'hommes buvait sa pisse et mourait d'infections et que l'empire le plus puissant du monde, les États-Unis d'Amérique, tremblait devant ces hommes libres. Qu'ils aient été exécutés de balles dans la nuque n'y change rien.

Je vous écris donc pour vous encourager, monsieur Heckmann. Et occuper mes vieux jours. Peut-être aussi, en changeant de point de vue, comprendrez-vous pourquoi il peut être parfaitement rationnel de vouloir tuer un artiste. De se débarrasser, quand on est désespéré, de quelqu'un qui fait métier d'ajouter de la beauté au monde.

Vous pouvez maintenant lâcher vos graphologues sur ce bout de papier, monsieur Heckmann, si l'un d'eux vous dit que je suis fou, méfiez-vous plutôt de lui.

Heckmann garda la lettre pour lui.

9.

Minuit rue des Archives. L'homme marchait seul, vite parce qu'il faisait froid, parce qu'il avait hâte d'arriver et que cette promenade avait assez duré. Parce que depuis qu'il avait traversé la Seine, il ne se sentait pas bien. Il s'était dit : « Là où nous ne regardons pas, le monde n'existe pas. » Avait suivi cette fausse intuition de ne pas être seul, comme de penser à la profondeur de la mer en nageant, un frisson, un trop-plein d'images. Il connaissait cela, ce n'était rien de plus. Mais cette impression désagréable ne l'avait pas quitté et il avait allongé le pas, sa promenade nocturne n'avait plus d'intérêt.

Il baissa donc la tête et accéléra, regardant ses pieds, écoutant le bruit de ses pas, fredonnant à leur rythme une petite mélodie pour agrémenter le chemin du retour. Il comptait au passage les mégots et les papiers poussés par le vent, un ticket de métro, un prospectus qui l'intrigua. L'instant d'avant il voulait courir pour arriver plus vite, voilà qu'il s'arrêtait pour ramasser le papier. Pour se donner quelque chose à faire, une excuse pour regarder autour de lui ? Il fit semblant de s'intéresser à ce qui était imprimé sur le papier : *Professeur N'Bala, spécialiste des envoûtements, résultats garantis, exorcisme, retour de l'être aimé, réussite professionnelle, déclarations d'impôts et dossiers CAF.* Il ne rit pas. Jeta le papier et reprit sa route. La rue était vide. À part lui, personne ne se promenait, personne n'avait eu comme lui l'idée stupide de sortir par ce froid. Il s'en prit à lui-même puis essaya de sourire, pour se détendre, ou pour montrer à quiconque le voyait qu'il n'avait pas peur. Tout cela était ridicule, il avait peur. Toutes ces fois où l'on croit avoir des prémonitions, où rien n'arrive… Cette fois, c'était vrai. Il suffisait d'une fois. Il savait qu'il était en danger dans cette rue. Il le savait, comme un enfant poursuit un papillon et comprend tout à coup qu'il s'est perdu. Il réfléchit à l'itinéraire le plus court pour rentrer chez lui. Mais déjà il n'arrivait plus très bien à penser et les noms de rues étaient confus. Le vent sifflait dans ses oreilles, lui chuchotait des idées de complots et lui désignait les coins sombres d'où viendrait l'attaque. Son imagination emballée avait pris le contrôle de sa raison. Il s'arrêta à nouveau, regarda derrière lui en essayant de se tenir droit, la chaussée était parfaitement déserte. Impossible. Pas une voiture depuis des minutes. Pourquoi avait-il voulu suivre les petites rues ? Il repartit, le vent reprit. Mais il était trop tard : il n'imaginait plus, il voyait, il sentait. Dans son dos, maintenant, une main se tendait pour saisir son épaule. Il lutta tant qu'il pouvait, puis la peur l'emporta. Il se retourna à toute vitesse, poings serrés. La nuit seule. Il prit sa tête entre ses mains, se frappa les tempes avec ses poings et se parla en serrant les dents.

Il se remit en mouvement, plus vite encore. De l'autre côté de la rue, une cabine téléphonique irradiait, il traversa. Parler à quelqu'un lui ferait du bien, allait le sortir de cette psychose passagère et absurde, parler lui ferait retrouver ses sens. C'était irrationnel, dément, il ne risquait rien. Pourtant *tout* était possible. Pourquoi pas lui ? Il maudit les livres et la télévision qui vous mettent dans la tête des horreurs, inventent des peurs, vous empêchent d'être serein quand la nuit tombe. Il entra dans la cabine, devenu le papillon qu'il pourchassait, attiré par la lumière du néon. Il composa un numéro, personne ne répondit. Il laissa un message, expliquant qu'il avait des choses importantes et urgentes à dire, des choses essentielles, qu'il avait trop tardé à reconnaître, que le temps passait trop vite pour se permettre d'attendre plus longtemps, qu'il fallait lâcher ce qu'on avait sur le cœur ; puis raccrocha. Pourquoi personne n'avait répondu ? Il est tard, pensa-t-il, les gens dorment, ils ne répondent pas au téléphone à cette heure-ci, chez eux dans leur lit. Il n'y a que toi, imbécile, imbécile, pour être encore dehors. À travers les vitres de la cabine, marbrées de traces de mains et d'empreintes digitales grasses, il regarda la rue qui plongeait de chaque côté dans l'obscurité. Soudain il se vit sous l'éclairage, exposé, seul point lumineux de la rue, cible parfaite. Il bondit hors de la cage de verre et se mit à courir. Le vent lui parlait, lui conseillait d'aller plus vite et accélérait avec lui. Au coin d'une rue, il percuta, surgi de nulle part, un couple d'hommes se tenant par la main. Au contact de cet inconnu affolé, la panique se répandit. Ils sursautèrent, l'un cria et l'autre lui demanda ce qui n'allait pas. Il ouvrit la bouche, remua les lèvres, les sons refusèrent d'en sortir. Que pouvait-il dire ? On le croirait fou. *Je suis poursuivi par quelqu'un.* Le couple regardait tout autour, cherchant ce qui pouvait effrayer l'inconnu. Rien.

Il dégagea violemment son bras, fit quelques pas et reprit sa course. Pourquoi était-il seul à savoir ? Il tournait en rond dans les rues du Marais, sans plus reconnaître le quartier. Le vent, confus et changeant, ne le guidait plus. Rue Quincampoix, bien qu'il n'en sache rien, il vit une nouvelle lumière, une façade vitrée, à l'intérieur des hommes et des femmes buvaient et fumaient. Il entendait vibrer leurs voix, éclater les rires. Il craignit qu'on le voie et le juge, il devait avoir l'apparence d'un dément. Plutôt sa folie que ne pas être cru. Il repartit en courant, se résignant à sa solitude et son sort. On ne dirait pas de lui qu'il avait peur. Il reprenait même un peu courage, acceptant que rien ne vienne plus contredire sa raison en fuite : il était seul et poursuivi. Soit. Était-il plus lâche qu'un autre, incapable de faire face ? Le vent le laissa en paix. Il refusait de continuer. Il était tout à coup plein de défi, se retenait d'éclater de rire, accorda toute son attention aux secondes qui passaient : chaque instant, à l'aune de la peur de mourir, était un trésor. Cours. Fuis, lui disaient ses jambes, mais son esprit s'y opposait : il découvrirait la vérité, prouverait qu'il avait raison, et entra dans un passage minuscule, une impasse noire où il se cacha pour attendre. Surprendre son poursuivant. L'effet de surprise, dans l'art de la guerre, est la moitié de la victoire. Il reprenait le contrôle de son imagination en lui donnant un but. Il n'errait plus, il attendait, tomba à genoux et son front descendit jusqu'au sol. Peu importait qu'il le voie venir, l'essentiel était la conviction d'avoir raison.

Le vent s'engouffra dans l'impasse. Il mit sa main sur sa bouche pour ne pas se trahir.

Il se redressa. On ne pourrait plus rire de lui. Il était sans doute à quelques pas de chez lui, presque arrivé. Dans le noir on l'avait suivi, l'union fut brutale.

***

À deux cents kilomètres de là, après avoir décidé de quitter Paris dans la soirée, un homme arrivait à sa maison de campagne. Il posa sa valise et dans le salon pressa le bouton du répondeur qui clignotait. La machine annonça un nouveau message à 00 h 04. Un silence de quelques secondes, haché par des craquements statiques, puis un bip annonça la fin du message fantôme.

***

– Max, je veux accoucher dans l'eau.

– Pardon ?

– Ne joue pas à ça, tu m'as entendue.

Max, assis sur les toilettes, leva les yeux de son journal.

– Accoucher dans l'eau ? Avec des bouteilles de plongée ?

Hélène était dans le couloir.

– Max, arrête tout de suite.

– Ça fait un bail que je n'ai plus de maillot de bain.

– Max !

– Pourquoi tu veux faire ça ?

– Sors de là.

– Je lis le journal. C'est ouvert.

Hélène ouvrit la porte, le nuage de fumée de la cigarette de Max s'échappa des W-C. Hélène sourit.

– Tu te caches pour fumer ?

– Il fait trop froid sur le balcon.

– Laisse-moi tirer une latte.

– Pas question.

– Sinon j'en allume une.

– Tiens.

Hélène pompa sur la cigarette, souffla lentement la fumée.

– Ça suffit, rends-moi ma clope.

– Max, je ne vais pas accoucher dans une piscine. C'est seulement une grande baignoire. L'accouchement est plus doux, il y a beaucoup moins de déchirures et d'épisiotomies…

– Arrête, arrête, arrête !

– Max, tu as intérêt à savoir ce qui va se passer, parce que tu seras dans l'eau avec moi.

– Tu rigoles ?

– Pas du tout. Tu me prends dans tes bras et tu m'aides.

– Au moins, dans l'eau, on ne l'entendra pas crier.

10.

Heckmann ne fut pas soulagé par l'appel du 36 qui interrompit son deuxième jour de congé. Le cuir de la Mercedes semblait imprégné à jamais de l'odeur de son père. La seule sentimentalité qu'il s'autorisait, au sujet du passé, était pour cette machine. Il se sentit bien derrière le volant. Il entretenait parfaitement la voiture, comme il prenait soin de bien faire son travail répugnant. Virgile en savait plus long sur la défaite que ne le croyait le vieil homme qui lui avait écrit.

Porte de Sèvres, il prit l'A6 direction Orly, sortit sur la nationale 104.

Brunoy, banlieue résidentielle, ville-dortoir, un petit centre historique cerné par des maisons à crédit clé en main, choisissez vous-même la couleur des volets. Il chercha sur son plan, roula un instant dans le quartier bourgeois, résidence d'été pour cambrioleurs, se gara au bout de la rue Michelet qui se terminait en impasse sur un grand portail blanc. Sur l'allée de la propriété, deux voitures de patrouille, un fourgon des pompiers, un véhicule banalisé. Dans le parc, des arbres centenaires, un gazon couvert de feuilles mortes. Le terrain en pente douce descendait jusqu'aux berges de l'Yerres, des oies grises gloussaient autour d'un bassin verdâtre. Maison de maître du XIXe, en pierres claires et briques rouges pour les encadrements de fenêtres. Heckmann n'aimait pas ces grandes maisons, construites pour protéger des regards et garder les silences. Il était mal à l'aise dans ce décor dominant.

Un flic en uniforme attendait dans le vestibule, cet éternel portier qui attendait le lieutenant Heckmann, lui ouvrant respectueusement la porte d'un nouveau crime.

Tout se passait dans une grande pièce du rez-de-chaussée ; un atelier de peinture. Un légiste, le capitaine de la police municipale de Brunoy, deux pompiers qui patientaient avec leur lit à roulettes, et le corps, assis sur une chaise face à un chevalet, installé devant les portes vitrées d'un jardin d'hiver. Le capitaine de police interrogeait une femme, deux autres flics en uniforme faisaient comme un mur de foot entre la femme et le cadavre, pour le cacher un peu. Et pour pouvoir la regarder, elle. Heckmann s'approcha de l'officier et de la femme, cheveux courts, châtains, des mèches décolorées. Elle était belle et assez bouleversée. Il interrompit la conversation.

– Lieutenant Heckmann, PJ de Paris. Bonjour mademoiselle. Excusez-nous un instant s'il vous plaît. Pourrais-je faire un point avec vous, capitaine ?

Ils s'éloignèrent.

– Un vieil homme, Philibert Charrin. Peintre. Quand nous avons signalé le meurtre à la Centrale, ils ont dit qu'ils envoyaient une équipe. Le légiste est arrivé en premier et a dit que c'était peut-être en rapport avec une autre affaire en cours. Cette dame est l'assistante de la victime, c'est elle qui a trouvé le corps ce matin. Vous pensez qu'il y a effectivement un rapport avec une affaire que vous suivez, lieutenant ?

– Possible. Nous avons eu un meurtre dans un autre atelier de peinture, il y a deux semaines. Appelez l'IPS, demandez Boris Georgelin, je veux qu'il arrive le plus vite possible.

– Aucun problème, lieutenant, on vous laisse la main. Et l'assistante, vous voulez aussi vous en charger ?

Le capitaine souriait, Heckmann ne lui rendit pas son sourire.

– Oui. En attendant, faites-la sortir d'ici.

Le vieux peintre était installé dans une lumière bien choisie. Ses mains avaient été matraquées. Sa gorge, noircie par les ecchymoses, n'était pas tranchée : on y voyait la marque des doigts qui avaient étranglé le vieil homme. Les yeux étaient gonflés, laiteux et grisés par la cataracte post-mortem. Le tueur s'était acharné sur le ventre. Le pull de Charrin était perforé une dizaine de fois, son gilet seul empêchait ses intestins de tomber par terre, l'odeur des entrailles qui commençaient à pourrir emplissait l'air. Tout était parfaitement propre, pas de sang par terre.

Virgile fit le tour de l'atelier. Les tableaux étaient meilleurs que ceux de Kurzeja, ou bien était-il enclin à le penser parce que le décor était moins minable. Il s'approcha d'une toile de petit format. Ce n'était pas de la peinture, mais un collage. À quelques mètres, on croyait à des tableaux peints. Le nez collé à la toile, on ne voyait plus que des bouts de papier déchirés à la main, sans cohérence. En reculant de cinquante centimètres, des formes apparaissaient, à un mètre, tout s'éclairait et devenait vivant. Une fenêtre de maison devenait un œil, un bout de papier-peint un oiseau dans un arbre, une chaussure la barbe d'un homme. Le lieutenant se tint au milieu de la pièce, sous la même lumière élégante des verrières, tombant sur le cadavre.

Il a recommencé. Le même. Les coups de couteau, les mains mutilées, un artiste, un atelier. Peut-être cette fois n'avait-il pas fait le ménage ; la maison tout entière semblait ordonnée et propre, mais il avait laissé derrière lui quelque chose d'essentiel : une idée fixe. Ce n'était plus une impasse, mais le début d'un merdier à tiroirs.

L'assistante attendait dans la cuisine, une grande cuisine avec batterie de casseroles au cuivre astiqué, un plan de travail en chêne et piano à cinq feux. Elle s'était servi un verre de vin, elle connaissait la maison.

– Je suis désolé de ce qui est arrivé à votre employeur, mademoiselle ?…

– Bordères. Julie Bordères. Philibert n'était pas mon employeur, ce mot est réducteur et absurde. C'était un génie et un homme d'une absolue gentillesse. Qui a pu vouloir autant de mal à un homme pareil ?

Le travail d'Heckmann ne se réduisait qu'à cela, trouver qui ; la question de l'assistante allait au-delà de ses prérogatives de flic et il ne se risqua pas à une réponse philosophique.

– C'est ce que nous allons tenter de découvrir, mademoiselle Bordères.

Les larmes coulaient sur ses joues, ses gestes restaient sûrs. La façon qu'elle avait de toucher les objets, avec ses doigts fins et ses ongles faits, sa façon de bouger, sa tristesse et son refus de la laisser prendre le dessus, tout concourait à la rendre excitante.

– Je prendrai contact avec vous plus tard, pour vous poser d'autres questions. Merci d'être restée à notre disposition depuis ce matin. Rentrez chez vous vous reposer maintenant, la maison va être pleine de monde pendant encore des heures.

– Je dois prévenir sa famille.

Heckmann baissa la tête, contrit, et regarda les jambes de Julie Bordères, bronzées et lisses, ses chaussures à talons hauts.

– Ce n'est pas le plus facile à faire. Si vous le souhaitez, nous pouvons… Je peux m'en charger.

– Non. Je le ferai.

Un policier vint prévenir le lieutenant que des journalistes étaient arrivés.

– Je vous conseille vraiment de rentrer chez vous maintenant, mademoiselle Bordères, et si vous le pouvez, d'éviter de croiser la presse.

Entre les flics qui vendaient la mèche pour un peu d'oseille et ses supérieurs qui aimaient le jeter sous les flashs, il n'avait aucune chance d'y échapper. La machine était lancée. Autant en profiter. Plus une personne ou une institution sont corrompues, plus elles sont manipulables. Les médias, assoiffés de contenu et prêts à tout pour en obtenir, étaient éminemment agaçants, gênants, corruptibles et donc parfois utiles. Les journalistes gobaient presque tout sans vérifier et répétaient ce que l'on souhaitait. Depuis le 11 septembre, leurs standards éthiques étaient encore plus à la baisse : leur appétit pour le sensationnel avait décuplé. Sur le seuil de la maison bourgeoise, semblant être le maître des lieux, le lieutenant Heckmann leur en donna pour leur argent.

– Nous avons affaire au même tueur que dans l'affaire de la rue Sémard. Le modus operandi est similaire, les deux victimes présentent de nombreux points communs et en dehors de ces ressemblances, aucun mobile ne permet d'établir de rapports entre elles, sinon les obsessions psychologiques du tueur.

Heckmann balança tout.

Georgelin débarqua, ses lunettes glissaient sur son nez. Heckmann lui demanda s'il voulait une photo de lui dans le journal ? Georgelin refusa catégoriquement, Virgile le prit par le bras et les flashs crépitèrent, puis ils rentrèrent dans la maison.

– C'est le même, lui dit Heckmann, je n'ai aucun doute.

– Effectivement, je vous ai entendu répondre aux journalistes. Vous croyez que vos supérieurs vont apprécier que vous dévoiliez comme ça tous les éléments d'enquête ?

– Certainement pas. C'est même le but. Je veux qu'on me laisse faire mon travail en paix. Et puis je n'ai pas tout dit. Je n'ai pas parlé du ménage. Au fait, les cheveux, vous avez trouvé quelque chose ?

– Trente-cinq à trente-six ans, blond, sexe masculin, aucune trace génétique particulière, du shampoing antichute, les cheveux de la quarantaine qui approche. La pollution de Paris. Il était en ville depuis au moins quarante-huit heures. En dehors de ça, tout ce qu'on a c'est un ADN parmi six milliards. Vous n'étiez pas en congé ?

– Il a laissé quelque chose ici. Au travail, Georgelin.

11.

Quai des Orfèvres l'humidité suintait des vieux plâtres et le bois des portes gonflait, les bureaux ne fermaient plus qu'à coups de pied. La pluie tombait depuis trois jours, la nuit la température frôlait le zéro et l'on attendait de la neige. À l'intérieur du 36, question climat et malgré la moisissure qui montait des plinthes, c'était les forges de Vulcain.

À Saint-Ouen, un Algérien sans papiers avait ouvert le feu lors d'un contrôle routier, deux flics blessés. Les syndicats de police préparaient des manifestations pour réclamer des effectifs supplémentaires ; IPSOS annonçait 90 % de la population derrière les policiers, score soviétique. Les flics étaient effectivement à cran, dans les commissariats, les baffes partaient vite. Dès qu'un môme faisait exploser un pétard, le commissariat du coin recevait dix coups de fil. En banlieue, le thermomètre était dans le rouge, les flics ne sortaient pas des voitures pour éviter les vols de pierres et les crachats. Des imams prêchaient l'apaisement, d'autres stockaient de l'essence. Dans le métro, des militaires armés de FAMAS patrouillaient avec des flics. Les gauchos protestaient, SOS Racisme protestait, au petit matin la flicaille défonçait des portes au moindre prétexte, sous couvert de sécurité, on réglait ses comptes. En bonne place au milieu de tout ça, le lieutenant Virgile Heckmann posait en photo sous des titres particulièrement subtils : « Un tueur en série s'attaque à des artistes », « La police traque un tueur de peintres », « Période Rouge pour le Tueur ». Des journalistes l'appelaient le *Saint*. Virgile avait étalé les journaux sur son bureau, souriant en voyant une photographie de Georgelin surpris par les flashs. Le divisionnaire Lecreux entra avant qu'il ait eu le temps de lire tous les titres.

– Qu'est-ce que c'est que ce bordel ? Vous êtes cinglé ou quoi ? Vous croyez que ce n'est pas assez la panique comme ça ? Je croyais vous avoir averti, Heckmann, vous ne faites pas ce que vous voulez ici, nom de Dieu, vous avez des comptes à rendre. Jusqu'à preuve du contraire, deux meurtres n'ont jamais fait une série. C'est une coïncidence et vous allez rapidement donner une conférence de presse pour rectifier le tir, vous m'entendez ?

– Les reporters ont extrapolé, commissaire. Et puis ils sont arrivés presque en même temps que moi. Il y a des fuites, je n'y peux rien. Vous savez comment ça se passe.

– Ne jouez pas au plus malin avec moi. Tout ce qu'il vous reste à faire, c'est de boucler rapidement cette enquête. Vous foutez votre carrière en l'air, Heckmann, et il n'y aura pas grand-monde pour vous plaindre. Et pour que vous n'imaginiez pas que je plaisante, le mariole qui est avec vous en photo est viré.

– J'ai besoin de lui. Dites plutôt aux journalistes de faire correctement leur boulot.

– Si vous trouvez le tueur, je veillerai à ce qu'une jolie promotion vous envoie en Nouvelle-Calédonie. Si vous ne le trouvez pas, un blâme vous fera envoyer exactement au même endroit.

Lecreux claqua la porte gonflée, qui rebondit et resta ouverte. Virgile décrocha son téléphona.

– Mademoiselle Bordères ? Lieutenant Heckmann, nous nous sommes parlé hier à…

– Je me souviens de vous. Qu'est-ce que vous voulez ?

– Votre déposition. Mais j'aurais besoin de vous voir à la maison de M. Charrin. Est-ce que vous vous sentez capable d'y retourner si tôt ?

– Pas du tout. Sa famille est sur place et je n'ai aucune envie d'y aller.

– J'ai besoin de quelqu'un qui connaisse l'endroit. Nous pensons que le tueur a déjà commis un autre meurtre similaire à l'assassinant de monsieur Charrin. Je dois savoir s'il a touché à quelque chose dans la maison. Mademoiselle Bordères ?

– Je ne peux pas avant demain.

– 11 heures ?

Virgile entra au numéro 3 du quai de l'Horloge, direction les locaux de l'IPS. À l'accueil, il demanda Boris Georgelin. On ne connaissait pas. Il demanda Ménard, on lui indiqua le chemin de son bureau, et il trouva là le jeune Georgelin qui n'avait pas encore toutes ses UV. Au milieu des tubes à essai et des microscopes, Georgelin faisait la gueule.

– Vous m'avez mis dans de sacrés ennuis, lieutenant. Pour rester poli. Même pas encore titularisé, et je suis déjà viré. Vous vous êtes bien foutu de moi avec ces journalistes.

– Moi aussi on m'a annoncé que je serai viré. Mais tout ça n'est que de la politique, Georgelin, ne prenez rien de ce que vous entendez au sérieux. C'est un jeu où la seule règle sont les résultats. S'ils sont bons, vos pires ennemis redeviennent vos amis.

– Si vous croyez que ça me réconforte.

– Qu'est-ce que vous avez trouvé à Brunoy ?

– Allez vous faire foutre. J'ai plus besoin de rester poli, si vous êtes aussi viré.

– Je vais finir cette enquête. Est-ce que vous voulez m'aider ?

Georgelin digéra en silence.

– Même chose qu'à Montmartre : nettoyage complet. Pour être certain, il faudrait juste savoir si quelqu'un d'autre faisait le ménage dans la maison.

– Je m'en occupe.

– Les traces de sang nettoyées, l'atelier parfaitement propre, la salle de bains du rez-de-chaussée récurée, les chiottes impeccables. Je pense avoir trouvé les mêmes cheveux blonds. Cette fois le couteau n'était pas dans la maison et les poubelles étaient vides, les sacs ont été changés. J'ai fait l'inventaire des produits d'entretien de la maison, si c'est l'obsession du tueur, j'ai insisté là-dessus. Il faut que je finisse mes analyses, mais je pense que le type n'a pas utilisé un produit de la maison. Il y a encore une chose que je dois vérifier, c'est à propos des…

– Vous voulez dire qu'il est venu avec son matériel de nettoyage ?

– Possible.

– Vous me tenez au courant.

– Ça va pas bien dans votre tête ? Vous savez, je suis dans une merde noire. J'ai encore un prêt étudiant à rembourser.

– Je vous dis que si on boucle cette affaire, nous pourrons tout renégocier. Ma carrière je m'en fous, la vôtre, je ferai ce que je peux.

– Vous devriez dormir un peu, vous avez une sale tête.

Heckmann appela l'hôpital Saint-Louis. Un médecin lui dit qu'Isabelle Enjalbal était toujours délirante, que sa fille venait d'être placée dans un centre pour handicapés physiques, que la petite réclamait sa mère et son frère.

– Et aussi son père. Est-ce que vous l'avez retrouvé ?

– Sans l'aide de la mère, ce n'est pas évident.

– Vous voulez dire que personne ne s'en préoccupe, lieutenant ?

– Je ne peux rien faire de plus pour l'instant, docteur.

Chaque jour, depuis la défenestration d'Isabelle Enjalbal, Heckmann trouvait quelque chose de plus à jeter dans le sac noir de ses cauchemars.

Il fit un crochet par son appartement, dans le petit coffre-fort déposa son arme et sa carte. Puis il prit le métro jusqu'à la place de Clichy, remonta l'avenue et trouva ce qu'il cherchait.

Le bar PMU, enfumé, était tenu par un Chinois à face de lune, sa grosse tête posée sur un corps étroit. Le bistrot était plein de chômeurs, d'alcoolos à la retraite et d'Arabes qui tuaient le temps, fumant des Marlboro et des Gitanes, cochant des grilles de Loto, épluchant les pages du *Turfiste*, misant des petites sommes sur des chevaux de millionnaires. Virgile commanda un Ricard, proposa une tournée aux vieux musulmans que leur religion empêchait de boire mais pas de jouer aux courses. Il se mit à parler tout seul, de plus en plus fort. Il racontait des blagues « un Français, un Belge, un Arabe »… Parla de Ben Laden, des imams, de la banlieue, nid à merde, des fausses excuses des fainéants qui vivaient des aides sociales. Les *bougnouls*, lâcha-t-il entre ses dents. Qu'il faudrait que quelqu'un ait le courage de remettre les choses en ordre et chacun à sa place, parce que la France pourrissait sur pied. Les vieux clients s'éloignèrent de lui, un espace vide de chaque côté du bar autour du Blanc aux cheveux blonds, un Blanc en colère. On avait appris à les éviter et ne pas s'y frotter. Le patron chinois remonta le son de la chaîne hippique pour couvrir les insultes de ce client dérangeant. Virgile continuait à commander et verser du Ricard dans son ventre vide. Jusqu'à ce que le Chinois refuse de le servir. Mais il était trop tard ; Heckmann était saoul, il tapait du poing sur le zinc.

– Qu'est-ce que vous foutez-là, tous, hein ? Vous attendez quoi ?

Il continua à crier jusqu'à ce que deux Arabes, des jeunes assis à une table dans un coin, se lèvent. Virgile les avait repérés depuis un moment. Vestes et pantalons de jogging, des Nike propres, des bagues et des gourmettes, en train d'éplucher les petites annonces. Ils avaient baissé la tête aussi longtemps qu'ils pouvaient. Ils encadrèrent le Blanc, lui dirent poliment de la fermer et de partir. Virgile posa son imper sur le comptoir.

Il leur demanda s'ils avaient quelque chose à reprocher à un vrai Français.

– Je suis chez moi, ici.

Les deux jeunes n'étaient pas énervés, ils faisaient ce qu'ils avaient à faire. Virgile essaya honnêtement de se défendre. Les deux jeunes, secs comme des cailloux du désert, lui collèrent une raclée honnête. Quand ils le virent sourire sous les coups, ils l'abandonnèrent sur le trottoir devant le bistrot, le traitant de fou et lui conseillant de ne pas remettre les pieds dans le coin. Le patron lui apporta son manteau et lui demanda à son tour de ne pas revenir.

– Vous voulez appeler la police ?
– Inutile, merci.

Vautré qu'il était sur une banquette du métro, personne ne vint s'asseoir à côté de l'homme au visage ensanglanté. Chez lui, Heckmann se nettoya le visage, rinça ses yeux au collyre et avala des cachets d'ibuprofène. Il s'allongea sur son canapé et s'endormit en une minute.

12.

Au quai des Orfèvres, sa gueule amochée fit un tabac. Personne ne lui posa de question sur comment cela était arrivé, on était juste amusé de voir le *Saint* enfin un peu sali, dans ses costumes qu'on ne pouvait pas se payer, avec les lèvres fendues, un coquard violet et les pommettes écorchées. Quelqu'un avait fait ce dont ils rêvaient, faire ravaler sa morgue à Heckmann.

Ce matin, dans sa boîte aux lettres de la rue Saint-Charles, il avait trouvé une seconde enveloppe, couverte de la même écriture. Il traversa le 36 sans prêter attention aux sourires de ses collègues et fonça aux archives. Pourquoi sont-elles toujours au sous-sol ? se demandait-il. Le passé était stocké sous terre, là où, pendant les guerres, s'organisaient les résistances, dans les caves où l'on torturait pour obtenir des vérités approximatives, arrachées par la douleur. Depuis qu'il avait la lettre, sa mémoire ne cessait de retourner à ses cours d'histoire de l'université, l'Alsace et l'Occupation, ce qu'il savait de sa famille. Les archives sont dans les sous-sol parce que contrairement à l'avenir, au sujet duquel on peut toujours faire des promesses et mentir, le passé laissait des traces. Il était encombrant et l'on trouvait toujours une quantité égale de partisans, dans les camps de ceux qui voulaient les conserver et de ceux qui voulaient s'en débarrasser. À la cave donc.

Aux archives de la police en particulier, lorsque l'on remontait le temps jusqu'à la Seconde Guerre mondiale, on souhaitait l'oubli, la disparition dans une inondation providentielle. Le dossier qu'il cherchait s'y trouvait. Celui-là, la police ne voyait pas d'inconvénient à le conserver : il concernait un ennemi de l'État, de la République et de ses valeurs. Le dossier d'un médecin. La lettre l'y mena sans hésitation.

Cher Monsieur Heckmann,

Voilà que l'envie de vous écrire m'a repris. En ces temps troublés, dont sans doute nous ne faisons plus grand cas que nous le devrions – mais il est naturel pour chaque génération de se construire ses mythes, ses légendes et de s'inventer ses glorioles ; nous aurons donc désormais notre terreur, nos ennemis, nos excuses –, j'ai l'immodestie de croire que mon vieil âge, cette satanée expérience, pourrait servir. Et je crois avoir vu en vous un homme digne de confiance ; votre désespoir semble sincère. Donc voilà, je vais vous faire part de mes opinions, à vous d'en faire ce que vous voulez.
Vous devez avoir déjà toute une équipe de psychologues au travail sur le « tueur d'artistes ». Mais ces gens manquent de culture générale, je veux dire de conscience politique. Voici des remarques que j'ai notées au sujet de ce tueur : il est d'abord évident qu'il mène deux vies contradictoires et simultanées ; l'une dominée par les règles de la civilisation, l'autre qui est une tentative brutale de réagir aux contraintes de cette civilisation. N'est-ce pas ce que sont les artistes : des évadés des lois communes, ceux qui montrent de nouveaux chemins ? N'ergotons pas sur les définitions de la liberté, acceptons de façon générale cette idée : les

artistes sont des êtres libres. Votre tueur les assassine, mais il ne les hait pas, il les envie. Ils sont un interdit, et il n'y a pas de doute non plus sur le fait qu'une figure autoritaire, dominatrice, plane sur cet assassin ; il est un être honteux, sensible et ayant été empêché de l'être. Les tyrans domestiques, les pères ou les mères sadiques existent dans tous les milieux, de tout temps, dans toutes les classes. Mais vous savez certainement, monsieur Heckmann, puisque vous en venez vous-même, que les familles bourgeoises et pieuses sont parmi les plus fertiles foyers des autorités castratrices. L'Église, lieutenant Heckmann, n'a jamais cessé de payer les services des artistes, pour élever ses monuments, illustrer ses thèses et séduire ses fidèles. Mais elle n'a eu cesse non plus de les vouer aux gémonies, de les excommunier et de les persécuter : l'Église sait exactement leur pouvoir, et comme un Platon réactionnaire, elle ne souhaite rien tant que les voir chassés de la cité de Dieu.

La religion, en négatif, a fait de ce tueur qui il est.

Je n'en mettrais pas ma main à couper, mais les chances sont grandes que ce soit juste.

Évidemment, même vrai, cette information ne vous aidera pas à le retrouver. En puissance, ou sur le papier, ce profil pourrait être celui de millions d'entre nous : frustré, désirant vivre libre, créer ses propres règles, ses œuvres, pour ne plus subir celles des autres.

Si je devais choisir une forme de foi pour lui, je pencherais pour une de ses versions les plus austères. Par exemple, celle de votre pays, monsieur Heckmann, l'église des réformateurs allemands, de l'Alsace : les protestants et leur progéniture sectaire : méthodistes, baptistes, anabaptistes, amish... L'Église, cher lieutenant, qui interdit les images ; l'ennemie la plus pure des arts.

Pour me faire pardonner ces lettres qui peut-être compliquent vos journées, afin de ne pas vous

accabler de travail supplémentaire en vous lançant à ma recherche, je vais me présenter à titre d'excuse. Je m'appelle Roland Parques, et je suis certain qu'en fouillant un peu, vous retrouverez un dossier sur mon compte, quelque part dans les archives de notre merveilleuse police. Mon adresse devrait aussi y figurer, elle n'a pas changé depuis cinquante ans.
Si vous y passez, ma porte vous sera ouverte et vous pourrez vous féliciter, lieutenant, d'être le premier policier à y être amicalement accueilli.

R.P.

Dire que Roland Parques avait un dossier aurait été un euphémisme. Il avait un *gros* dossier.

Né le 9 octobre 1919 à Toulouse, Parques était de père espagnol, Jùan Parques, décédé en 1941, et de mère française, Andrée Parques, née Simonin, décédée en 1919 ; le 9 octobre. Roland Parques avait tué sa mère en venant au monde. Première année de médecine en 1939 à Toulouse, il entre en résistance, fiché comme communiste par la police de Vichy. Non content d'intéresser la milice, Roland Parques, âgé de vingt ans, devient l'assistant d'une *faiseuse d'anges,* qui sera guillotinée en 1943. C'est pour cette activité-là qu'il est arrêté une première fois. Condamné par le gouvernement pétainiste pour exercice illégal d'obstétrique abortive, crime d'État. Parques est emprisonné, torturé pour obtenir des renseignements sur le réseau de résistants dont il faisait partie. Il évite de peu la condamnation à mort et passe le reste de la guerre en prison. Il semble ensuite que la police ne cessera plus de le surveiller. Après la Libération il passe un an en sanatorium, reprend ses études de médecine et milite activement pour la légalisation de l'avortement. Il obtient son doctorat de médecine en 1952. En 1954, une jeune Algérienne meurt alors que Parques tente de l'avorter. La famille de la jeune femme porte plainte contre lui. Devant ses juges, Parques explique que la jeune femme avait été violée par un cousin, il fait un tel foin que les journaux s'intéressent à l'affaire ; pour éviter un scandale, alors qu'en Algérie les premiers combats éclatent, Parques reçoit une sentence allégée, trois ans, et est envoyé purger sa peine à la centrale de Bourges. À sa sortie, Parques est encore plus enragé. Les Renseignements généraux ne le lâchent plus. Il est de tous les coups de gueule, de tous les débats. Trois autres arrestations pour avortements illégaux de 1958 à 1966, sans suite, plaintes retirées. Après encore une plainte, en 1967, l'Ordre des médecins finit par lui interdire l'exercice de la médecine. En 1971, lors d'un congrès consacré à la natalité, Roland Parques agresse un médecin participant ; l'homme passe une semaine à l'hôpital. Amende, mise à l'épreuve de quatre ans. Parques est soupçonné de pratiquer des avortements illégaux jusqu'en 1973. Publications, articles, déclarations aux journalistes, une photo de lui avec Simone Veil. Dans les notes des RG, en plus de ses activités pro-avortement et de ses ennuis judiciaires, Parques était soupçonné de trafic de drogues médicales, d'être juif, communiste, anarchiste, libertaire, d'avoir hébergé et caché des membres du FLN, d'avoir été l'un de leurs porteurs de valises, d'être homosexuel, bisexuel, monogame et sataniste.

Il fallut deux heures à Heckmann pour éplucher le dossier. Une fois le tri fait entre fantasmes policiers et réalité, entre ce qui constituait des crimes trente ans plus tôt, devenu légal aujourd'hui, restait un fouineur, un militant, un acharné, un vieux médecin qui avait aujourd'hui quatre-vingt-deux ans et qui écrivait des lettres pour occuper ses vieux jours.

Dans la Mercedes, Virgile mit en marche l'autoradio. Il se surprit, écoutant FIP, à ne pas supporter les morceaux de jazz habituels, puis à secouer la tête quand passaient des morceaux de rock plus entraînants. Aussi étrange qu'elle soit, la lettre de Roland Parques était une invitation, et personne ne l'avait invité depuis longtemps.

Garé sur l'allée de la grande maison de Brunoy, il sortit son carnet et nota, après l'heure de son rendez-vous avec l'assistante : Revoir atelier rue Sémard. Archives sur trois, quatre ans : agressions sur artistes + artistes fichés.

11 h 30, il était en retard.

Julie Bordères attendait dans sa voiture, un petit coupé japonais bleu qui ressemblait à un jouet. Elle n'était pas entrée, elle l'avait attendu. Elle sortit de son véhicule en le voyant arriver, il s'excusa pour son retard. Elle détailla son visage de boxeur après un match et Virgile se demanda si cela lui donnait du charme, une allure plus virile ?

Toujours la même impression de malaise devant cette maison. Julie Bordères portait un ensemble noir un peu léger pour cette saison, sans veste pour se protéger du froid. Elle sacrifiait le confort à l'apparence et ne devait pas mettre un pied dehors sans être certaine de l'effet qu'elle produirait.

L'assistante frappa à la porte. Une vieille dame ouvrit, abattue, dit bonjour à Julie et elles s'étreignirent sans effusions superflues. Heckmann se présenta, la femme âgée lui sourit, intimidée ou inquiétée par son visage marqué. Le costume et la carte de police la rassurèrent un peu. Ils entrèrent.

Dans le grand salon, six autres personnes buvaient du thé, assises dans des fauteuils à fleurs posés sur des tapis à fleurs. Un vieil homme qui ressemblait beaucoup à Charrin, du même âge que la dame qui avait ouvert. Deux couples d'une cinquantaine d'années, mains à plat sur des pantalons à plis et des jupes droites. Enfin, une très vieille, avec des lunettes dont l'un des verres était noir ; elle sucrait les fraises et devait faire une peur bleue à ses arrière-petits-enfants. Virgile salua en silence, s'inclinant comme on le lui avait enseigné, enfant, devant les visiteurs ou de lointains membres de la famille Heckmann. Julie Bordères les ignora et il continua à sa suite, traversant le salon, suivant le couloir jusqu'à l'atelier. Il l'entendit articuler, entre ses dents serrées mais suffisamment clair pour qu'il puisse la comprendre : « Vautours ». Elle s'arrêta devant la bande de plastique jaune « ENQUÊTE DE POLICE ». Heckmann la déchira pour elle et l'invita à passer. Il lui laissa le temps de s'acclimater, de trouver la quantité d'air dont ses poumons avaient besoin et qu'elle pouvait arriver à avaler. La chaise où Charrin était mort n'avait pas changé de place, et malgré la grisaille du ciel, les verrières diffusaient une lumière nette sur la pièce et le matériel du peintre.

– À quelle heure êtes-vous arrivée avant-hier ?

– 10 h 30 environ.

– Une heure habituelle ?

– Vous me soupçonnez déjà ?

– Absolument pas.

– Je suis arrivée plus tard que d'habitude, parce que la veille nous étions à un vernissage et que nous sommes rentrés tard. Philibert n'avait pas l'habitude de sortir, il n'aime pas les mondanités. Mais c'était important et nous sommes rentrés tard.

Elle avait encore des problèmes avec le passé et le présent. Elle croisa ses bras et, qu'elle l'ait voulu ou non, fit gonfler ses seins et bailler le décolleté de sa veste de chemisier. Il se demanda à nouveau si tous les gestes de Julie Bordères étaient calculés, ou bien s'il lui arrivait d'oublier son corps, rond et sensuel, terriblement excitant, alors que lui, même sur une scène de crime, ne pouvait s'empêcher de le regarder et d'y penser.

– Tard ? À quelle heure exactement ?

– Vous menez une vie passionnante, lieutenant.

– S'il vous plaît, je ne…

– 1 h 30 du matin.

– Quel est votre travail exactement ?

– L'administratif, les négociations avec les galeries et les musées, le secrétariat, la comptabilité. Tout ce que Philibert ne faisait pas, ce que la plupart des artistes ne savent pas faire, bien que quelques-uns soient de redoutables hommes d'affaires. Et encore, la plupart du temps ce sont leurs femmes qui supervisent les questions d'argent.

Virgile sourit

– Je suis désolé de vous demander cela, mais pourriez-vous faire le tour de l'atelier et me dire si quelque chose attire votre attention ? Si quelque chose n'est pas à sa place, ou aurait changé ? Le moindre détail pourrait être important, dites-moi tout ce qui vous passe par la tête.

Virgile faillit s'excuser pour cette dernière formule mal choisie, réalisa que c'était seulement dans sa tête que passaient des idées n'ayant rien à voir avec la mort du vieux peintre. Julie Bordères n'hésita pas longtemps.

– C'est parfaitement rangé.

– Et ce n'est pas normal ?

– Philibert était plutôt dispersé.

– Son travail a l'air plutôt méticuleux.

– Vous avez remarqué ça ?

Elle avait souri et Heckmann, malgré l'ironie de la remarque, accepta la part de compliment qu'elle contenait aussi. L'assistante se dirigea vers la chaise du mort, et le tableau devant, sur le chevalet, qui n'avait pas changé de place non plus. Elle se pencha sur le collage.

– Quelqu'un a touché à la toile.

– Vous voulez dire qu'il y a des traces de doigts ?

– Ne soyez pas ridicule. Quelqu'un a ajouté quelque chose à la toile.

Virgile marcha vers le tableau, mais c'était d'elle qu'il se rapprochait. Il sentit son parfum, celui dont elle s'aspergeait et l'odeur de son corps qui s'y mélangeait. Une part du parfum l'attirait, humaine, réelle, fragile, et l'autre le repoussait, sophistiquée et calculée. Son odeur le mettait à distance, annonçant par sa complexité le type d'hommes qu'elle voulait attirer, raffinés et mondains, assez sûrs d'eux pour oser l'aborder et franchir cette frontière olfactive. Julie Bordères, se sentant observée, recula. Le policier sentait le simple déodorant et le manque.

– Qu'est-ce qui a été ajouté ?

– Philibert travaille des années à un tableau. Il ajoute parfois un morceau de papier par mois, pas plus. Il a commencé celui-là il y a trois ans, je le connais par cœur. Quelqu'un a ajouté trois morceaux, là, dans ce coin.

Elle se recula, plissa les yeux et à nouveau croisa ses bras.

– Ce n'est pas parfait, mais ce n'est pas si mal.

Puis elle se troubla, pâlit et se tourna vers le lieutenant de police. Il n'y avait qu'une seule possibilité.

– C’est le tueur, celui qui a tué Philibert, qui a ajouté un personnage au tableau ?

– C’est presque certain.

Heckmann était calme et elle trouva rassurante la présence de cet homme que l’évocation du tueur n’effrayait pas. Les coups sur son visage, finalement, étaient aussi le signe qu’il n’avait pas peur d’une bagarre. Elle aima cette idée. Heckmann s’écarta à son tour du tableau.

– Je vais vous laisser tranquille, dites-moi seulement si d’autres idées vous viennent.

– Des idées ?

– Sur le tableau et l’atelier.

Elle se reprit.

– Je suis certaine que la pièce a été rangée. Pour le tableau, la forme du personnage est bonne, mais pas les couleurs. Les couleurs sont le plus difficile à comprendre.

– Qui s’occupe du ménage dans la maison et quand est-il fait ?

– Irène, elle vient deux jours par semaine. Lundi et jeudi. Mais elle ne touche jamais à l’atelier, Philibert l’interdisait.

– Est-ce qu’Irène vient avec son matériel ?

– C’est une question importante ?

– Peut-être.

– Non, je suis presque sûre qu’elle utilise le matériel de la maison.

Heckmann l’invita à quitter l’atelier, dans le couloir, marchant vers le salon et la famille du peintre, il parla bas, en profita pour s’approcher à nouveau d’elle.

– Pourquoi *vautours* ?

– Philibert était riche, ses toiles valent beaucoup d’argent. Plus encore depuis… Sa famille est là pour ça, ils n’ont jamais attaché d’importance à son art.

– Ah, j'allais oublier. Où avait lieu le vernissage, mercredi soir ?

– Galerie Fabre, rue Quincampoix.

– Merci pour le temps que vous m'avez accordé, mademoiselle Bordères.

Il aurait voulu savoir, parmi toutes les attributions de l'assistante, si elle était aussi la maîtresse du vieux. Il aurait aimé savoir ce qu'elle pensait de lui, quitta la maison en espérant que cette rencontre ne laisserait pas que des mauvaises impressions. Virgile laissa Julie Bordères passer devant lui avec sa petite voiture bleue, il la suivit un moment avant de bifurquer et de reprendre la direction de Paris centre.

13.

Maximilien Marty jouait sur la moquette du salon avec le chien, l'animal attaquait ses manches de pull et puait de la gueule. Max fit le mort, le chien continua un instant à tirer sur son vêtement, puis poussa sa main du museau et gémit. Max imagina le monde après sa mort, se demanda qui viendrait à son enterrement, combien d'ex-petites amies éplorées ? Le chien lui lécha le visage, son haleine de charogne le tira de ses fantasmes morbides. Sortir d'ici.

Dans l'ascenseur, un jeune poète avait écrit au marqueur sur le miroir : « Mieux vaut être belle et rebelle que moche et remoche. » Ça changeait des croix gammées et des « Vive le PSG » ou « Ta mère suce pas que de la glace ». Le parking souterrain sentait la pisse et le monoxyde de carbone. Le gardien rangeait les poubelles.

– Bonjour, monsieur Marty, comment va votre dame ? C'est pour bientôt alors !

– De quoi ?

– Aah ! Vous me faites marcher, monsieur Marty !

Le portail automatique du parking se leva lentement, il eut le temps de se demander ce qui lui faisait envie de l'autre côté de cette grille. Dans la rue de Ménilmontant, descendant comme une aiguille vers Paris, Max imagina une voiture sans freins.

Place du Colonel-Fabien, les pavés glissants secouèrent sa vieille voiture à la limite du démembrement ; maintenir cette épave à flot lui coûtait une fortune, mais il était sentimental. À Stalingrad, des clodos se serraient par paquets contre les piles du métro aérien. À sa droite le canal de l'Ourcq s'enfonçait dans la Seine-Saint-Denis où Paris, capitale du luxe, n'était qu'un paradis inaccessible. À gauche, le canal changeait de nom, devenait Saint-Martin, territoire des brunchs branchés et d'Amélie Poulain.

Max appela Laurent. Il lui dit qu'il s'occuperait de voir les derniers clients pour les paiements et les contrats en cours, puis il l'invita, avec sa femme et leurs deux gamins à déjeuner dimanche prochain, pour fêter les vacances en famille.

– Mais on se voit tous les deux samedi soir, pour fêter ça tranquilles ?

– Ça marche.

Il roula jusqu'au XIXe et se gara rue Pierre Sémard.

Max attendit un moment dans sa voiture, le temps de peser le pour et le contre, de trouver le courage de faire cette connerie. Puis il se dirigea vers l'immeuble et demanda au gardien où était le logement de David Kurzeja, en sortant une carte tricolore et en se présentant comme un flic. Une petite comédie dont il avait l'habitude quand il était enquêteur ; un délit qui pouvait coûter cher. Le concierge n'y vit que du feu. Max savait d'expérience que le quidam était obéissant ; la résistance républicaine était marginale dans la lutte contre l'anarchie, la nature soumise de l'humain était le premier obstacle. Quand on savait prendre la voix autoritaire d'un flic, on obtenait ce qu'on voulait.

Les scellés étaient arrachés, la rubalise jaune et noire flottait dans les courants d'air de la porte d'entrée, ouverte. Des curieux étaient déjà passés. Il y avait un tas de fétichistes tordus, amateurs de scènes de crime, qui couraient les faits divers et les accidents de voitures ; le concierge avait dû prendre quelques billets et fermer les yeux un moment. Max entra dans l'appartement et reconnut qu'il ne valait pas beaucoup mieux qu'eux. Il fit le tour de la grande pièce, atelier et lieu de vie, se rappelant les détails des journaux. La cuisine, la table. Il passa au milieu des tableaux et des meubles sans toucher à rien. Sauf que le parquet trempé avait moisi : des cercles de duvet blanc avaient recouvert le sol. Max, sans y prêter attention, avait laissé sur cette fine couche de neige de penicillium des traces noires de pas, des empreintes parfaites de ses semelles. Crétin. Il ferait mieux de s'en aller, avant de repartir s'arrêta un instant devant le tableau du manège, sur son chevalet, qui se couvrait de poussière. Partout, sauf sur le ciel bleu. Il colla son nez à la toile : la patine du ciel était plus lisse que le reste du tableau, la poussière n'y accrochait pas de la même façon.

Max se figea. Du bruit dans l'escalier. Il bougea lentement, marquant les auréoles de moisissure à la pointe de ses chaussures. Le parquet du palier craquait, mais le bois sous ses pieds aussi, et l'autre, celui qui arrivait, s'arrêta. Ils savaient tous les deux à quoi s'en tenir, et la prudence du visiteur n'annonçait pas le concierge. Max se glissa jusqu'à l'entrée et se plaqua contre le mur derrière la porte. Il sentit les lattes du parquet bouger sous ses pieds et entendit un léger souffle. Max regarda le sol et en aurait presque rigolé. Les traces de ses pas dans la moisissure menaient droit à sa cachette. Bon. Foutu pour foutu… Il poussa la porte de toutes ses forces, l'huisserie percuta un corps qui fut projeté au milieu de la pièce, il partit en courant vers l'escalier, agrippa la rampe, entendit crier « Stop ! ». Le type était rapide. Encore « Stop ! ». Le ton n'était pas une imitation, il avait affaire à un flic, un type qui croyait être tombé sur le meurtrier, de retour sur les lieux du crime ? Max savait qu'il fallait arrêter là, avant que sa bêtise ne tourne au drame, mais il était emporté par son élan et ne put stopper à temps. Il volait au-dessus des marches quand la rampe en bois de l'escalier explosa. Un choc au visage le projeta contre le mur. Il essaya de se relever, le canon de l'arme, juste devant ses yeux, l'en dissuada.

– Ne bougez pas.

Max voulut toucher son visage, une main l'en empêcha et il n'avait aucune force pour lui résister. On lui tordit un bras dans le dos, puis l'autre. Menottes. À tout prendre, un flic valait mieux que le tueur. Du sang coulait dans son cou. Le flic le releva et le ramena dans l'atelier, tira une chaise et Max s'y effondra et reconnut le lieutenant des journaux, Virgile Heckmann, le blanc des yeux rougis par des vaisseaux éclatés, les cernes noirs de coups de poings dans la figure. Ça le vieillissait.

– Je suis blessé, appelez un médecin.

– Qui êtes-vous ?

– Je suis détective privé, enquêteur, comme vous voulez. Appelez un médecin.

Heckmann fouilla les poches de Max, y trouva ses clés et son portefeuille qu'il éplucha.

– Maximilien Marty ? Cette carte d'enquêteur est périmée depuis deux ans, sans parler de cette fausse carte de police.

– Je ne travaille plus.

– Que faites-vous ici dans ce cas ?

– Je me le demande. Et vous ?

– Ne jouez pas à ce jeu avec moi.

– Quel jeu ?

– Celui du plus malin.

– Je voudrais bien, mais vous avez un sacré désavantage et je ne peux pas m'empêcher d'en profiter.

– C'est-à-dire ?

– Vous avez tiré avant de poser des questions. Au jeu du plus con, c'est pour ainsi dire un forfait.

– Et vous croyez intelligent, dans votre situation, d'être grossier ?

– Non.

Heckmann se pencha pour observer la blessure de l'homme menotté.

– Il va falloir soigner ça, mais nous pouvons parler encore un peu, vous n'en mourrez pas. Que faites-vous ici ? Vous avez été embauché par la famille de monsieur Kurzeja ?

– Pas du tout. Je passe le temps. Mon médecin traitant dit que je fais une dépression réactionnelle.

– Je vous ai déjà vu. Vous m'avez suivi ?

– Pardon ?

Le lieutenant réfléchit.

– Vous avez un chien, je vous ai vu à Montmartre. Vous aimez le quartier ? Vous êtes peut-être un artiste vous aussi ?

– Je n'ai tué personne. Je lis seulement trop les journaux et mes vieilles habitudes m'ont repris. J'ai des tas d'alibis pour les deux meurtres. Appelez un médecin maintenant.

Max avait parlé plus fort et un peu du sang qui coulait jusqu'à sa bouche fut projeté en gouttelettes, jusque sur les chaussures du lieutenant. Heckmann ne broncha pas, il regardait toujours la blessure. Une bonne entaille de quatre ou cinq centimètres, sous l'œil gauche, des éclats de bois plantés dans la chair rose. On voyait l'os de la pommette et l'œil de Maximilien Marty commençait à gonfler.

– Pourquoi vous intéressez-vous à mon enquête ? Qu'est-ce que vous savez ?

– *Votre* enquête ? Je ne sais rien de plus que ce que vous avez dit aux journalistes. Je sais que j'ai pissé dans mon froc et qu'il y a cinq minutes j'ai cru mourir pour de bon, alors qu'il y a deux heures je faisais semblant dans le salon de mon appartement. Ma femme est enceinte, lieutenant, et si ça ne vous éclaire pas beaucoup, c'est la meilleure explication que je puisse fournir à ma présence ici.

***

Heckmann se gara, remonta sa vitre et souffla. La migraine lui coupait la tête en deux. Il regarda le pavillon, coincé au milieu des immeubles neufs à trois étages, le dernier représentant encore debout, rue des Bleuets, à la Garenne-Colombes, de cette banlieue ouvrière. Le quartier de la Défense en prenait maintenant possession, et l'on construisait pour les cadres des grandes tours des logements neufs, les uns sur les autres.

Virgile se retourna. Il y avait du sang sur le cuir de la banquette arrière, l'habitacle sentait la pisse, Maximilien Marty grelottait malgré le chauffage à fond. La douleur de sa blessure et la chute d'adrénaline, après la trouille qu'il avait eue, l'avaient épuisé. Se faire tirer dessus est un traumatisme dont certaines personnes ne se remettaient jamais.

– On est arrivés.

Max ouvrit son œil droit, le gauche ressemblait à une orange bleue.

– Je crois que je ne vous aime pas bien, Heckmann.

Virgile lui avait ôté les menottes, il passa son bras sous celui du détective à la retraite et poussa la grille rouillée du petit jardin. De ce qui avait été un jardin.

Un tronc de pommier avec des moignons en guise de branches, mort depuis les accords d'Evian ; des herbes jaunes à hauteur de genoux, des jardinières pleines de terre et de coquilles vides d'escargots, le squelette métallique d'un banc au bois vermoulu. Une allée menacée par les plantes sauvages menait à la porte du pavillon, qui n'était pas beaucoup plus brillant. Tuiles cassées, couvertes de mousses et de lichens, des enduits cloqués et fissurés tombant par plaques, révélant les parpaings mis à nu, des volets métalliques rouillés, fermés, aux charnières fendues, gouttières tombantes et corrodées ; un naufrage. Les herbes étaient couchées le long d'une trace, un sentier étroit de terre brute, qui conduisait de la boîte aux lettres à la porte d'entrée. Max, ouvrant grand, son œil valide, s'arrêta.

– Y a un médecin dans cette ruine ?

– Il est à la retraite.

– Vraiment ? Dites, Heckmann, c'est vous qui m'avez tiré dessus, mais vous avez pas l'air dans votre assiette non plus. Vous êtes blanc comme un cachet d'aspirine.

– Je manque de sommeil.

Heckmann frappa à la porte, la migraine le faisait voir double et au lieu de soutenir Marty, c'est lui qui commençait à s'appuyer à son bras.

Ils entendirent des bruits. Quelque chose vivait à l'intérieur. La porte racla, grinça, la porte parla, elle dit : *Saloperie de porte de merde*. De la fumée s'en échappa, coupée en lame par l'entrebâillement, comme sortant des naseaux du monstre pavillonnaire. L'odeur ne trompait pas. Cigare.

– C'est pour quoi encore ?

Marty et Heckmann se regardèrent. Encore ?

La blessure de Max lui faisait comme une rage de dents à l'œil, mais il ne put résister. Il prit une voix de gamin.

– C'est encore nous, grand-père !

– Allez vous faire foutre, je ne vends pas.

Virgile avait les jambes molles.

– C'est le lieutenant Heckmann, monsieur Parques. Ouvrez s'il vous plaît, je suis avec un blessé.

Deux longues mains marbrées se glissèrent dans l'ouverture de la porte, s'agrippèrent au bois et poussèrent.

– Cette saloperie de pluie fait tout gonfler.

Les deux index et les deux majeurs étaient jaunes de nicotine. Le visage du vieux, un barreau de chaise dans la bouche, apparut et il plissa les yeux pour se protéger de la lumière du jour.

– Lieutenant Heckmann ?

Virgile tomba comme un chiffon à ses pieds et la dernière image qu'il emporta dans l'inconscience fut celle d'une paire de charentaises usées, un gros orteil qui s'en échappait par un trou, des mollets blancs sans un poil et le bas d'une robe de chambre rouge à fleurs vertes.

Roland Parques leva les yeux sur Max.

– Qui donc est le blessé, jeune homme ?

Max fit rouler Heckmann sur le dos, passa les mains sous ses bras et le traîna à l'intérieur. Il faisait sombre, ça puait, il n'avait qu'un œil, des objets encombraient tout l'espace.

– Par ici, jeune homme.

Ils passèrent dans une pièce plus grande où une ampoule tuberculeuse, de cinq watts à peine, agonisait dans la fumée de cigare. Le vieil homme lui indiqua le sofa. Max déposa le corps sur le canapé qui semblait être, encore que la confusion fût grande, l'origine de l'odeur phénoménale qui viciait l'air.

Le vieux glissa un coussin sous la tête de Virgile, puis deux autres sous ses pieds. Heckmann se réveillait. Le vieux lui parla.

– Ça va aller, monsieur Heckmann, c'est seulement la fatigue et les nerfs.

Parques se retourna vers Max.

– Vous vous êtes battus ? Monsieur Heckmann semble aussi avoir reçu des coups.

– Non, je ne sais pas ce qui lui est arrivé.

– Laissons-le se reposer et ouvrez les volets, je vais m'occuper de vous.

Max ouvrit la fenêtre, tira sur la poignée des volets qui lui resta dans la main. Il cogna dessus à coups de poing. Max marmonna : « Saloperie de maison de merde. » La lumière entra dans la pièce ; la fumée, que l'odeur semblait rendre encore plus épaisse, allait peut-être donner naissance à un arc-en-ciel.

Des cendriers en éruption, le sol était un tapis de cendres où surnageaient des quignons de pain, des mégots de cigare, des magazines. Sur un guéridon, une casserole de pâtes moisies, une bouteille de whisky et un verre qui avait perdu sa transparence. Aux murs des étagères et des livres jusqu'au plafond. Nulle part des traces d'un cadavre de chien qui empuantissait l'air. Max passa la tête par la fenêtre pour ne pas tourner de l'œil à son tour.

Le vieux ouvrait une mallette à soufflets en cuir noir, couverte d'une pellicule bleu-vert et duveteuse. Parques n'avait plus besoin de muscles, sa robe de chambre le tenait debout.

– Excusez le désordre. Quel est votre nom, jeune homme ?

– Max, Marty, dit-il en refermant la bouche le plus vite possible. Il ne voulait pas que l'air y entre.

– Je m'appelle Roland Parques.

Le cuir de la mallette grinça et se fissura, Parques en sortit des pansements heureusement encore emballés, du Doliprane codéiné, une bouteille d'alcool et, de sa poche de robe de chambre, une paire de lunettes aux verres aussi jaunes que ses doigts.

– Faites-moi voir ça.

Les poumons de Parques faisaient un bruit de graviers, il s'approcha si près que son cigare menaça de cautériser la plaie.

– Dites-moi, ce n'est pas très joli votre affaire. Il va falloir que j'enlève ces morceaux de bois et que je vous fasse des points.

– C'est pas plus prudent d'aller à l'hôpital ?

– Détendez-vous, la couture, c'est comme le vélo.

Il attrapa, dans sa valise de germes et de bactéries mortelles de longues pinces en acier chirurgical, qu'il prit soin de rincer à l'alcool, et se mit au travail. Il arracha de la chair trois échardes grosses comme des allumettes et trois cris à Max, qui s'accrochait aux bras du fauteuil, reculant dès que Parques avançait vers lui. « Détendez-vous », lui disait le vieux sans savoir où regarder à travers ses verres progressifs. Le plus efficace était apparemment de regarder au-dessus des montures en baissant la tête. La cendre du cigare tombait sur les genoux de Max, qui avait enfin trouvé le chien mort : il était dans la bouche du vieux.

Heckmann s'agita sur le canapé et dit d'une voix épaisse qu'il avait remarqué le travail méticuleux. Parques le remercia, Heckmann ajouta mollement : « Est-ce que vous couchiez avec votre patron, mademoiselle Bordères ? » Roland et Max firent mine d'ignorer le lieutenant.

Une compresse imbibée d'alcool fouilla la blessure, Max lorgna du côté de la bouteille de whisky.

– Ne touchez pas à cette bouteille.

La petite brise froide qui entrait par la fenêtre remportait lentement la bataille contre l'odeur. Parques n'arrivait pas à passer le fil de suture dans le chas de l'aiguille. Max s'en chargea, laborieux, avec son seul œil valide.

– Vous êtes sûr que vous allez pouvoir me recoudre ?

Toujours dans les vapes, Heckmann haussa le ton sur le canapé.

– Je vous emmerde tous !

Parques se racla la gorge et poursuivit.

– Pendant la guerre, quand nous n'avions que ça sous la main, nous faisions les sutures avec du crin de cheval. Dites-moi, Max, que s'est-il donc passé ? Ça va si mal que ça dehors ?

– Vous êtes sorti depuis la Libération ?

– C'est une image, Max, je me tiens au courant. Comment êtes-vous arrivé ici ? Pour monsieur Heckmann, je sais. Mais vous ?

– Il m'a tiré dessus.

– Vous avez une tête à recevoir des balles. Je vais essayer de ne pas trop vous l'abîmer, c'est un bien précieux. Pourquoi vous a-t-il tiré dessus ?

– On s'est rencontrés dans de mauvaises circonstances, sur les lieux d'un meurtre, un quiproquo quoi.

– Rue Sémard ou bien à Brunoy ?

– Ben… Sémard.

– Je vois que je ne suis pas le seul à m'intéresser au travail du lieutenant. Que faisiez-vous là-bas ?

Max raconta.

Le vieux recousait, le vieux l'écoutait et tirait sur son cigare. Max raconta tout depuis le pompier de Bercy 2 jusqu'à Heckmann, en passant par Hélène et le gamin.

Virgile avait arrêté de s'agiter et dormait pour la première fois depuis longtemps.

La salle de bains : grand prix du festival d'Avoriaz. Max se nettoya un peu, en ressortit rafraîchi, un gros pansement sur la joue et certain cette fois d'avoir trouvé l'origine de l'infection. En passant devant la cuisine, il révisa son jugement.

***

Heckmann s'était réveillé après une heure d'un sommeil d'urgence ; pas suffisant pour se débarrasser de sa fatigue, assez pour remettre son organisme en marche. Parques était à son chevet. Le vieux à fleurs lui tendait un verre de liquide doré et un cachet. Le whisky était iodé, sentait les algues marines et la fumée. Virgile avala le cachet, le sentit descendre dans sa gorge en même temps que la brûlure de l'alcool.

– Vous êtes Roland Parques ?

– Lui-même. Vous avez donc reçu ma deuxième lettre, trouvé quelque part un dossier et mon adresse, votre ami m'a expliqué comment vous étiez ensuite arrivés ici.

– Mon ami ?

Max entra dans la pièce et fit un vague signe de la main.

– Le Doc extrapole, il doit parler de moi. Dites, c'est pas que je m'ennuie mais vous avez l'intention de m'arrêter, Heckmann, ou bien je peux rentrer chez moi ? Je changerais bien de pantalon, à vrai dire.

Parques tira en silence sur son cigare. Heckmann but une gorgée de whisky.

– Marty, nous avons encore des choses à voir ensemble et je dois parler avec monsieur Parques. Alors vous attendez un peu. Appelez votre femme si vous voulez.

– Hélène ? Qu'est-ce qu'elle a à voir là-dedans ?

– Rien, vous pouvez la prévenir pour qu'elle ne s'inquiète pas.

– Hélène ne s'inquiète pas de ce que je fais.

Le vieux proposa un pantalon propre à Max, qui refusa aussi sec.

– Je vais rincer le mien, et il repartit à contrecœur vers la salle de bains.

– Bien, par où voulez-vous commencer, monsieur Heckmann ?

– Pourquoi ces lettres ?

– J'ai l'habitude de me mêler de ce qui ne me regarde pas.

– Oui, j'ai en effet jeté un œil à votre dossier. Votre analyse du profil du tueur est intéressante. Vous vous y connaissez en sociopathes ?

Parques souffla et, dans une charmante chorale de bronchioles, inspira longuement.

– Non, mais j'observe et je déduis. J'ai quatre-vingt-deux ans, toutes choses, comme tous les acteurs de cette enquête, sont plus liées que vous ne le pensez, monsieur Heckmann. Savez-vous que le jeune monsieur Marty a lui aussi été bouleversé par l'histoire de cette jeune femme qui s'est jetée par la fenêtre à Ménilmontant ?

Vous étiez là-bas en tant que policier, et lui comme moi avons lu ce qu'en disaient les journaux. Nous ne sommes certainement pas les seuls à avoir été touchés par ce fait de société, mais par des hasards et pour des raisons intimes, cela a eu sur nous des effets particuliers. Monsieur Marty parce qu'il attend un enfant et que la perspective de la paternité semble l'inquiéter et lui poser beaucoup de questions. L'histoire de cette mère qui a voulu se suicider avec ses enfants a aggravé son état d'anxiété au point de l'empêcher de dormir. Vous a-t-il raconté qu'il avait la même semaine assisté au meurtre d'un jeune pompier dans un centre commercial ? Il est au bord de s'écrouler, si vous voulez mon avis.

– Le meurtre de Bercy 2 ? J'en ai entendu parler au 36. C'est de ça dont vous parlez ?

– Je ne sais, lieutenant, vous demanderez des détails à monsieur Marty.

– Et vous, pourquoi l'affaire de Ménilmontant vous a-t-elle interpellé ?

– *Interpellé* ? Vous vous méfiez tant que ça des sentiments, monsieur Heckmann ? Ce fait divers m'a bouleversé et rendu malade. Même si finalement, ce sont les assassinats commis par ce tueur obsessionnel qui nous ont réunis ici aujourd'hui. Parce que monsieur Marty comme moi avons continué à vous voir dans les journaux. Je n'ai pas encore trouvé de liens entre la jeune mère qui a voulu mourir et ce tueur, mais je suis certain qu'il y en a. Nous vivons dans le même monde, nous parlons de crimes qui se déroulent à quelques kilomètres les uns des autres, dans la même ville : ils ont fatalement des raisons communes.

– Vous ne m'avez toujours pas dit pourquoi Ménilmontant vous avait touché à ce point. C'est à cause des enfants ?

Parques se servit une rasade de son whisky, contemplant un instant l'étiquette de la bouteille, dont le papier crissait sous ses vieux doigts secs. Un Lagavulin de 25 ans, sans doute la chose la plus précieuse de la maison, en dehors peut-être de quelques volumes anciens prenant la poussière sur les étagères. Une bouteille d'un liquide plus âgé que les enfants d'Isabelle Enjalbal, de sa fille paralysée à vie et de son fils toujours dans un frigo de morgue, à attendre que sa mère retrouve ses esprits pour avoir droit à un enterrement. Parques fixait la bouteille et les 25 ans que le whisky avait passés en tonneau étaient tout à coup absurdes et obscènes, son parfum de tourbe celui de la terre où l'on enfouit des morts.

– Oui. Les enfants.

– Ceux qui sont nés pour mourir, et ceux que vous empêchiez de venir au monde ?

– Vous avez décidément des choix de mots étonnants. *Empêcher de venir au monde* ? Un fœtus de quelques semaines ne formule pas le désir de venir au monde. C'est un fantasme des parents. Qu'on ne me parle pas non plus de l'énergie cosmique qui a uni le spermatozoïde et l'œuf, de ce lien mystique rompu. Une autre foutaise religieuse. Il arrive même dans le cas d'un viol que renoncer à avoir un enfant soit une décision difficile. C'est un traumatisme, parce qu'en tant qu'espèce vivante, nous sommes programmés pour nous reproduire, que l'interruption de ce programme rend les femmes malheureuses. Mais ce programme de l'ADN, la véritable espèce dominante, monsieur Heckmann, dont nous ne sommes qu'une forme particulière de véhicule, ne prend pas en compte les données sociales et psychologiques dans lesquelles baignent les placentas. Cette jeune femme de Ménilmontant, physiquement saine, élue mère porteuse par la nature, était un risque dans l'ordre humain, une menace pour ses propres enfants. Ils ont aggravé son malheur, elle a fait le leur.

Le vieux faiseur d'anges reposa son verre sans avoir bu.

– J'ai toujours aimé l'art, parce qu'il produit des œuvres qui échappent au malheur. Elles en sont protégées, dit-il en levant les yeux vers les livres empilés. Les œuvres d'art peuvent contenir le malheur et la folie de leurs auteurs sans en être victimes : elles les changent en quelque chose de compréhensible, de lisible, beau ou laid. L'art classique refusait la laideur, il n'avait pour but que d'embellir. L'art moderne se permet la laideur, mais qui n'est, comme le beau ou la folie, qu'une mise en scène, une représentation dont les œuvres ne souffrent pas. Notre responsabilité en tant qu'espèce n'est pas d'assurer uniquement notre survie, de propager notre ADN, mais de faire de nous, ses véhicules, des êtres heureux et libres. C'est un choix difficile mais supérieur. Après ces millénaires d'évolution soumise à la loi du plus fort, qui a modelé notre génétique, il serait temps de commencer la deuxième étape : le modelage de l'ADN humain par le bonheur. L'avortement, si laid que puisse sonner le mot, est une sélection contre nature, une prévention du malheur. Les criminels sont ceux qui voudraient l'interdire. Ils sont des producteurs de malheur, aveuglés par des idéologies stupides, des arguments pieux justifiant un pur état de nature. Le droit à l'avortement, c'est le refus de la soumission. Pour vous en convaincre, dressez les portraits de ceux qui le combattent : bêtes à bon dieu et natalistes marchands de chair à canon. Ceux qui prônent la libération par l'obéissance et font passer la lâcheté pour un devoir.

– J'ai grandi dans une de ces familles.

– Le tueur que vous cherchez aussi.

– Et votre idée est qu'il veut devenir artiste ?

– Ou se venger d'eux.

Max, une épaule contre le chambranle de la porte, l'entrejambe de son pantalon taché par une large auréole d'eau, intervint.

– Et dans cette enquête où tout est lié, qu'est-ce que je fais là, moi ?

– Vous fouinez sur des scènes de crime, répondit Heckmann.

– Une seule scène de crime.

Roland Parques sourit.

– Vous aviez tous les deux besoin d'un médecin.

Virgile se leva.

– Faut-il rappeler que vous avez été radié depuis longtemps de l'Ordre des médecins, monsieur Parques ? Vos interventions à tous les deux frôlent soit l'affabulation, soit l'illégalité.

Max approuva.

– D'accord avec les affabulations. Ce tueur est un cinglé, basta. Son institutrice était une vieille sadique qui l'empêchait de dessiner le cul des vaches.

Le vieux Parques sourit.

– Vous avez parfaitement saisi les grandes lignes, monsieur Marty.

– Les grandes lignes, c'est mon truc.

Heckmann haussa un peu le ton.

– Il serait bon que je fasse une mise au point. Nous ne sommes pas dans une aventure du Club des Cinq.

Il s'arrêta pour leur laisser le temps de rire. Max et Parques attendirent en silence.

– Hum, bien. Je suis déjà dans une position délicate, pour tout dire presque limogé, et le fait de vous couvrir, monsieur Marty, pourrait me coûter cher. Suivre les conseils d'un vieil anarchiste fiché n'arrangerait pas non plus mon cas auprès de mes supérieurs. La police est une de ces familles fanatiques de l'ordre et l'obéissance, monsieur Parques.

– Ce qui explique pourquoi, même en choisissant, je l'imagine, une carrière qui choquait vos parents, vous avez atterri dans la police. On ne se refait jamais complètement.

Max pouffa à nouveau.

– L'Église et la police, si vous permettez une grande ligne, ce ne sont pas des temples de l'ordre, ce sont des lieux de pouvoir. Et le plus grand pied qu'on peut prendre avec le pouvoir, c'est celui d'échapper aux ordres. La joie du pouvoir, c'est la corruption, lieutenant.

Heckmann se permit un sourire.

– Vous me conseillez de me faire plaisir en vous laissant filer, monsieur Marty ?

– Ne pourrions-nous pas en finir avec tous ces messieurs, messieurs ? Appelez-moi Roland, s'il vous plaît.

– Écoutez, je vais reprendre mon enquête et vous vos vies là où elles en étaient il y a un mois. Entendu ? Roland, si vous voulez encore m'écrire, continuez à le faire à mon adresse, surtout pas au bureau. Quant à vous Marty, je vous demande poliment de ne plus vous mêler de cette affaire.

Max haussa les épaules, le vieux Parques souriait toujours et Virgile douta de les avoir convaincus.

– Hum. Nous ferons donc comme je dis.

Max ouvrit les bras.

– On y va ?

Le faiseur d'anges à la retraite se leva en grimaçant et les raccompagna jusqu'à l'entrée.

– Max, dit-il en retenant le jeune homme par le bras, vous êtes une bonne personne et vos peurs n'y feront rien, vous serez un bon père. Arrêtez de vous tracasser et occupez-vous un peu de votre femme.

Max ne se démonta pas.

– Si les œuvres d'art ne sont pas malheureuses, il y en a aussi qui sont ratées. Il y a de mauvais artistes. Ils ne méritent peut-être pas qu'on les empêche de travailler, mais ce qu'ils font est nul.

– Ne vous attachez pas trop à cette métaphore, Max. Un enfant, s'il est élevé avec amour, devient son propre artiste et sa propre œuvre. Votre seul boulot sera de l'aimer, il fera le reste tout seul.

– Sacré conseil, Doc.

– Arrêtez de vous moquer. En vieillissant aussi, on sait s'en tenir aux grandes lignes, celles qui comptent vraiment. Quant à vous, Virgile, vous avez autant besoin de repos que de compagnie, si je peux me permettre. Vous êtes le bienvenu ici quand vous le souhaitez, et ne vous privez pas non plus de la compagnie du jeune Marty. Quelle que soit la manière, vous vous êtes retrouvés sur le chemin l'un de l'autre. Après l'amour, l'amitié est l'autre grande ligne de la vie. On a le droit de parler comme ça quand on a quatre-vingt-deux ans.

Il repoussa derrière eux la porte qui grinçait et raclait, la refermant sur la fumée de son cigare.

***

Sur les petits carrés des vitrages de la Défense se reflétait un soleil couchant pointilliste. La Mercedes plongea dans les tunnels. Une nuée de freins rouges scintilla dans le noir, le trafic ralentit et s'arrêta finalement. 18 heures, bouchons vers Paris. Les deux hommes n'avaient pas encore dit un mot, l'immobilité accentua leur gêne, c'est Heckmann qui rompit le premier le silence.

– Je suis désolé pour votre blessure, et heureux que ce ne soit pas plus grave.

– Vous visiez quoi ?

– Votre tête. Je vous ai pris pour le tueur.

Les moteurs au ralenti bourdonnaient dans le tunnel, deux mètres à la minute. Les pales des grands ventilateurs, sur la voûte du tunnel, brassaient l'air noir. Max avait eu une sueur froide en repensant à l'appartement de la rue Sémard et voulut changer de sujet.

– Chouette voiture.

– Marty, qu'est-ce que vous pensez de la théorie de Parques ?

– C'est vous le policier. Je rentre chez moi comme vous me l'avez dit. Mais si je peux ajouter quelque chose, le vieux n'a pas de théorie, seulement des idées. C'est de la philosophie d'arracheur de dents, ça ne vous aidera pas à trouver ce cinglé.

– Une fois qu'il n'est plus là, ses histoires semblent en effet totalement inutiles.

– Si vous voulez mon avis, le vieux n'est pas très net. Comment on peut vivre dans un endroit qui pue autant ?

– Il y avait une odeur ?

– Vous plaisantez ?

– Je n'ai pas un bon odorat.

– C'est au-delà de ça.

– J'ai une question, Marty, mais je ne voudrais pas que cela vous encourage à vous mêler encore de mon enquête.

– Je n'ai plus tellement envie de me faire tirer dessus. Allez-y.

– Est-ce que vous avez vu quelque chose dans l'atelier de Kurzeja ?

– Un détail génial que vous n'auriez pas remarqué ?

– Ce serait parfait.

– Dommage, parce que je n'ai rien vu de particulier. À part le tableau.

– Le tableau ?

– La croûte avec un manège.

– La croûte ? Vous trouvez ce tableau raté ?

– Vous voulez une critique d'art ou bien avoir ce que j'ai vu ?

– Dites-moi ce que vous avez remarqué.

– Dans le tableau, le ciel n'était pas comme le reste. Comme si deux personnes différentes avaient peint sur la même toile. Avec toutes ces histoires du Doc, je dirais bien que c'est le tueur.

– C'est très possible. Vous avez vu juste. Le tueur a fait la même chose à Brunoy. Il a modifié un tableau, il y a ajouté un personnage.

Quand ils sortirent enfin du tunnel, la nuit était tombée.

Porte Maillot, la moitié du trafic se jeta sur le périphérique et Heckmann entra dans Paris. Rue Sémard, Heckmann se gara en double file de la voiture de Max.

– Chouette voiture.

– Vous avez pas vu l'intérieur. Dites, j'ai ma fierté alors je voudrais pas trop donner raison au vieux, mais au cas où, vous savez comment trouver mon numéro. Appelez quand vous voulez.

– Votre fierté ?

– Dans ma famille, la tendance est plutôt libertaire. On sympathise pas avec les flics.

– Mais vous êtes devenu enquêteur. Vous aussi vouliez choquer vos parents, ruer un peu dans les brancards ?

– Pire que ça. Les jours de dépression, il m'est arrivé de penser que j'aurais dû devenir flic. Pas un policier qui ne garde pas la paix, mais qui redresse des torts. Parce que c'est souvent l'exact opposé.

– Qu'est-ce qui vous a retenu, à part votre fierté ?

– Ça m'emmerderait trop d'être du mauvais côté des barricades le jour de la révolution. Que j'appelle de mes vœux les jours d'espoir.

Heckmann rit.

– En attendant les barricades, restez en dehors de ça, Marty.

– Vous êtes pas le seul flic que je connais, Heckmann. Je me tiendrai au courant, mais pas de vagues. Je vais avoir une belle cicatrice, vous me devez bien ça.

– Je ne vous dois rien, Marty.

Max avait la main sur la poignée de la portière.

– Moi non plus.

– Vous attendez une fille ou un garçon, Marty ?

Max sortit de la Mercedes.

14.

Des éclaircies, entre les trains de nuages bas, faisaient sécher Paris. Heckmann buvait du café en regardant la rue Saint-Charles depuis sa fenêtre. Décor à la Capra, petits commerces et petits anges pour petites courses parisiennes du samedi matin. Pour les jeunes, baguettes tièdes et têtes de lendemains de fête. Pour les vieux, cabas à roulettes, poireaux et discussions de quartier. Il quitta son appartement et se rendit à son bureau. Les équipes de permanence maintenaient le bateau à flot, mais mieux valait ne pas avoir besoin rapidement d'un flic pendant le week-end. En même temps qu'un répit au crime, le personnel réduit faisait du 36 un endroit plus calme et moins hostile au lieutenant Heckmann. Ceux de ses collègues qui se foutaient de sa réputation, qui ne le trouvaient finalement pas si désagréable ou hautain, se permettaient de le saluer plus ouvertement. Parce qu'ils n'étaient pas dupes non plus, et savaient que si Heckmann avait balancé les détails d'une investigation aux journalistes, c'était pour faire un bras d'honneur à la hiérarchie, qui ne se privait pas, elle, d'exploiter l'image de respectabilité de ce type qui ne cherchait qu'à faire son travail. Et qui le faisait bien, même si beaucoup faisaient semblant de l'oublier. On savait aussi, au 36, que les tueurs en série ne faisaient pas que vendre du papier : les tueurs en série ne font pas de politique, ne posent pas de bombes où ça leur chante malgré toutes les mesures prises par le ministère de l'intérieur. Dans la fausse atmosphère de sécurité des plans Vigipirate renforcés, Épervier et autres titres ronflants, on pouvait tolérer la folie d'un assassin sans cause. Mieux, ça occupait les esprits.

Virgile éplucha son courrier en retard, avec les lettres de particuliers qu'il n'avait pas eu le courage d'ouvrir plus tôt. Il regretta rapidement qu'elles ne soient pas de la teneur de celles de Roland Parques…

Les artistes sont tous des fumiers, ils vivent grâce à nos impôts et ne travaillent pas... Moi je travaille depuis quarante ans, pas comme ces parasites qui nous sucent le sang. Ils nous prennent pour des cons mais c'est eux qui sont baisés cette fois.

Il passa à la suivante.

Monsieur Heckmann,
... écris aux journaux qui ont publié des articles concernant cette affaire... si de telles insinuations et attaques se reproduisent... Un artiste cette fois, lancé sur ses grands chevaux :*... journalistes avides de sensationnel et fonctionnaires d'État carriéristes... sous-entendus venimeux de scribouillards incultes... intolérables... je cite : les « bohème moderne » et autres « individus assistés et subventionnés » sentent le pogrom... rappelez-vous que nous sommes toujours les premiers persécutés lorsqu'un pouvoir tente de mettre au pas une population... les journaux et la police ne font que jeter de l'huile sur le feu en diffamant des consciences libres...*

Une variation : un émule du tueur. Il y en avait toujours.

> *C'est moi que j'ai buté ces deux salopards de peintres, je leur ai éclaté la tête et j'ai coupé leurs mains pour m'en faire un souvenir de guerre, je vais continuer jusqu'à ce que tous les romanichels soient morts et que les noirs et les arabes de SOS racisme en chient dans leur froc... bla bla bla.*

Comme pour les lettres de délation, comme une maison d'édition doit ouvrir et feuilleter tous les manuscrits qu'elle reçoit, au cas où quelque chose de vrai ou de bon se nicherait dans les ordures quotidiennes, il dut toutes les ouvrir et les parcourir en diagonale. Aucune perle. Mais il ne les jeta pas non plus : les lettres rejoignirent le casier de plus en plus rempli du dossier, dont il relut finalement les éléments d'enquête. Y ajoutant en esprit les idées de Roland Parques, aussi inutiles pour l'instant que les résultats des analyses génétiques de Georgelin : le profil du tueur était aussi général que sa fourchette d'âge et son sexe. Il décida de retourner à Sémard, et cette fois, s'il n'était pas interrompu par un curieux du genre de Marty, d'y faire ce dont il avait eu l'intention. Remettre en présence la réalité d'un lieu et l'abstraction grandissante de son dossier.

Dans la cage d'escalier menant à l'atelier de David Kurzeja, il passa devant la rampe d'escalier éclatée par la balle de son arme. Il avait presque tué un homme ici.

Virgile entra dans l'atelier et se figea. Depuis hier, quelqu'un d'autre était passé. En plus de celles de Marty et des siennes, il y avait de nouvelles traces de pas dans la moisissure. Mais surtout, le tableau du manège avait disparu.

Heckmann interrogea le gardien. Il n'avait vu personne d'inhabituel entrer ou sortir de l'immeuble, à part un flic, la veille, qui ressemblait beaucoup à Marty. Virgile, à en juger par les détails de la description, pouvait donc faire confiance au gardien.

– Mais bon, je ne suis pas non plus tout le temps là. Il m'arrive de m'absenter.

– Et hier, quand ce policier est venu, vous n'avez rien entendu de particulier dans l'atelier ?

– Ben, non. C'était vendredi, et après qu'il est venu, j'ai été faire mes courses. Je les fais pas le week-end, parce que c'est quand tous les locataires sont là et qu'on a le plus besoin de moi. Il y en a qui ont dit qu'il y avait eu des bruits bizarres, vendredi. Ils ont cru entendre un coup de feu Depuis cette terrible affaire, tout le monde est nerveux, vous comprenez.

Virgile improvisa, dit que le policier qui était venu avait fait un test balistique, que ce n'était rien de grave, et s'excusa pour le dérangement.

– Depuis, personne. Vous en êtes certain ?

– À moins que quelqu'un soit passé après votre collègue, ou cette nuit bien sûr. Parce que je dors tout de même la nuit.

Heckmann appela Georgelin, il lui expliqua les traces et lui dit de passer dès qu'il pourrait. Georgelin était de mauvaise humeur.

– Non content de me faire virer, vous me dérangez le week-end.

– Il y a un peu de soleil, le parquet pourrait sécher, ou il pourrait y avoir d'autres visiteurs qui effaceraient les traces actuelles. Venez au plus vite. Et Brunoy, vous avez avancé ?

Georgelin lui fit son rapport : des cheveux trouvés concordaient, même ADN qu'à Sémard. Lundi, il aurait la liste des produits de nettoyage que le tueur avait pu utiliser. Georgelin avait aussi consulté le rapport du légiste, l'autopsie de Charrin disait : pas de drogues, aucune substance particulière dans le corps, juste les restes du vernissage. Georgelin précisa : le vieux peintre est mort étranglé, toutes les blessures sont post-mortem. Il ajouta encore :

– Le peintre a déféqué et uriné pendant qu'on l'étranglait. J'ai trouvé des traces sur la chaise et ses vêtements, mais des traces seulement. Le tueur a fait sa toilette et a changé ses vêtements avant de l'installer sur la chaise.

– Comment avez-vous découvert cela ?

– En me disant que si le tueur avait tout nettoyé, ça valait le coup de visiter la buanderie de la maison. Les vêtements du peintre étaient dans la machine à laver, encore mouillés. Juste son pantalon, sa culotte, ses chaussettes et sa chemise. Le tueur a pris le temps de lancer une machine, mais il n'est pas resté jusqu'à la fin du programme pour étendre le linge.

Heckmann entendit que Georgelin se retenait de rire. Il pensa *hygiène* ; infirmier, aide-soignant ?

En repartant de Montmartre il s'arrêta à la FNAC des Ternes, au rayon « créatif » il acheta un bloc Canson et des pastels gras.

Assis dans le parc du Luxembourg, Virgile dessina des arbres, des enfants et un manège imaginaire. Se concentrer sur le dessin lui fit du bien, même s'il n'avait aucun talent. Il oublia tout un moment, jusqu'à ce qu'il décide que ça ne valait rien et la honte qu'il aurait eue si quelqu'un avait vu ses gribouillages. Il voulut jeter ses croquis, le bloc et les pastels dans une poubelle, mais elle était condamnée. Vigipirate. De retour sur le banc, désœuvré, incapable de repousser plus longtemps son envie, il tira son portable de sa poche.

– Julie Bordères, j'écoute.
– Bonjour, lieutenant Heckmann à l'appareil.
– Peut-être que vous travaillez le samedi, lieutenant, mais pas moi…
Il y eut un silence gênant. Julie Bordères réalisant en même temps que Virgile qu'elle n'avait plus de travail.
– Je m'excuse de vous déranger, mais ce n'est pas pour mon travail. Je voulais vous inviter à boire un verre.
– Vous plaisantez ?
– Non. Je voudrais vous inviter.
– Je ne fréquente pas les policiers.
– Moi non plus.
Son rire était plus grave et violent que ne le laissaient présager ses allures impeccables, son éclat de rire avait une pointe de vulgarité et Virgile se demanda si Julie Bordères n'était pas qu'une imitatrice du milieu dans lequel elle évoluait. Mais elle avait ri à sa blague, qu'il jugeait lui-même assez mauvaise.
– Où voulez-vous que nous nous retrouvions ?
– Je ne connais pas beaucoup d'endroits. Est-ce que chez moi vous irait ?
– Vous n'y allez pas par quatre chemins.
Heckmann se tortilla sur son banc.
– Ce n'est pas ce que je voulais dire. Nous irons où vous voudrez. C'est seulement que je n'habite pas très loin de chez vous.
– Parce que bien sûr, vous connaissez mon adresse.
– Elle est dans votre déposition, je n'ai pas fouillé spécialement…
Il s'enfonçait à chaque réplique.
– Dites-moi à quelle heure vous serez libre, je vous attendrai en bas de mon immeuble.
– 16 heures, plus tard je ne peux pas. Chez vous.

Virgile lui donna son adresse dans le XVe, le code d'entrée et l'étage de son appartement.

Heckmann arriva chez lui à 14 h 30, inquiet d'avoir le temps de ranger. Son logement était déjà parfaitement en ordre. Il déboucha un Petrus de quinze ans et le versa dans une carafe à décanter. Par sa fenêtre il vit arriver Julie Bordères. Elle était venue à pied. Il traversa son salon et attendit devant l'interphone de l'entendre grésiller. Attendit quelques secondes, pour ne pas manifester son impatience, avant d'appuyer sur l'interrupteur.

– Oui ?

– Julie.

Il aima le prénom seul.

– Deuxième gauche.

Virgile laissa sa porte entrouverte et, de retour à son salon, le trouva impersonnel et froid. Des murs blancs, des meubles cirés. Propre et maniaque. Célibat et ennui. Appuyée contre un mur, la reproduction de Van Gogh était la seule tache de couleur. Heckmann se dit que Julie Bordères, spécialiste de l'art, allait se foutre de lui. Il glissa en vitesse le cadre sous le canapé. Julie entrait.

Ses talons claquèrent sur le parquet vitrifié et Virgile se dit qu'elle n'en portait pas pour se grandir, mais pour qu'on l'entende arriver de loin. Un sac pendait à son épaule, qu'elle serrait à deux mains. Un signe de nervosité, mais Virgile ne fit pas l'erreur de croire qu'il impressionnait cette femme. Le maquillage cachait sa pâleur, mais pas ses yeux rougis et gonflés. Peut-être Virgile avait-il sous-estimé sa capacité à encaisser la mort de son employeur, peut-être Virgile commençait-il à oublier l'effet des meurtres sur ceux qui n'étaient pas policiers.

Si les yeux de Julie, tendue par la fatigue, évitaient de se poser sur lui, Virgile l'observa en détail. Son tailleur gris moulait ses hanches rondes et ses seins magnifiques. Ses cheveux étaient plaqués en arrière, ses narines étaient mobiles et nerveuses, comme si elles faisaient le tri de ce qu'elle sentait, un nez qui censurerait ce qui ne lui plaisait pas. Elle fit le tour du salon comme si elle n'allait pas s'y arrêter, venue visiter un appartement à vendre, et allait ressortir aussitôt. Heckmann remplit deux verres sur le comptoir de la cuisine américaine. Julie terminait de renifler le parfum de solitude du salon. Il posa les verres sur la table basse, la laissant prendre son temps. Elle finit par lâcher son sac à main sur le canapé, croisa brièvement le regard d'Heckmann et se pencha pour saisir un verre. Son cul s'éleva, sa jupe remonta sur ses cuisses. Virgile se demanda si le geste était naturel, si l'on se penchait autant quand on avait un tel décolleté, ou si Julie Bordères, contrairement à lui, n'y pensait pas.

Il leva son verre. Elle ne trinqua pas et croisa ses jambes aux muscles travaillés. Elle ne portait pas de bas.

– De quoi vouliez-vous parler, monsieur Heckmann ?

– Appelez-moi Virgile, s'il vous plaît.

– De quoi vouliez-vous parler, Virgile ?

De la façon dont elle le prononça, il détesta son prénom et cette hésitation qu'il contenait, entre deux autres mots avec lesquels il résonnait, viril et vierge.

– Je vous l'ai dit, je ne voulais pas vous voir dans le cadre de l'enquête. Mais seulement savoir comment vous alliez, à titre personnel.

Elle but une gorgée de vin. Une grande gorgée. Son masque de machine de guerre se troubla une seconde. Elle s'attarda sur son visage et les dernières traces des coups qu'il avait reçus.

– Que vous est-il arrivé au visage ?

Virgile porta sa main à son œil cerné de jaune et de vert, il avait oublié. Déstabilisée, elle avait cherché chez lui un point sensible, un point douloureux sur lequel appuyer.

– Je me suis battu. Dans un bar.

– Votre métier.

– Non, avec des Arabes que j'avais insultés.

– Pardon ?

Virgile s'installa dans un fauteuil face à elle. Il n'aimait pas son canapé en cuir, n'avait jamais eu le courage de le changer, mais cette matière froide lui déplaisait. Il allait parfaitement à Julie Bordères et elle ne semblait pas glisser à sa surface. Elle étendit le bras sur le dossier, un pan de son chemisier bâilla, il aperçut un peu de la dentelle blanche de son soutien-gorge. Elle savait pourquoi elle était ici. Virgile, qui avait avoué au sujet du PMU, sans même réfléchir, se demanda ce qu'il devait faire maintenant. Ne pas se cacher. Regarder ce décolleté. Détourner poliment les yeux. Cacher ou montrer, lui aussi, ce qu'il voulait ?

– J'ai provoqué une bagarre. Cela m'arrive parfois.

– Parfois ?

– Quand je veux arrêter de penser… Quand quelque chose me rend triste, que je ne sais pas ce que c'est et que je ne peux pas l'empêcher.

Julie sourit, et cette fois Virgile ne douta pas de la sincérité de sa réaction. Ce n'était pas par tendresse ou compassion, mais l'expression d'une surprise rassurée. Et comme si une tension dans son ventre s'était soudain relâchée, Julie passa une main dessus, faisant bruisser le tissu.

– Vous me surprenez, Virgile. Je comprends mieux pourquoi des journalistes vous surnomment le *Saint*.

Il but du vin. Virgile le saint. Virgile le vierge.

– Je ne sais pas d'où vient ce surnom. C'est ridicule.

– Je ne trouve pas.

Il voulait être Virgile le viril, mais Julie s'émouvait de ses faiblesses. Le *Saint*… sa mère l'appelait son *petit ange*. Julie Bordères posa sa main manucurée sur sa cuisse, ses ongles brillants jouèrent avec l'ourlet de sa jupe et la décharge érotique qu'il ressentit, associée au souvenir de sa mère, le mit mal à l'aise. Julie décroisa ses jambes et avança au bord du canapé.

– Pourquoi pensez-vous que je suis venue, Virgile ?

– Pour faire connaissance.

Il voulait lui demander d'arrêter avec son prénom, lui qui n'osait pas prononcer le sien. Elle serrait ses genoux, et croisait maintenant ses mains devant son décolleté, cachant le clivage de ses seins.

– Ne trouvez-vous pas honteux de draguer, après à peine quelques jours, le témoin d'un crime aussi brutal ? Dont vous savez parfaitement qu'il m'a profondément touchée.

– Draguer ? Non. Ce n'est pas cela. Je voulais justement savoir comment vous alliez. J'ai imaginé que vous étiez seule.

– Et comme vous l'étiez vous aussi, vous avez cherché mon numéro dans votre dossier. Vous faites ça souvent ?

Il s'emporta.

– Jamais.

– Oui, je suis seule. Oui, j'ai envie qu'on se préoccupe de mon état, et oui, j'ai envie d'être réconfortée. Mais je voudrais que vous ayez l'honnêteté de dire quelle idée vous aviez en m'invitant, monsieur Heckmann ?

Voilà qu'il regrettait son prénom.

– Je vous assure que je ne pensais à rien d'autre.

– Vous gâchez tout. Si vous optez pour la bagarre quand quelque chose ne passe pas, je trouve moi que le sexe est un réconfort. Je voulais seulement savoir si vous alliez m'offrir du vrai sexe. Quelque chose à partager, et pas seulement du défoulement et la satisfaction de tripoter mes seins et mon cul.

Il bafouilla.

– Je n'avais rien envisagé. Peut-être imaginé, oui, bien sûr. Mais je ne savais pas.

– Moi non plus.

Il se leva, droit et digne, rouge comme un puceau.

– Je ne sais pas si je dois m'excuser pour mon invitation ou pour ne pas être à la hauteur de ce que vous attendiez, mais je vous présente mes excuses, mademoiselle Bordères. Restons-en là. Je vais vous raccompagner.

Elle sourit encore, attrapa son verre.

– Je vais tout de même finir ce vin.

– Pardon ?

– Je ne sais pas quel genre d'amant vous seriez, mais vous êtes du moins un gentleman. Je préfère votre compagnie à mon appartement.

Virgile se rassit. Le mot amant l'avait terrifié, comme sa façon de parler du sexe. Il se rassit. Comme il avait parlé du PMU, il ne réfléchit pas à ce qu'il dit ensuite.

– Je serais un amant sans beaucoup d'expérience. J'ai toujours vécu seul.

– Avez-vous déjà été amoureux ?

– Oui, en Alsace. Mais de la fille d'une famille amie de la mienne. J'ai fini par penser que cet amour était fabriqué, arrangé.

– Vous avez couché avec elle ?

– Non.

– Avec qui alors ?

– Des prostituées. Quelques fois.

Elle se leva.

– Je vais vous laisser.

Il resta assis.

– Je comprends.

Elle reprit son sac à main.

– Je n'en suis pas sûre. C'est moi qui m'excuse de vous avoir bousculé. Auriez-vous la patience d'attendre que je vous rappelle ?

***

Heckmann appela les renseignements et demanda un numéro sur Paris. Quand il le composa, une femme répondit.

– Pourrais-je parler à monsieur Marty, s'il vous plaît ?

– Un instant.

Hélène couvrit le téléphone de sa main.

– Max, téléphone pour toi.

– C'est qui ?

– Je ne sais pas, un type qui a l'air pressé ou en colère.

Max saisit le combiné.

– C'est pour quoi encore ?

– Lieutenant Heckmann à l'appareil.

– Ha.

– Vous avez dit que je pouvais appeler quand je voulais.

– Ouais, mais je ne m'attendais pas à si tôt. Qu'est-ce que vous voulez ?

– Parler, changer d'air.

– Ce soir ?

– À moins que vous ne soyez pas libre.

– C'est pas exactement ça.

– De quoi s'agit-il, alors ?

– Pour vous changer d'air, j'ai ce qu'il vous faut. Mais ce n'est pas tout à fait légal.

– Pas légal ?

– En fait, c'est plus dangereux qu'illégal. Ça vous dit ?

– Oui.

Max dicta son numéro de portable à Heckmann et raccrocha.

Hélène s'approcha de Max, colla son gros ventre contre son dos et demanda qui c'était.

– Le type dont je t'ai parlé, le flic qui m'a tiré dessus.

19 h 30. Max attendait en bas de chez lui, rue Chevreau. Heckmann s'arrêta devant lui et ouvrit sa portière passager.

– On va plutôt prendre ma voiture, lieutenant.

– Votre œil a dégonflé.

– Le vôtre est jaune.

Ils descendirent au garage et montèrent dans l'Espace en ruine.

– Où est-ce qu'on va ?

– Comme je vous disais : changer d'air.

– Marty, vous avez déjà eu cette impression, quand vous avez besoin de voir quelqu'un et qu'une fois en face de cette personne, vous comprenez que ce n'est pas la bonne ?

Max conduisait à toute allure, autant que ça serve à quelque chose de trimbaler un flic.

– Vous essayez déjà de résumer notre soirée ?

– Non, je pensais à quelqu'un d'autre.

Rive gauche, les quais défilaient, un vent de nord-ouest s'était levé, chassant les nuages du ciel noir-orange de Paris. Max sortit direction Trocadéro, fit demi-tour devant la tour Eiffel, tourna à droite avenue de la Bourdonnais et se gara sur un passage piéton.

– Vous ferez sauter la prune.

Sous le cône jaune d'un lampadaire, Max ouvrit son coffre et sortit d'un sac de montagne un casque et de la ferraille inutile, puis il fouilla dans le bordel de sa voiture, tendit à Heckmann une veste en laine polaire, une paire de baskets défoncées et un baudrier élimé.

– Mettez ça. Votre pantalon de costard va y rester, je vous préviens.

Heckmann changea de chaussures et enfila la veste aux couleurs jamaïcaines, Max ajusta les sangles du baudrier sur les hanches du lieutenant de police et celles du sac à dos à ses épaules. Il se mit en route et Heckmann lui emboîta le pas.

– Où est-ce qu'on va ?

– Surprise. Il va falloir faire vite, posez pas de questions et suivez-moi.

Ils marchèrent le long du Champ-de-Mars. Au sol, des projecteurs au sodium éclairaient la tour Eiffel qui disparaissait tout en haut dans la nuit.

– Il y a des gardiens, mais une fois à trois mètres du sol, ils ne peuvent plus rien faire. Ce truc-là, c'est juste une grande échelle, aucune difficulté. Vous êtes en forme ?

– Quoi ?

– Vous voulez changer d'air ? Si on traîne, on va se faire pincer, alors quand j'attaque, vous réfléchissez pas et vous faites comme moi.

– Pas question ! Je suis officier de police.

Max ne l'écoutait plus, il tentait de repérer les gardiens et surveillait les passants

– Marty ! J'avais seulement besoin de parler. Personne n'est capable de faire une chose aussi simple ! Qu'est-ce que c'est que ces façons de toujours tout compliquer !

Des barbouzes de supermarché patrouillaient avec des molosses et des flics municipaux. Deux par pilier. Sur les quais, trois vieux Berliet bleu marine pleins de CRS et trois voitures de flics. Gros effectifs. Vigipirate. Max visa le pilier nord et la billetterie et se jeta dans les thuyas. Heckmann n'arrêtait pas de gueuler, mais entre ses dents et suivait toujours.

– Marty !

– Par ici, et fermez-la !

Max monta sur le toit de la billetterie, il tendit sa main à Heckmann, qui hésita avant de l'attraper et de grimper.

– Maintenant silence et pas de remords. Si on fait ça bien, on peut même redescendre sans se faire serrer.

Max attrapa la première poutrelle à portée de main, se tracta, se cacha derrière une poutre rivetée et fit signe à Heckmann. Le lieutenant l'imita. Une fois dans la structure, se cacher devenait un jeu d'enfant, grimper aussi. En deux minutes, ils étaient à vingt mètres du sol, les gardiens étaient devenus minuscules et les Berliet des modèles réduits. Ils escaladèrent dix minutes encore. Tandis que le sol s'éloignait, l'esplanade du Trocadéro illuminée descendait peu à peu à leur hauteur. Max fit une pause, s'installa dans une poutrelle en U, balcon avec vue imprenable sur la Seine. À gauche, la Maison de la Radio, au loin à droite, la colline de Montmartre et le Sacré-Cœur éclairé. Max sortit des longes et des mousquetons de son sac. Heckmann le rejoignit, secouant la tête, légèrement essoufflé, bégayant et excité comme un môme.

– Marty, vous… vous êtes complètement fou !

– Vous voulez des gants ?

– S'il vous plaît, oui.

Il lui tendit une paire de gants en cuir et une longe équipée d'un mousqueton à chaque extrémité.

– Vous attachez ça au pontet de votre baudrier. Quand on grimpe, on n'a pas le vertige, mais quand on s'arrête, on se met à réfléchir, alors vous faites le tour d'une poutrelle avec la longe et vous accrochez le deuxième mousqueton sur le pontet lui aussi. Comme ça.

– Je suis parfaitement bien, déclara Heckmann, premier surpris.

– Discutez pas, vous faites comme moi.

Tous les deux en sécurité, ils s'installèrent confortablement dans leur siège d'acier.

Virgile regarda loin devant lui. Depuis leur perchoir, Paris avait l'air d'une maquette. Le vent soufflait. En bas, les voitures filaient silencieusement, les Parisiens rentraient chez eux, allaient au restaurant, profitaient du week-end pour oublier la semaine.

– Changement d'air ! Pff ! Vous faites ça souvent ?

– À chaque fin de saison.

– Jamais de problèmes ?

– Une fois, on était cinq, on avait pas mal picolé. On est redescendus, on n'était plus que quatre. Un pote s'était endormi dans un U avec une bouteille. Quand il s'est réveillé, la tour grouillait de touristes.

– Je croyais que la tour était entièrement éclairée.

– Normalement oui, mais en ce moment il y a des travaux. Ils ont attaqué la peinture, et en même temps, ils refont le circuit électrique qui a morflé pendant la tempête du millénium. Pas de lumières.

– On ne va pas plus haut ?

– On attend encore un peu. De quoi vouliez-vous parler ?

Heckmann hésita, mais il n'était plus à une confession près aujourd'hui.

– J'ai invité une femme chez moi cet après-midi.

– Ha. Et alors ?

– Je lui ai dit que je ne couchais qu'avec des prostituées.

Max éclata de rire.

– Elle vous plaisait ?

– Oui.

– Hé ben, vous êtes un sacré séducteur, Heckmann.

– Elle a dit qu'elle me rappellerait.

Max siffla.

– Alors ne manquez pas ce coup-là, parce que c'est un vrai signe de caractère. À moins qu'elle soit elle aussi du métier ?

Virgile répondit sur un ton sec et hautain.

– Absolument pas !

– Vous énervez pas. C'est vrai que vous aviez un chauffeur pour vous emmener au foot ?

Heckmann sourit.

– Qui est-ce qui vous a raconté ça ? Je n'ai jamais joué au foot. Le chauffeur me conduisait à mes leçons de piano et d'équitation.

Max rigola à pleins poumons et son rire ricocha brièvement dans les croisillons de la charpente avant de se disperser dans le vent.

Virgile regarda devant lui cette ville aux allures factices, cet assemblage artificiel de millions de vies. Peut-être qu'il était temps de grandir et de passer à autre chose. Qu'avait-il à cacher ?

– Marty, je vais vous raconter ma vie. Vous n'avez pas besoin de dire quoi que ce soit. Je parle et vous écoutez.

– Ça va être long ?

– Taisez-vous.

Il inspira longuement et sans regarder Max, fixant la nuit.

Il parla de sa vie de fils héritier unique dans une maison immense et sans jeux. D'un enfant sensible qui se pliait aux devoirs d'une éducation privée. De la rage d'un adolescent introverti qui macérait dans sa révolte. De la force des préceptes bourgeois pliant sa personnalité aux nécessités de l'étiquette. De la coercition malsaine des préceptes religieux, de ses pulsions reniées d'homme en éveil. De sa mère objet, de son père aveugle et mécaniquement paternel. De cet enfant sans enfance, de son adolescence sans passions, de ce jeune homme devenu assez fort pour dire non, mais terrorisé. Il raconta le jour où, devenu majeur, il fut introduit dans le cénacle des affaires familiales – la sacro-sainte entreprise dynastique Heckmann – et comment il eut envie de hurler dans ces bureaux aux relents de réclusion à perpétuité. Du jour où, étudiant en droit à la faculté de Strasbourg, il découvrit que la famille Heckmann avait profité de la guerre pour devenir plus riche qu'elle ne l'était déjà. Les juifs exploités dans les usines de la famille, les contrats militaires, la collaboration au grand projet nazi. Il raconta sa rage et son dégoût, les amis que son milieu choisissait pour lui, les jeunes femmes qu'on lui présentait dans des rallyes où se perpétuait la tradition du silence et de l'argent. Du jour où il avait, à vingt-et-un ans, quitté l'Alsace sans oser parler à son père, comment il avait fui en silence jusqu'à Paris, révolté, honteux, à la recherche d'une nouvelle réalité dont il ignorait tout. Comment il était devenu flic parce que cela lui semblait le moyen d'atteindre la réalité qu'on lui avait cachée, tout en contenant ses peurs dans un organigramme d'obéissance. Comment il était devenu fils de famille sans famille, sans amis parce qu'il n'avait jamais appris comment se construisaient les amitiés. Virgile conclut en disant que sa vie de policier n'avait aujourd'hui plus aucun sens parce que chez les flics, la réalité était toujours la même que chez lui, en plus grossier.

Il était calme, il avait parlé sans savoir encore ce que cela pourrait bien changer, surpris par la banalité de son histoire et les bruits de son estomac qui se dénouait.

Max, ancien détective, avait accueilli la confession en professionnel, une cigarette à la bouche, sans compassion excessive pour les terribles malheurs de ce fils de famille, se sentant plus proche de ce type qui avait eu le courage de parler et qui, finalement, ne jetait la pierre à personne ; il se remettait seulement en question, une attitude respectable. Puis, bien que ne travaillant plus comme détective, il posa la seule question qui, dans toute histoire, importe vraiment :

– Et la femme dans tout ça ?

– Elle voulait savoir si j'étais seulement un gentleman ou bien si je pouvais lui faire l'amour comme elle en avait envie.

– Depuis combien de temps vous êtes célibataire, Heckmann ?

– C'est pour quand votre enfant ?

– OK, on va pouvoir monter plus haut.

– La question vous dérange ?

– Non. Depuis que vous m'avez tiré dessus, que j'ai pissé dans mon froc et que j'ai parlé avec le vieux Parques, ça va un peu mieux. Il faudra que j'en parle à mon médecin traitant, ça va l'intéresser, il aurait voulu être psychologue. Mais on va pouvoir monter parce que notre rendez-vous est arrivé.

– Quoi ?

Max se pencha vers le vide. Heckmann entendit du bruit, des petits chocs contre le métal et un grésillement. Max alluma et éteignit trois fois une petite lampe de poche. Les bruits se rapprochèrent. Un type avec un sac à dos passa la tête au balcon, il souriait en soufflant des nuages de vapeur. Ses cheveux longs et blonds étaient retenus en arrière par des écouteurs, on entendait le crin-crin du reggae à travers le plastique. Il retira son casque.

– Yo man !

Marty et Osdez se claquèrent les mains.

– Laurent, Heckmann. Heckmann, Laurent.

– Appelez-moi Virgile.

– Virgile est flic.

– Cool. Man, y a pas un nuage ! On y va ?

– Dites, Marty, on est combien là-dedans ?

– Je sais pas, il faudrait voir dans les autres piliers !

Laurent avait continué à grimper, ils le suivirent.

En bas des promeneurs jetaient des regards à la tour Eiffel sans savoir que depuis ses bras creux on les observait, qu'à la nuit tombée, des singes jamaïcains l'envahissaient.

Ils escaladèrent encore un quart d'heure. Le noir comme le froid devenaient denses. Ils avaient de petites lampes frontales, des petites diodes blanches qui leur montraient où poser leurs mains gantées. Laurent était en tête, suivi de Virgile et Max.

– Max, nous sommes à quelle hauteur maintenant ?

– On a passé le deuxième étage, cent cinquante mètres, à peu près.

– Nous allons jusqu'où ?

– Plus très loin sinon on va trop se geler, le vent est fort. Ça va ?

– Très bien. Merci de m'avoir écouté tout à l'heure. C'était bien vous que j'avais besoin de voir.

Cinq minutes plus tard, Osdez s'arrêta dans un nœud de la charpente. Ils se regroupèrent.

– Fieu, y fait cru, man !

Le rasta des mines du Nord sortit son attirail, se protégea du vent et roula un joint, regardant Heckmann en souriant, puis Max.

– Qu'est-ce qu'y t'es arrivé, Max, c'est quoi c'te poque que t'as à la joue ?

– C'est Virgile, il a la gâchette facile.

– Cool. Tu as grimpé avec ton arme, Virgile ?

Virgile fit oui de la tête. Laurent regarda la nuit, réfléchit un instant.

– Man, si tu tires une balle droit devant, elle va aller jusqu'où ?

Heckmann regarda le noir, imagina le trajet d'une balle dans la nuit.

– Pas jusqu'en banlieue. À mon avis, elle devrait tomber place du Trocadéro, ou un peu plus loin dans le XVIe.

– Ouah. Une balle perdue. Et si elle tombe sur quelqu'un ?

Heckmann s'installa au creux d'une poutrelle, Max le sangla. Virgile regarda en bas. Ça commençait à faire très haut et il commençait effectivement à réfléchir. Laurent lui tendit le joint. Le flic secoua la tête.

– Non merci. Je n'arriverais pas à redescendre.

Osdez rigola. Il sortit une bouteille de champagne de son sac.

– Tu vas bien boire un coup, au moins ?

Pop ! Le bouchon s'envola dans la nuit, emporté par le vent. Heckmann but, se cala confortablement contre le métal et les rivets qui semblaient plus chauds que l'air. Le vent sifflait, coupé en lames par la tour. On n'entendait plus la ville. Ses pensées s'envolaient comme le bouchon dans la nuit. Virgile Heckmann se demandait pourquoi, dans ce monde meurtrier, il courait après un homme qui, somme toute, n'avait tué que deux personnes en trois semaines. La tour Eiffel elle-même en avait tué plus que ça. En trois semaines, des milliers d'autres personnes sur la planète avaient été lapidées, bombardées, torturées et assassinées. Il regardait des fenêtres illuminées en buvant le champagne au goulot.

– Je ressemble à une de ces fenêtres, pas toute seule mais seule, visible mais anonyme, allumée mais bientôt éteinte. La ville est un monstre. J'ai une vie de con.

Ils rigolèrent tous les trois.

– Ça va s'arranger, prophétisa Laurent sur son trône en acier.

Ils finirent la bouteille et profitèrent quelques minutes encore, silencieux, de la protection de ce royaume de métal. Entre eux, Paris et la nuit, glissait un sentiment de paix, mélange rassurant d'union et d'isolement. Virgile Heckmann découvrait dans le froid la chaleur de l'amitié, Maximilien Marty pensait à la chaleur du ventre d'Hélène. Le froid l'emporta finalement. Ils remballèrent, souriant tous les trois. Max sortit une corde de son sac.

– La descente est plus délicate, on s'encorde.

Ils commencèrent à désescalader la tour. Heckmann était détendu, le champagne avait arrondi les angles de la peur. En une demi-heure, ils arrivèrent au premier étage. Ils passèrent en dessous puis avancèrent jusqu'au milieu de la structure, juste dans l'axe vertical de la tour. Le vide était droit en dessous d'eux.

– OK. Virgile, si on a des problèmes avec les flics, vous nous tirez d'affaire !

– Qu'est-ce que vous avez l'intention de faire ?

– Accélérer.

Max et Osdez déballèrent des cordes, trois fois soixante mètres. Laurent demanda :

– T'as déjà fait du rappel, Virgile ?

– Une fois, avec une équipe du GIPN.

L'équipe AcroJob s'écroula de rire.

– Vous foutez pas de moi.

– C'est cool, man, t'es comme qui dirait un professionnel !

Max regarda Virgile bien en face.

– Écoutez, dès que vous touchez le sol, vous dégagez. Le descendeur, c'est tout simple, c'est une poignée, sauf que c'est le contraire d'un frein : plus on appuie, plus on va vite.

Virgile bougea la tête pour dire oui. Il renonçait, il était un peu bourré et déjà presque viré de toute façon. Osdez et Max attachèrent les cordes.

– Comment on les récupère ? demanda Heckmann.

– Pertes et profits. De toute façon on se sert plus de ces cordes, elles sont pourries.

– Pardon ?

Max passa une des cordes dans les poulies du descendeur de Virgile et le referma.

– Vous pensez seulement à ce que vous faites, pas à ce qui nous attend en bas, ni au vide.

Max longea Heckmann à son propre baudrier.

– Précaution. Si vous dévissez, vous resterez accroché à moi.

Heckmann en fut touché.

– Man, en bas je vous lâche, faut que j'me rentre, la cocotte et les mômes m'attendent.

Max et Laurent claquèrent à nouveau leurs mains.

– À d'main pour la grande bouffe, Max. Virgile, c'était un plaisir, à la prochaine. Et faut qu't'arrêtes de tirer sur Max, c'est un bon gars, c'est juste qu'y veut pas l'admettre.

Ils lancèrent les cordes qui sifflèrent en se délovant dans l'air. Les brins frappèrent doucement le sol cinquante mètres plus bas.

– C'est parti.

Ils se jetèrent tous les trois dans le vide.

Virgile appuya timidement sur son descendeur, la corde, libérée par à-coups, le fit descendre en yoyotant. Max l'attendait.

– Serrez, Virgile, on n'a pas toute la nuit !

Virgile serra franchement la poignée. La corde siffla dans le descendeur, le sol remonta vers lui à toute allure. Max fit comme lui.

– Relâchez ! Doucement maintenant !

Ils ralentirent, Osdez était déjà arrivé en bas, il était en train de se libérer de sa corde et se marrait. Un chien aboya. Heckmann et Max touchèrent le sol, Heckmann tomba sur le cul. Max libéra son descendeur, tellement chauffé par les frottements qu'il faisait fondre le nylon de la corde et y allait y rester collé. Puis il déverrouilla celui de Virgile qui s'emmêlait dans sa corde.

Quelqu'un cria « Arrêtez ! » Heckmann pensa en souriant qu'ils pourraient bien recevoir des balles. Les consignes Vigipirate étaient plutôt expéditives. Ils se mirent à courir, coupèrent à travers les pelouses du Champ-de-Mars. Laurent avait disparu. Ils sautèrent par-dessus les haies, se glissèrent entre les arbres. Les flics n'eurent pas le temps de comprendre, ils regardaient encore les cordes que Virgile et Max étaient arrivés avenue de la Bourdonnais. Ils se planquèrent derrière un fourgon. Heckmann se marrait. Personne ne les suivait. Ils récupérèrent la bagnole de Max et dégagèrent en vitesse.

Ils commencèrent à boire Chez Georges, rue des Canettes. C'était plein d'étudiants, la fumée était épaisse et on parlait fort. Au deuxième demi, les jambes d'Heckmann arrêtèrent de trembler, au quatrième, il était rond. Ils écumèrent ensuite des bars sans intérêt mais le décor n'avait plus d'importance, ils riaient. À 3 heures du matin, Max déposa Heckmann devant chez lui.

Virgile tomba sur son lit tout habillé, bras en croix tel un christ décloué, dans sa veste jamaïcaine.

Max se blottit contre Hélène, prit son gros ventre dans ses bras.

Au petit matin, sur la tour Eiffel, une équipe de démineurs se promenait à la recherche d'une bombe. Trois cordes dans la lumière de l'aube pendaient du premier étage jusqu'au sol, trois pendules de Foucault qui se balançaient dans la brise matinale arrivée de l'océan.

15.

Dimanche 14 octobre. Le *Boléro* de Ravel, réduit à son ultime expression, un martèlement continu, résonnait dans le long couloir.

Les murs de béton brut étaient couverts de tags, de peintures et de graffitis. Comme ils approchaient de la porte du fond, le son montait. Depuis les portes des ateliers sortaient des têtes curieuses. On n'avait pas l'habitude de voir des flics ici. 13 heures.

– Merci, attendez ici maintenant. Monsieur, s'il vous plaît. Merci.

Durel et Rorbacher, deux flics municipaux taille extra large, s'approchèrent de la porte. Ils appelèrent, sonnèrent, cognèrent sur l'huisserie. Pas de réponse, seulement la musique. Pom popopopom popopopom. Durel et Rorbacher se regardèrent une seconde. Pas de commission rogatoire, mais bon, après tout c'était un squat d'artistes, non ? Un signe de tête. Ils se jetèrent sur la porte à deux épaules. Elle était solide, il leur fallut trois essais. La serrure céda. Ils adoraient ça.

POM POPOPOPOM POPOPOPOM ! Ils ouvrirent des yeux comme des billes de billard. La confusion auditive était telle qu'ils avaient du mal à se concentrer, ils plissaient les yeux comme pour s'en protéger, sans comprendre ce qu'ils voyaient. POM POPOPOPOM POPOPOPOM. Ils crièrent depuis le seuil.

– Y a quelqu'un ?

– Police municipale ! Il y a quelqu'un ? Les voisins…

TSING TSING, POM POPOPOPOM POPOPOPOM !

Les deux flics se regardèrent encore une fois et entrèrent prudemment. Ils s'arrachaient la gorge.

– C'est quoi cet endroit ?

– J'en sais rien !

– C'est un truc de dingue ! Y en a jusqu'au plafond ! C'est plein à ras bord !

POM POPOPOPOM POPOPOPOM !

Dans une demi-obscurité, parcourue d'ombres mouvantes, une machinerie démente, mélange de soufflets de forge, de vieux instruments de musique, de pistons, de câbles électriques, d'écrans de télévision, de vérins hydrauliques et de machines à laver. Bois, plastique, métal. La musique sortait de partout. Des antiquités, des cordes, des ordinateurs ou des aquariums pleins d'engrenages ou même des moteurs de voiture. Des fibres optiques scintillaient, bleues et froides, des lumières et des spots s'allumaient et s'éteignaient, des diodes clignotaient en rythme. Tout le volume de la pièce, cent mètres carrés et haute de plafond, était rempli. Le monstre bougeait, montait, descendait, tremblait, soufflait et crachait le *Boléro* à pleins poumons.

– Comment on arrête ce truc ? gueula Durel.

– Il faut trouver le compteur électrique !

– Quoi ?

– Il faut couper le jus ! gueula Rorbacher en passant le tranchant de sa main sur sa gorge.

Les deux flics se séparèrent, partirent à la recherche d'un tableau électrique entre les trompettes, les haut-parleurs, les tambours amplifiés et les bras articulés qui répétaient invariablement leurs mouvements. Le monstre respirait, soufflait, crachait. Ravel en fureur !

– Nom de Dieu. Durel ! DUREL !

Rorbacher se cassait les cordes vocales. Durel finit par entendre son collègue au milieu du rugissement des machines.

– Merde !

Des cymbales montaient et descendaient le long d'axes couverts de graisse mécanique, TSING TSING ! Les portes d'une armoire normande s'ouvrirent, une section de cors de chasse y apparut. Les deux flics sursautèrent. TU TUTUTUTU TUTUTUTU !

Entre les machines, sous un cône de lumière noire, le corps d'un homme était suspendu à des câbles d'acier. Ses intestins pendaient le long de ses jambes. POM POPOPOPOM POPOPOPOM. Bras ouverts, tête renversée, un néon violet faisait briller le blanc de ses yeux révulsés.

L'agent Durel vomit. Rorbacher, brigadier, serra les dents sur une gorgée de bile.

– Durel ! Trouve le courant ! Arrête ce truc, nom de Dieu !

***

Le combiné en plastique noir, copie d'un vieux modèle Bakélite à cadran, sonnait. Heckmann, peignoir blanc, sortit de sa salle de bains. Le téléphone résonnait dans son crâne douloureux. Il jeta un œil à son appartement dévasté, puis décrocha. Une voix féminine et jeune, pétillante comme un Alka-Seltzer.

– Lieutenant Heckmann ? Centrale. Un homicide, Paris XIIIe. Un atelier d'artiste, l'OPJ de permanence a demandé qu'on vous prévienne. Il est sur les lieux et vous attend. 91, quai de la Gare. Bonne journée, monsieur Heckmann !

Heckmann avala un Ibuprofène en luttant contre l'envie de se faire porter pâle. Il n'avait pas le souvenir, dans sa vie, d'une telle gueule de bois.

Il s'habilla. Chemise blanche, veste noire, jeans, tennis, arme, badge, duffel-coat beige. Impeccable, et dessous vertiges, bouche sèche et les mains tremblantes.

Pas de voiture, chez Marty, taxi, la pluie.

Le quartier n'était qu'un gigantesque chantier. De trous immenses émergeaient des girafes métalliques, montaient l'écho des godets grattant la roche, les coups des marteaux-piqueurs et les grincements des engins à chenilles. Des palissades vertes et blanches, des feux de trafic et des déviations provisoires, des investissements à moyen et long termes. La BNF régnait sur ce nouveau quartier en construction. De la boue blanche et collante chuintait sous les roues du taxi.

Le chauffeur était bavard, il parlait du quartier, ce qu'il devenait, ce qu'il avait été. L'industriel recyclé en lofts, les usines en bureaux, les heures d'ouverture des magasins à la place des marchés. Il hésitait entre la nostalgie et le besoin de râler à propos de tout, avant, maintenant et ce que réservait l'avenir. Un convoi de camions bennes sortait d'un cratère à l'angle de la rue Neuve-Tolbiac et du quai Panhard-et-Levassor. Le taxi était immobilisé, le chauffeur meublait. Heckmann aurait pu finir à pied, mais il préférait regarder la pluie tomber derrière la vitre, avala un autre Ibuprofène.

Les camions finirent de passer, le chauffeur redémarra et cent mètres plus loin entra dans le parking des Frigos de Paris.

Des voitures en état de marche, des carrosseries sur cales de toutes les couleurs, des véhicules de police et de pompiers, ceux de journalistes. Toute la clique était là, le grand cirque au complet. Heckmann paya le taxi.

Entrée en scène du clown triste.

La façade était graffitée, Heckmann ne connaissait pas l'endroit. Il monta une volée de marches jusqu'à 'entrée. « Frigos de Paris. Squat Légal Non-Subventionné. Artistes Concentrés », disait un panneau sur la porte. Les murs intérieurs étaient peints, les portes aussi, aux goûts de l'artiste qui travaillait derrière. Il suivit le chemin qu'un pompier lui avait indiqué. Sa tête bourdonnait, paralysie des sens. Plus de sons, plus de sensations, plus d'odeurs. Les murs en béton des anciens frigos semblaient bloquer les ondes de son cerveau, comme un sonar prisonnier dans une chambre d'écho. Heckmann n'avait plus que la vue et il se sentait bien comme ça, isolé au milieu des autres.

Des artistes à lunettes carrées et salopettes, des flics avec leur arme, des gens qui n'avaient rien à faire là parce qu'ils parlaient trop, des gens tristes parce qu'ils pleuraient. Heckmann passa au ralenti entre les personnages de la scène. Il transpirait, son cœur battait dans son cou et ses oreilles. Il entra dans l'atelier musical.

Face à l'entrée, les rideaux de trois grandes fenêtres étaient ouverts et il se dirigea droit vers la lumière, cherchant une issue. Sous les fenêtres, un grand plateau posé sur deux tréteaux, une nappe en papier blanc, déchirée et tachée de vin rouge. Heckmann regarda à travers les vitres. Il faisait froid, il transpirait. L'eau marron de la Seine silencieuse. Rive droite, d'autres chantiers monumentaux, à gauche, les pelouses géométriques de Bercy, un peu plus loin le nouveau ministère des Finances. Jour sans couleurs pour Paris, de l'autre côté du verre sur lequel ruisselait la pluie.

Virgile se retourna vers les machineries de l'atelier. Ses yeux firent la mise au point entre l'extérieur et l'intérieur. Il ne distinguait qu'une masse confuse, humaine et mécanique. Il cligna des yeux. Un agent lui indiquait le fond de l'atelier. Les chocs de ses talons résonnaient dans sa tête.

Il vit un cercle de plastique noir sur le sol, et le cadavre. Il vit la boucherie et dans la flaque aux pieds du cadavre son image se refléter. Des agents lui faisaient des signes et parlaient mais il ne les entendait pas. Il s'avança vers le corps écartelé. Tonnerre. Toutes les machines se mirent à crier, souffler, grincer, une note stridente, harmonie martienne. Ses oreilles se débouchèrent, une aiguille transperça son cerveau, ses sens explosèrent. L'atelier vibrait, respirait, hurlait.

– Lieutenant ! On ne peut pas s'approcher ! Sortez du cercle ! Sortez du cercle !

Heckmann recula d'un pas, toutes les machines se figèrent, le silence retomba brutalement, comme une vibration électrique, et ce fut le silence à présent qui devint un nouveau monde menaçant.

– Il y a une caméra sensible, un truc là, au-dessus ! Dès qu'on marche sur le cercle, ça déclenche tout. On a arrêté le reste, lieutenant, mais on n'a pas encore trouvé le fusible pour ça.

Le lieutenant Heckmann leva son bras et passa la main au-dessus du cercle de caoutchouc noir. Les machines rugirent, l'atelier se mit en mouvement. Il recula sa main, tout s'arrêta. Les policiers autour de lui se couvraient les oreilles, l'un d'eux arriva en courant du couloir.

– Ça y est, ils ont coupé le général !

Heckmann passa la main dans le cercle, déçu qu'il ne se passe plus rien. Ce fut comme le signal. Le *Saint* était là, l'affaire du tueur d'artistes, très peu pour eux ; on lui laissait cette saloperie. L'OPJ de permanence passa la main, et quand Heckmann demanda qu'on le laisse tranquille, personne ne se fit prier. Il appela Georgelin.

– C'est de pire en pire, lieutenant. On est dimanche !

– Je vous attends, Georgelin, il y a du travail pour vous. Je crois que cette fois, il n'a pas fait le ménage.

Heckmann fit appeler l'homme qui avait trouvé le corps. Rorbacher se présenta au rapport.

– Les rideaux étaient fermés, c'était sombre et les machines étaient en marche, elles jouaient un morceau de classique, ce truc qui a servi pour une pub de banque ou quelque chose comme ça, pom popopopom popopopom. Vous voyez ? Il y avait une lumière violette qui éclairait le cadavre, et quand on s'est approchés, ça a fait comme tout à l'heure.

– Rebranchez le courant et tirez les rideaux.

– Lieutenant ?

– Je veux voir comment c'était exactement. Sans le *Boléro*.

Rorbacher s'exécuta. Quelques minutes plus tard, l'atelier était à nouveau plongé dans l'obscurité et les yeux du cadavre, fluorescents, levés vers le plafond.

Un sacré travail. Très théâtral, repoussant et fascinant. Le martyre de l'artiste messianique, crucifixion esthétique, jouissance masochiste.

La base du cône de lumière violette correspondait au périmètre du cercle de caoutchouc noir au sol. Heckmann passa la main dans le halo. Des machines sifflèrent, un tambour métallique résonna dans l'atelier. Il resta immobile, les sons s'arrêtèrent, il bougea les doigts et provoqua des notes étranges. Il passa les deux mains, puis ses bras, l'atelier musical se mit en branle. Il entra dans le cercle et marcha autour du corps. L'atelier devint fou, criant à l'unisson de ses mouvements, réagissant au moindre mouvement de ses mains et de ses doigts. Il ressortit du cercle. Silence.

Heckmann rouvrit les rideaux. Il demanda à Rorbacher de lui indiquer la personne responsable de cet endroit.

Il entra dans un bureau du rez-de-chaussée, siège de l'association d'artistes. Un jeune type barbu lui tendit la main.

– Laurent Richard, je suis le président de l'association. C'est moi qui ai appelé la police.

– Quand ?

– À midi, à peu près. Joël… C'est lui qui est mort… Il travaille à toutes les heures de la nuit et du jour mais, en général, il nous prévient quand il fait vraiment du bruit. Les murs des anciens frigos font un mètre d'épaisseur et ils sont bien isolés, mais Joël peut faire trembler tout le bâtiment avec ses machines. En arrivant ce matin, il y avait de la musique, très fort. Et il y avait une classe de peinture en même temps. Rachel, la formatrice, a frappé plusieurs fois chez Joël, mais il n'a pas répondu. Le même morceau en permanence, Ravel. Bastien, le peintre dont l'atelier est à côté de celui de Joël, est aussi passé, en disant que ça ne pouvait plus durer. Parfois il dort ici et il m'a dit que ça durait depuis le milieu de la nuit. Que lui aussi avait frappé à la porte de Joël. Nous avons réessayé, mais toujours rien. J'ai appelé chez Joël. Sa femme m'a dit qu'il n'était pas rentré, qu'elle n'avait pas de clés de l'atelier. J'ai appelé la police… Que s'est-il passé ?

– Un tueur que nous recherchons. Il ne s'en prend pas à des personnes en particulier, mais à des artistes. Comme il s'en est pris, malheureusement, à Joël… Joël comment ?

– Marchand.

– Rien à voir de personnel avec Joël Marchand. Il faut que je parle avec ce Bastien, son voisin.

– Atelier 7, au premier étage, presque en face de l'atelier musical. Je… je dois appeler sa femme ?

– Nous pouvons nous en charger si vous préférez.

– Je pense que je vais le faire. Joël était un ami. Vous parlez de ce tueur d'artistes, celui des journaux ? On en plaisantait ici, entre nous. Sans imaginer que ça pourrait arriver…

Bastien peignait des toiles de très grands formats. Couleurs vives, beaucoup de matière, de la peinture étalée avec les mains, énergique, sans mélanges, primaire, des personnages simples aux lignes nettes, des animaux, des corps tendus, peu d'espace entre eux, copulation, des verges rouges, des vagins bleus, des bouches ouvertes, des seins compressés, des visages enfantins et violents qui criaient. Bastien portait de petites lunettes rondes et s'habillait sans couleurs. Il parlait d'une voix douce devant ses toiles trois fois plus hautes que lui, s'exprimait timidement sur ce fond de sexes colorés, d'explosions chromatiques et de bacchanales. Les couleurs de Paris avaient été volées, elles étaient toutes dans cet atelier.

– Joël a composé la musique d'un film d'animation, dont la première était hier soir à la Cinémathèque. Ensuite, il y avait un pot dans son atelier. Pas mal de monde, jusqu'à minuit à peu près. Je ne suis pas resté jusqu'au bout mais j'ai entendu les gens partir, je dormais ici. Plus tard, je n'ai pas regardé l'heure, il y a eu du bruit et ça m'a réveillé, je veux dire de la musique chez Joël. C'était sa musique sculpturale, avec le capteur de mouvements.

– Combien de temps ?

– Je dirais un quart d'heure, peut-être plus. Joël arrive à faire des choses bien avec son installation, il maîtrise les mouvements et les sons qu'ils déclenchent, mais quand on ne connaît pas, c'est plutôt horrible. Là, c'était clairement quelqu'un qui faisait des essais, c'était assez mauvais. J'ai patienté, moi aussi je me suis déjà amusé avec la caméra, c'est assez prenant, alors j'ai laissé faire celui qui s'amusait avec… Ensuite, il y a eu le *Boléro*. Un programme sur lequel Joël travaille depuis des semaines. Soit on actionne les machines avec ses mouvements, soit on lance un programme informatique qui les dirige. C'était assez fort pour m'empêcher de dormir. Ça durait, alors cette fois je suis allé frapper, mais sans réponse. Je n'ai pas fermé l'œil, la musique a continué toute la nuit et ce matin.

Heckmann remercia. Cette fois, on avait au moins entendu le tueur, et le peintre aux toiles géantes l'avait peut-être interrompu pendant son travail de nettoyage, il avait pris peur et avait quitté l'atelier musical. Parce que la table du buffet était encore sale, mais surtout c'était la première fois qu'il laissait du sang derrière lui.

Vernissages.

Il trouvait ses victimes dans les vernissages et les inaugurations. Kurzeja : rencontre de hasard. Ensuite, pour les deux autres, il cherche : il traîne dans les galeries, il suit, il attend, il tue, il fait son travail, il nettoie.

Il accélère, il est éclectique, deux peintres, un musicien. Un ciel, un personnage en retrait, une crucifixion. De la musique. Enregistrement ?

Heckmann retourna dans l'atelier de Joël Marchand. Son odorat renaissant capta une odeur de tabac froid et d'alcool qui lui retourna l'estomac, puis celle du cadavre aux pieds duquel il se posta.

Tuer n'était plus un à-côté schizophrénique. Tuer devenait son art. Il allait plus vite, il avait attendu longtemps. Cette fois il avait cherché à l'intérieur de sa victime. Il avait commencé à Brunoy, le ventre de Charrin. Cette nuit, il avait ouvert pour de bon. Plus de violence, plus de risques. Plus proche aussi.

Georgelin arriva, Heckmann alla à sa rencontre pour s'éloigner du corps, et lui fit un topo.

– Il me faudrait un informaticien. Cette machinerie est reliée à cet ordinateur, ça a l'air d'une brocante mais c'est apparemment très pointu, je veux savoir s'il y a un enregistrement de la musique du meurtre.

– Ça va pas être du Jacques Demy. Pour ce qui est de Brunoy, j'ai eu la confirmation : le tueur n'a pas utilisé un produit de la maison. La liste des nettoyants possibles, trois au total, doit être sur votre bureau avec mes derniers résultats. Ce sont des détergents utilisés par les professionnels. Et pour l'ordinateur, je peux m'en charger aussi.

– Votre licenciement serait une vraie perte pour la police.

– Allez vous faire voir.

– Le légiste arrive. Bon dimanche.

Heckmann quitta l'atelier. Au rez-de-chaussée, il s'arrêta devant une petite ouverture percée dans un mur, une vitre scellée qu'il n'avait pas remarquée en arrivant. Des flèches peintes sur le béton invitaient à s'y pencher.

Une immense pièce obscure, une masse énorme au centre, des rails de chemin de fer. Il scruta les ténèbres, ses pupilles se dilatèrent. En contrebas, immobile, d'un noir mat, une locomotive à vapeur, prisonnière des murs de la gigantesque pièce sans autre ouverture que le petit carré de verre. Quelqu'un parla dans son dos, Heckmann, à fleur de peau, sursauta.

– C'est une locomotive qui faisait des voyages jusqu'en Allemagne pendant la guerre. Elle tirait des wagons à bestiaux jusqu'aux camps de la mort.

Laurent Richard, le type de l'association des artistes.

– Elle allait partir à la casse. C'est nous qui l'avons emmurée. Les rails arrivaient jusque dans les frigos pour le transport des marchandises.

Il fit une pause. La présence et l'histoire de la locomotive ne l'émouvaient pas autant que ce qu'il avait sur le cœur.

– J'ai appelé la femme de Joël Marchand. Je crois que j'aurais dû vous laisser faire.

Heckmann sortit. La pluie tombait toujours, il faisait froid. À l'abri du porche des Frigos, il nota sur son carnet : *Lundi, galerie Fabre rue Quincampoix et la Cinémathèque rue de Bercy.*

Le monde redevint cotonneux, ses oreilles se rebouchaient. Il marcha jusqu'à la rue Neuve-Tolbiac, attendit cinq minutes un taxi et donna au chauffeur l'adresse de Marty. Il récupéra sa voiture sans aller sonner chez Max, où l'on devait boire et manger en famille.

De retour chez lui, il avait deux messages. Bip. Silence. Bip. Silence.

Et un troisième.

« J'ai bien reçu votre message, monsieur Heckmann. Vous êtes décidément surprenant. Je vous avais demandé de patienter. Non seulement vous ne l'avez pas fait, mais vous avez en plus été plutôt grossier… J'ai compris sans difficulté que vous étiez saoul… Peut-être que vous n'avez pas été grossier. Cru, en tout cas. Et plutôt malpoli d'appeler à une heure pareille. Patientez. »

Julie Bordères. Quel message ? Il regarda sur son portable la liste de ses derniers appels. Quatre, entre 1 heure et 2 heures du matin. Trois en Alsace, un à Julie Bordères. Merde. Il ne se souvenait pas.

Il revoyait la locomotive, murée dans le sous-sol du dernier bâtiment d'un quartier disparu de Paris. La menace contenue par les murs de béton de la grande ère industrielle. Un sarcophage maudit au cœur de la ville, bête humaine ensommeillée, prête à redémarrer.

16.

Le chien avait fini de déchiqueter *Le Figaro* et *Le Nouvel Obs*, il s'attaquait à *Marianne*. Max s'était gardé *Libération* et *L'Humanité* pour la fin. Après deux jours de bringue et deux jours de récupération, il reprenait des nouvelles du monde, de droite à gauche. Mercredi 17 octobre 2001, nouveau jour de folie sur Terre.

Tandis qu'au Stade de France un match de foot amical Algérie-France tourne à la haine et l'affrontement entre supporters, des voitures brûlent en Seine-Saint-Denis. Depuis trois nuits, des « émeutes » se poursuivent. Dans *Le Figaro*, un ancien membre de l'Action française, déclare : « On ne réclame pas le droit à la parole avec des cocktails Molotov. » Delanoë inaugure une plaque au pont Saint-Michel « à la mémoire des nombreux Algériens tués lors de la sanglante répression de la manifestation pacifique du 17 octobre 1961 ». La droite parisienne boycotte « un hommage au FLN ». En Afghanistan les bombes tombent, manifestations antiaméricaines dans le monde arabe, Bush déclare : « Je ne peux pas le croire car je sais combien nous sommes bons. » Contrôles de police renforcés, deux jeunes dealers tabassés. Les quartiers s'agitent de plus en plus, les voitures brûlent. État d'urgence. Les flics réclament plus de moyens, les syndicats de police dénoncent l'angélisme sociologique de la gauche. Les associations de quartier dénoncent : « Gestion colonialiste des banlieues. » Des jeunes disent : « C'est pas des mecs du quartier qui ont cramé les bagnoles ! ». Mea culpa de la gauche qui jette un œil aux sondages : l'insécurité devant le chômage… Et partout encore, grignotant les gros titres, remontant des faits divers vers les premières pages : le tueur d'artistes. Entre les lignes : le milieu artistique porte en lui les germes du crime, règlements de comptes entre désaxés. Les galeries annulent leurs vernissages, les musées leurs inaugurations. La droite : « Le plan Vigipirate n'a pas pour but de protéger des abstentionnistes qui exposent des téléviseurs brûlés dans des musées subventionnés. »

Max avait fini par balancer les journaux au chien ; autodafé canin. Tout cela ne changeait toujours pas le cours des choses : la naissance était toujours annoncée pour dans quinze jours. D'ici là, combien d'autres meurtres ? Troisième victime, un ventre ouvert, répugnant. Un accouchement ou avortement ? Heckmann était encore cité dans les journaux.

Max l'appela.

– Virgile ? C'est Max.

– Qu'est-ce que vous voulez ?

– Oh là ! La trêve est terminée ?

– Je suis au travail, je n'ai pas le temps de parler.

– Je prenais juste des nouvelles. Bonne journée.

– Attendez ! Marty, est-ce que vous vous souvenez de coups de téléphone que j'ai passés dans la nuit de samedi ?

– Vous avez appelé plusieurs fois, oui. Vous ne vous rappelez pas ?

– Non.

– Vous avez appelé chez vos parents, je crois. Et vous avez appelé cette femme dont vous avez parlé sur la tour Eiffel, Julie quelque chose.

– Qu'est-ce que j'ai dit ?

– Rien de dramatique, mais cette Julie, elle sait à quoi s'en tenir maintenant.

– À quoi s'en tenir ?

– On peut pas appeler ça une déclaration d'amour, parce que vous étiez un peu réducteur. Mais en tout cas, c'était passionnel.

– Réducteur ?

– Essentiellement sexuel.

– Nom de Dieu, Marty ! Vous ne pouviez pas m'arrêter ?

– Je ne me mêle pas de vos histoires de cul, Heckmann. Dites, Parques m'a invité à passer chez lui, vous voulez venir ?

– Pas question. Je dois travailler.

– Du nouveau sur le tueur ?

– Lisez les journaux.

Heckmann raccrocha. Max appela le brigadier Daniel.

– J'ai rien à te dire, Marty. Je savais bien que tu allais commencer à fouiner, tu ne devrais pas. Ça va te retomber sur la gueule.

– T'inquiète pas pour moi.

– Je ne m'inquiète pas pour toi, Marty.

– Et toi, tu casses toujours de la racaille ? Avec tout ce qui se passe dans les banlieues, tu vas pas reprendre du service ?

Il y eut un silence, Max entendit, ou imagina, que le brigadier Daniel se penchait en avant pour parler plus près et plus bas dans le combiné.

– Max, tu fermes ta gueule, tu m'entends ? Tu m'appelles plus. Tout ça, c'est miné. Ça pue. Un conseil, occupe-toi de ta vie.

Miné. Max comprit *politique*. Il appela Parques, lui dit qu'il passerait en fin d'après-midi. Le souvenir de l'odeur du pavillon faillit le faire changer d'avis, mais son nihilisme le poussait à apprécier la compagnie des médecins, quelqu'un dont la science légitimerait son besoin d'être malade. Devant le miroir de la salle de bains, Max décolla son pansement, regarda la plaie qui cicatrisait, ému par le pouvoir de guérison de la chair, qui se foutait de ses atermoiements. Il toucha la blessure du bout des doigts et appuya jusqu'à se faire mal.

17.

Heckmann enrageait, la théorie des fuites était plus que confirmée. Pour le meurtre des Frigos, il n'avait fait aucune déclaration, pourtant tout était dans les journaux. Les infos sortaient directement de son rapport au juge d'instruction. Manipulé. La colère de Lecreux n'était que du flan ; si le divisionnaire ne supportait pas qu'Heckmann parle aux journalistes sans son autorisation, c'était parce qu'il voulait garder le contrôle. Et en affichant sa contrariété, Lecreux se fabriquait aussi un bouc-émissaire crédible : si les stratégies de la hiérarchie foiraient, Virgile servirait de fusible. Les règles du jeu étaient somme toute assez banales, parfaitement classiques, mais que Lecreux le prenne à ce point pour un imbécile, c'était dérangeant. Virgile décida donc de monter à son bureau et eut la politesse de frapper avant d'entrer.

– Heckmann, je n'ai pas beaucoup de temps, que voulez-vous ?

– Savoir comment les journaux continuent à obtenir des informations sur mon enquête. Il n'y a pas eu de conférence de presse, que je sache ?

– Ce n'est pas votre enquête, Heckmann. Corporation, vous vous souvenez ?

– Je ne suis pas idiot, commissaire, je sais ce que vous faites.

– Bien. Alors continuez votre travail.

– Si vous continuez comme ça à vous moquer du secret de l'instruction, vous ne tirerez rien de bon de cette affaire, cela vous retombera dessus, même si le juge Martin est un de vos amis.

– Ne vous préoccupez pas de ça, lieutenant, c'est mon domaine. Le vôtre, c'est d'arrêter ce tueur.

– Lecreux, si vous essayez de me faire porter le chapeau de quelque façon que ce soit, je vous coule, vous, votre juge et toutes vos relations de cabinets. Les élections approchent, si vous voulez jouer avec le feu c'est votre affaire, mais je pourrais moi aussi craquer quelques allumettes. Souvenez-vous-en le jour où vous penserez à me sacrifier.

– Heckmann, vous êtes sur la corde raide. Je pourrais demander votre mise à pied sur-le-champ.

– Vous avez encore besoin de moi et vous avez déjà fait trop de bruit. Je voulais simplement vous prévenir que je n'étais pas dupe.

Rue Quincampoix, le soir du vernissage, personne n'avait rien remarqué. À la Cinémathèque non plus ; deux cents personnes présentes, impossible de vérifier quoi que ce soit : entrée libre, c'était un film d'art et d'essai, on avait voulu remplir la salle. Heckmann avait mis deux adjoints sur les Frigos. Les invités du pot de Joël Marchand avaient tous été contrôlés, presque tout le monde se connaissait parmi la trentaine de personnes présentes, aucun inconnu, aucun comportement étrange, rien, rien et rien. L'autopsie de Marchand n'était pas terminée, le légiste bataillait encore avec le corps massacré.

Heckmann avait épluché des dossiers d'artistes fichés. Il savait pourtant que le tueur n'était pas un artiste. Il pensait hygiène, travail banal, double vie. Mais il fallait en passer par là, parce qu'il fallait passer par tout, que laisser derrière soit le moindre doute empêchait de dormir. Alors il avait compulsé des pages d'attentats à la pudeur et autres désordres sur la voie publique des « artistes extrêmes ». Une femme arrêtée par la douane parce qu'elle portait un manteau de fourrure confectionné avec des animaux tués par des voitures, mais protégés. Un type nu, avec un pistolet, arrêté devant une usine Dassault : il s'était arrosé avec un pot de peinture rouge puis s'était tiré une balle de .22 dans le bras. Un autre s'était enfermé vingt-quatre heures dans un casier de consigne de la gare du Nord, dans le casier au-dessus il avait déposé une bouteille d'eau minérale. Il était presque mort asphyxié. Scarifications en public, cadavres volés dans une faculté de médecine et installés à une table de dîner aux chandelles, vol d'organes cancéreux dans un hôpital, vol de fœtus, bain de sang sous un porc éventré sur le parvis de la Défense. Les deux adjoints d'Heckmann s'occupaient de vérifier les emplois du temps et les alibis.

Les agressions sur des artistes n'avaient rien donné non plus. Des faits divers sans importance, résolus ou trop vieux, des bagarres de bistrot, des querelles de couple, toujours rien. Restait la piste des produits de nettoyage, faire le tour des magasins professionnels. Une liste de dix-sept enseignes à vérifier, Paris et banlieue. Le téléphone sonna sur son bureau. Une voix surexcitée.

– Heckmann ? Boris Georgelin. Ça va de votre côté de l'île ? Dites, j'ai quelque chose de terrible à vous montrer, il faut absolument que vous passiez au labo. Quand vous voulez, j'en ai vomi, ça va vous plaire !

Heckmann reposa lentement le combiné sur son support, la sonnerie explosa à nouveau.

– Lieutenant Heckmann ? Commissariat du IIIe arrondissement. Un témoignage spontané qui vous concerne, au sujet de la nuit de votre crime à Brunoy, celui des journaux, vous voyez ?

Le flic raccrocha lui aussi avant qu'il ait pu dire quoi que ce soit. La lune devait être pleine, tout le monde était sur les nerfs.

Il conduisit en vitesse et se gara boulevard de Sébastopol. Rue aux Ours, joli petit commissariat, la façade aurait pu être celle d'un restaurant du Marais. La rue Quincampoix était juste à côté. Le Marais, rénové à partir des années cinquante par les promoteurs de l'ère De Gaulle-Malraux-Pompidou, était froid et recroquevillé sur lui-même. Quelque part dans le coin, la famille de Virgile possédait des immeubles. Il repensa à ses coups de téléphone de la nuit de samedi. Il n'avait pas encore reçu de réponses d'Alsace.

L'agent de permanence, au courant de son arrivée, lui indiqua le coin de l'accueil où deux hommes étaient assis. Ils avaient déjà fait une déposition, mais Heckmann leur demanda de recommencer, les remerciant de l'avoir attendu.

– Je voulais vous entendre en personne.

Ils n'avaient d'abord pas pensé que cela avait une quelconque importance, mais après l'affaire de Brunoy, puis l'évocation récente de la galerie Fabre dans les journaux, ils s'étaient dit qu'ils devraient peut-être raconter l'histoire de cet homme paniqué. Heckmann les écouta. Un homme blond qui courait seul, rue des Archives. La trentaine passée selon l'un, trente-cinq au moins selon l'autre, assez grand, un mètre quatre-vingts selon l'un, un mètre soixante-quinze selon l'autre. Il était environ minuit, il était minuit trente. Ils se souvenaient assez bien de son visage, il avait les traits fins, il avait les traits épais. Il était parti en courant dans la direction de la rue Quincampoix.

Le commissariat du IIIe n'avait pas de logiciel anthropométrique, Heckmann demanda au couple de passer dès aujourd'hui au Quai des Orfèvres pour travailler à un portrait-robot. Il y avait une chance, cette panique irrationnelle pouvait coller, le signalement était adéquat. Avec un ADN, des obsessions et peut-être des témoins oculaires. Il n'aurait plus les mains vides. Faire le tour des magasins de produits de nettoyage avec un portrait-robot, c'était quelque chose. Une vraie chance supplémentaire. Si les deux hommes arrivaient à se mettre d'accord. Ou bien leurs différentes impressions permettraient d'obtenir un portrait fidèle, double.

Heckmann repartit vers l'île de la Cité, suspendue au-dessus de la Seine par les ponts tendus comme des câbles. Le fleuve devenait énorme. Depuis la Bourgogne, les pluies continues gonflaient les ruisseaux, les rivières et les affluents ; tous les crachins d'octobre s'aggloméraient pour arriver jusqu'ici en une masse violente qui frappait les piles des ponts, formant des tourbillons bruns comme des nœuds de bois.

Georgelin était dans son labo. Sa mise à pied était annoncée pour la fin du mois, mais ce n'était pas ce qui le mettait dans un pareil état. Heckmann prit un ton prudent et amical.

– J'ai l'acte de commission rogatoire pour l'ordinateur de l'atelier musical, vous allez pouvoir commencer à explorer le disque dur.

– J'ai pris un peu d'avance, lieutenant, j'ai trouvé quelque chose. Ce type, le musicien sculpteur, c'était un vrai génie. J'ai passé des heures dans son atelier, et il n'y a pas que de la musique, lieutenant…

Heckmann rugit.

– Georgelin ! Mes supérieurs n'ont pas l'air de comprendre mais peut-être que c'est dans vos capacités : cette enquête est médiatisée, montée en épingle, elle va tous nous sauter au visage, et vous travaillez sans acte rogatoire !

– Allez vous faire voir, je suis déjà viré. J'ai trouvé une vidéo du meurtre.

– Quoi ?

– Ce ne sont pas vraiment des images. Dans l'atelier musical, il avait une caméra thermique en plus des cellules photosensibles. Un vrai génie de la bricole high-tech, j'y ai passé des heures. C'est filmé par au-dessus. Il n'y a pas d'audio, les appareils à musique sont directement raccordés à une table de mixage puis à l'ordinateur, il n'y a pas de prise de son extérieure. Je veux dire qu'on n'entend que les instruments et qu'on voit les corps bouger, mais qu'on n'entend pas… ce qu'il fait, lui. Je vous laisse regarder, je ne crois pas que je pourrais le revoir, je vais boire quelque chose.

– Vous devriez vous reposer, Georgelin.

– Ça ne devrait plus tarder, vous inquiétez pas. Je suis aussi retourné rue Sémard, à l'atelier du premier meurtre. Comme vous m'avez demandé, j'ai étudié les traces de pas dans la moisissure. Ça aussi, ça va vous défriser : le tableau du manège qui a disparu, c'est une femme qui l'a emporté.

Georgelin éclata de rire en sortant du labo, laissant Heckmann seul devant le moniteur de l'ordinateur.

***

Assis dans son fauteuil, drapé dans sa robe de chambre puante, sa solitude débraillée, Parques sirotait son whisky. Il soufflait la fumée de son cigare dans le verre en le portant à sa bouche, pour mélanger les parfums. En guise d'encens contre l'infâme odeur du pavillon, Max alluma une cigarette. Dehors, le chien explorait les herbes hautes du jardin sauvage, aboyant après les oiseaux et le coucher de soleil. Ivresse de la nature pour bête d'appartement.

Max se tortillait sur le canapé. Ce toubib ne lui faisait pas vraiment l'effet escompté.

– Doc, pourquoi vous vous êtes intéressé à cette affaire ?

– Difficile à dire, pourquoi choisir une histoire plutôt qu'une autre ? Vous connaissez bien le sujet, Max, vous qui ne faites rien en réfléchissant.

– Merci, Doc.

– Je vous en prie. Est-ce que vous avez revu Virgile ?

– Ouais, on a visité la tour Eiffel.

Les étagères de livres faisaient le tour du fauteuil de Parques, il était cerné par deux cents kilos de papier.

– Et vous, vous avez de nouvelles théories à propos du tueur ?

– Rien de neuf, la mise en scène du troisième meurtre corrobore l'idée d'une inspiration religieuse. Vous savez quelle était ma première intuition ? Que Heckmann était le tueur.

– Heckmann n'est pas un tueur. Même s'il est armé et pas très net. Et qu'il m'a tiré dessus.

– Je ne le pense plus, c'est seulement qu'il y a beaucoup de similitudes entre le tueur et le lieutenant. C'est ce qui le trouble. À mon avis, le tueur va essayer de le contacter, c'est dans la logique de ce genre de cas, n'est-ce pas ?

– Oui, le besoin de reconnaissance, la mégalomanie des grands tueurs. Il arrive qu'ils sèment eux-mêmes des indices. Dites, pourquoi vous vivez comme un ermite dans cette ruine ?

Max avait envie de lui demander s'il avait de la famille. En fait, s'il avait des enfants, et des petits-enfants. Max voulait ramener la discussion à lui, sujet de ses préoccupations.

– J'ai vu assez de ce qui se passait dehors. Aimez-vous voyager, Max ?

– Avant oui, j'aimais bien l'Amérique du Sud. Maintenant non, je ne voyage plus, je m'emmerde en vacances.

– Alors disons que c'est la même chose pour moi. J'ai fait mes voyages, maintenant je reste chez moi. Max, pourquoi pensez-vous que je puisse vous aider ?

Max nia en bloc.

– Je n'ai pas besoin d'aide !

– J'ai avorté des femmes toute ma vie, Max.

– … ?

– Heckmann ne vous a rien dit ? J'ai été en prison pour ça, pendant la guerre. Pétain et les pétainistes avaient besoin de repeupler la France. Natalité ! Aujourd'hui encore, des abrutis attaquent l'avortement sur le terrain de la natalité, cette ânerie préhistorique. Bouffons !

Le vieux tenta de se calmer, inspira, souffla, avala du whisky, recracha de la fumée par les narines, furieux comme un dragon éteint.

– Pourquoi votre enfant vous fait-il si peur, Max ?

Max fut secoué, pris au dépourvu par la question à laquelle il venait chercher une réponse.

– Parce que je ne vais plus arriver à me sentir seul. Je vais être lié au monde. Responsable d'une autre vie que la mienne.

– Responsable d'une vie ? Et c'est à moi que vous dites ça ? Ha !

Le rire de Parques déchira ses poumons, quinte de toux, fission de l'atome ; de la poussière, secouée des épaules du vieux ou tombant des étagères, vola dans la lumière de la lampe de chevet, sous laquelle brillait le whisky doré.

– C'est si drôle que ça ?

Parques se frappait la poitrine pour en décoller le goudron.

Dehors, le chien s'arrachait aussi les cordes vocales et des coups secouèrent les volets de la porte d'entrée. C'est Max qui se leva, vexé, laissant Parques retrouver son souffle.

La porte racla, les volets grincèrent.

Sur le perron se tenait Heckmann, le chien lui gueulait dessus en essayant d'avoir l'air féroce. Le clébard arrêta d'aboyer en voyant Max, se frotta contre ses jambes et, reniflant l'odeur de la maison, se rua à l'intérieur. Les chiens aiment toutes les odeurs.

– Qu'est-ce que vous faites là ? Vous n'aviez pas du travail ?

Heckmann entra, il se massait la mâchoire, sa lèvre supérieure saignait et il boitait.

– Qu'est-ce qui vous est arrivé ?

– Un accrochage dans un bar, rien de grave.

Max haussa les épaules, aspira une grande bouffée d'air et referma la porte.

Parques offrit un verre de Lagavulin 25 ans au flic. Max se révolta.

– Dites, je vais pouvoir le goûter un jour ce tord-boyaux ?

– Allez vous chercher un verre dans la cuisine.

Max hésita. Dans le couloir il retrouva son chien qui reniflait chaque centimètre carré de la maison, ne sachant plus où donner de la truffe. La cuisine était vivante, des monstres s'y cachaient, des cadavres y pourrissaient, les égouts remontaient entre les joints du carrelage. Parques était défoncé à la puanteur, c'était l'explication. Max trouva un verre dans l'évier et fit couler de l'eau au robinet pour le rincer. La plomberie eut des râles d'hippopotame, il retourna au salon. Heckmann s'essuyait la bouche avec un mouchoir. Les sourcils de Parques remontaient jusqu'à sa crinière blanche.

– Où ça ?

– À Clignancourt, dans un bistrot.

– Vous faites ça souvent, monsieur Heckmann ?

– Pas assez.

– Et qu'est-ce qui vous a motivé, cette fois ?

– J'ai vu le troisième meurtre. Je l'ai vu en entier.

Max se servit du Lagavulin et Parques le laissa faire. Virgile Heckmann était livide, les nouveaux coups qu'il avait reçus marquaient son visage, ses mains éraflées tremblaient. Il expliqua la caméra dans l'atelier, le cercle noir, la contre-plongée et la descente aux enfers.

– Joël Marchand était encore vivant quand le tueur l'a traîné dans le cercle. Soit drogué, soit blessé, il se débattait mais sans forces. L'autre a attaché des cordes à ses poignets. On ne les voit pas sur les images thermiques, cela donne l'impression que le corps s'élève tout seul. On voyait seulement les efforts du tueur, quand il tirait sur les cordes passées dans les poulies ; les muscles de ses bras et de ses jambes changeaient de couleur, ils devenaient rouges. De Marchand, on voyait le crâne chaud, le ventre, les bras et surtout la poitrine. Là où la tension des cordes était la plus forte. À la périphérie des zones chaudes, les couleurs se refroidissaient.

Chaque mouvement provoquait des sons anarchiques, les petits mouvements des petites notes, les grands mouvements des sons puissants. Une fois Marchand suspendu, l'autre a marché lentement autour de lui. Marchand était secoué par des spasmes. C'est le moment où il s'est réveillé. La marche du tueur était régulière, les instruments s'organisaient comme un orchestre en train de s'accorder. Le visage du tueur ondulait. Je pense qu'il parlait en tournant, et comme un doigt tourne sur un verre en cristal, les machines musicales montaient à l'unisson. Marchand aussi parlait, peut-être qu'il suppliait. L'atelier entier est entré en résonance, on aurait dit un temple bouddhiste en prière. Le tueur a fait dix fois le tour. Les soubresauts de Marchand provoquaient des crissements sur la nappe créés par la déambulation du tueur, qui s'est arrêté devant lui. Les deux corps colorés avaient des pulsions d'échographie, et on entendait presque battre des coups de cœurs parmi les instruments mécaniques. La grande note s'est éteinte lentement et il y a eu un silence, quand tous les deux se sont parfaitement immobilisés. Ils se regardaient. Puis il y a eu un grand roulement de tambours et une explosion de percussions, quand le tueur est tombé à genoux. Il y a eu quelques spasmes de Marchand, qui faisaient comme des bruits de fourchette glissant sur des dents. Les deux corps avaient des couleurs d'arc-en-ciel, ils ondulaient de peur et d'excitation. Le tueur a joint ses mains. Il a prié. Ses mains étaient rouges, il devait les écraser l'une dans l'autre de toutes ses forces. Je pense qu'il est resté deux ou trois minutes dans cette position. Marchand, lui, parlait, demandait à être épargné, et ses machines traduisaient sa supplique en grincements et en miaulements à glacer le sang. Il s'est tout à coup déchaîné, tirant de toutes ses forces sur les cordes, réveillant tout l'atelier des machines, avant d'abandonner, la tête basse, dans une cascade de cymbales qui se sont éteintes. Le silence est revenu. L'autre avait gagné. Il y a eu un dernier silence immobile. Le corps de Marchand s'est assombri, il avait perdu ses forces et se refroidissait. Le tueur aussi, il méditait et se calmait. Avant qu'il se lève, alors les machines musicales ont pris comme une longue inspiration en suivant son mouvement. Son corps a recommencé à s'échauffer, ventre, sexe, poitrine, mains et tête. Il y a eu un geste vif, à peine perceptible. Les instruments se sont déclenchés avec un temps de retard, parce que le tueur avait été trop rapide. Une note suraiguë, un cri de souris, un trait de violon. Le bras est reparti doucement en arrière, après être venu se coller au ventre de Marchand. Quand il s'en est séparé, Marchand s'est agité de tout son corps et ses machines ont hurlé pour lui. Au bout de la main du tueur, il y avait maintenant un trait violet, une pointe. La lame d'un couteau couverte de sang chaud. Elle est repartie vers le ventre, plus lentement. Comme si le tueur commençait à écouter les sons qu'il produisait, à composer son morceau de musique, en poignardant le ventre de Joël Marchand. À ce moment-là, l'excitation du tueur le faisait irradier, le corps de Marchand était brûlant d'adrénaline et d'endomorphines. Après, il y a eu une succession de violons. Je ne sais plus combien de fois il a frappé avec le couteau. Mais peu à peu, à mesure que le tueur était de plus en plus chaud, Marchand était de plus en plus foncé et ne réagissait plus aux coups. Quand sa victime n'a plus du tout bougé, les mains rouges et chaudes du tueur ont disparu dans le ventre bleu de Marchand. Il n'a plus bougé et le silence a été presque parfait. Il a fouillé à mains nues le ventre de l'artiste. Puis lentement il a sorti ses mains, il a reculé et il est sorti du cercle. Il n'y a plus eu que du noir et du silence.

Le cigare de Parques pendait éteint à ses lèvres. Max mâchait l'intérieur de ses joues.

Heckmann se resservit du whisky, avala d'un trait et vomit sur le tapis qui n'avait pas besoin de ça. Le chien arriva en courant.

***

Heckmann, incapable de bouger, resta à la Garenne-Colombes. Max rentra chez lui. Dans la voiture, le chien insista pour installer sa tête sur ses jambes et s'y endormit. Max monta le chauffage de l'Espace à fond. Au travers des gouttes du pare-brise éclaboussé, les lumières de la ville pleuraient.

Parking souterrain, ascenseur. Le poète de l'immeuble avait encore frappé avec son marqueur : « Les révolutions naissent dans les ventres vides. » Max eut une nausée. En six étages, le chien s'était rendormi, Max lui botta le cul et ils rentrèrent chez eux.

Hélène prenait un bain. Vapeur. Chaleur. Son ventre énorme et tendu brillait comme une île au milieu de la baignoire, ses seins gonflés de lait se dressaient dans la mousse parfumée. Max enleva ses chaussures et entra dans l'eau tout habillé. Son volume, additionné à ceux des seins et du ventre propulsa dix litres d'eau sur le carrelage de la salle de bains. Quand ils eurent terminé de se retrouver, il n'y avait presque plus d'eau dans la baignoire.

Max se blottit contre elle et Hélène caressa ses cheveux.

– Je ne t'ai jamais connu aussi désespéré.
– Le sexe sans désespoir, c'est du jazz de Blancs.
Elle rit et souffla dans son oreille :
– Le sexe sans humour, c'est aussi du jazz de Blancs.

18.

Midi. Le chien dormait sur le lit, ils venaient de se réveiller.

– La cicatrice est propre. Ton vieux toubib a bien travaillé.

Hélène coupait les petits nœuds des sutures avec des ciseaux de cuisine.

– Pourquoi tu te mêles encore d'une histoire pareille ?

– Ça me chatouille.

– Ce flic aurait pu te tuer, dix jours avant l'accouchement.

– Je peux aussi mourir dix jours après la naissance. Aïe ! Doucement, merde !

– Finis tout seul.

Max alla à la salle de bains dont le sol était encore trempé, mit en marche le poste de radio et s'installa devant la glace. Infos sur France Inter. Il coupa un peu de peau, se planta la pince à épiler dans l'œil.

– Hélène ? C'est pas ce que j'ai voulu dire ! Tu m'entends ?

– Non.

– Et merde. Hélène ! J'y arrive pas, viens m'aider.

Elle passa la tête par la porte.

– Max, je fais ce que je peux. Je comprends que tu sois inquiet, mais vraiment tu ne m'aides pas.

Elle entra. Hélène aimait trop soigner les bobos de Max. Elle lui prit la pince à épiler des mains.

– Laisse-moi faire.

Le bout de sa langue rose sortait du coin de sa bouche, une petite langue amoureuse et sadique, pendant qu'elle se penchait sur la blessure. Max se laissa faire. Ils prirent tous les deux conscience des mots qui sortaient du poste de radio, débités sur le ton saccadé et universel des journalistes, annonçant uniformément un score de foot et trois mille morts à New York.

Nouvel assassinat dans l'affaire du tueur d'artistes. Ce matin à Pantin...

Max se leva brusquement, une suture bien incrustée dans la chair resta prise dans la pince à épiler.

***

Heckmann ne s'était pas changé, pas lavé et sentait le canapé de la maison de Roland Parques. Ce matin, rapport d'autopsie de Marchand, tué en musique aux Frigos : chargé à mort, cocktail chimique infernal. Georgelin avait expliqué : « Artane. Un correcteur d'effets indésirables des neuroleptiques, en forte dose confusion mentale, excitation et hallucinations. Haldol, un classique des neuroleptiques, qui diminue les hallucinations. Et cerise sur le gâteau : Rohypnol, obnubilation euphorique, difficultés à parler, hypersalivation, sensation d'invincibilité, levée des inhibitions, possibilité d'agressivité incontrôlable et paranoïde, amnésie antérograde quasi totale. Forte dépendance, avec parfois des effets incontrôlables. C'est la drogue de l'oubli, prise par des criminels pour se sentir invincibles, ou administrée aux victimes pour qu'elles ne se souviennent de rien. » Georgelin avait conclu en se marrant : « Le mélange pour quelqu'un qui n'a pas l'habitude ? Hallucinations cauchemardesques, une planante psychédélique avec des nerfs comme des câbles électriques dénudés. Même sans se faire attaquer, c'est déjà une horreur en soi. Quant à se faire éventrer sur fond de musique contemporaine… Ce qui vous intéressera le plus, c'est que ces trois médicaments se retrouvent souvent dans le traitement de la schizophrénie. »

Où est-ce que le tueur trouvait ses drogues ? La liste des patients qui recevaient ce type de traitement faisait cent pages, mais presque tous étaient enfermés. Restaient ceux qui étaient sortis et dans la bonne fourchette d'âge. Parmi les anciens patients retournés à une vie normale, rien ne correspondait jusqu'ici. De toute façon, s'il était sorti, il ne prenait plus ces médicaments, pas officiellement du moins. Conclusion : trafic. Le tueur trouvait ses médicaments dans la rue. La liste de possibilités devenait alors infinie.

En plein dans ses recherches de malades mentaux et de dealers de drogues médicales, Virgile avait reçu l'appel.

***

Rue Courtois, Pantin, 1982. Grève à la Manufacture des Tabacs. Les ouvriers soudent les portes de l'usine. Dix-neuf mois d'occupation. Les derniers paquets de Gauloises sont vendus en soutien à la cause, les mythiques paquets rouges, symbole des luttes perdues et des grandes défaites. Dessus, le casque à plumes des Gauloises et le sceau de la CGT : *Pour le redémarrage.* La SEITA a les reins cassés, l'usine, ouverte en

1876, ferme malgré la résistance. Recyclée en studios de cinéma pendant dix ans. En 1992, dynamitage de la grande cheminée. La Manufacture disparaît avec elle, presque entièrement détruite. Restent quelques bâtiments désaffectés, les ateliers des allumettes. Des artistes s'y installent.

Rue Courtois, Pantin, 18 octobre 2001. Une vieille dérouleuse cirée, une ancienne machine à tremper les allumettes suédoises. Deux cents mètres carrés de fer, de briques et de murs blancs. Des panneaux de trois mètres sur huit. Des monochromes de couleurs douces. Dans la peinture, des trous à la perceuse, en ligne, tous les trente centimètres. Un vert de feuilles nouvelles, un rose d'aube, un jaune pâle. Un rêve en couleurs claires. Une seule bichromie, blanche et rouge, pas encore sèche.

Il voulait ses victimes vivantes et les yeux ouverts.

Miquel Mont. Espagnol, Catalan, né à Barcelone. Trente-cinq ans. Vivant à Paris depuis 1997. « Artiste de la couleur et de l'épaisseur, explorateur de la matière et de son voyage dans le temps », disait un catalogue d'exposition. Mont avait exploré la matière et le temps, on ne pouvait pas dire mieux.

Après une crucifixion, retour aux sources. Mont, nu, était assis face au tableau blanc et rouge. Il était attaché au dossier d'une bonne vieille chaise d'école, en fer vert et contre-plaqué, polie par vingt ans d'éducation. Les bras dans le dos, les chevilles retenues aux pieds de la chaise.

Le temps avait dû passer très lentement, ou en un éclair halluciné. Impossible de savoir si le cocktail de drogues rendait insensible ou le contraire, mais il tenait éveillé, c'était la seule certitude. Par terre, derrière la chaise, sous les bras sans mains, un bac en plastique dans lequel trempait un rouleau à peinture. La toile était un carré rouge sur fond blanc. Symboliquement. Parce que le sang en séchant avait noirci. Le bas du rectangle rouge, aux proportions exactes du cadre blanc, avait coulé. Les coulures du temps qui avait passé pendant que Miguel Mont regardait le tueur peindre.

Virgile Heckmann encaissa encore une fois. Où étaient les mains ?

La folie doit avoir un sens, Virgile, sinon la raison elle-même n'en a plus. Elles se définissent l'une l'autre, lui avait dit le vieux Parques, *comme la beauté et la laideur se répondent*. Virgile avait répondu que le tueur ne serait pas jugé par un critique d'art. Pourtant, au point où il en était, les leçons pompeuses de Roland n'étaient peut-être pas pires qu'autre chose. Il essaya la méthode du vieux : le recul, la sagesse de voir au-delà des apparences. Parce que le tueur en était l'esclave, que les dépasser était peut-être un moyen de prendre de l'avance sur lui ? La scène n'était pas belle, mais c'était une scène : elle n'était pas laide non plus. En la traitant elle aussi comme un tableau, qu'y voyait-il ? Son état de fatigue physique et mentale l'amenait naturellement vers ce décrochage des sens, une posture esthétique amorale.

Mis en scène, le décor est une histoire. Raconte. La lumière, il aime la lumière. Mais il frappe la nuit. Il est maintenant artiste. Mais il cherche encore dans les ventres, comme s'il était lui-même vide, ne croyait pas *en* lui-même. Il a des mains pour créer. Il mutile celles des artistes. Il possède une force et une énergie monstrueuses. Il met en scène son impuissance. Il ne voit pas des meurtres, mais des questions et des réponses : il s'explique. Il veut modifier, changer l'agencement de la matière. Il veut changer. Heckmann sentit sa tête bouger, une brèche dans ses idées et leur enchaînement : il venait de passer sur un élément muet, un engrenage qui articulait tous ces arguments et les apparentait, mais qu'il ne voyait pas encore… Le tueur tente de réaliser son monde intérieur – c'est le talent de l'artiste qu'il désire, qu'il détruit. S'il aime, c'est qu'il hait. S'il cherche, c'est qu'il manque. S'il est fort, c'est qu'il est impuissant. S'il mutile…

Bousculade, flash, deux flics étaient en train d'expulser un journaliste fouineur. Le cerveau de Heckmann se figea, la lumière s'éteignit. Vertige. Il ne restait de son voyage intérieur que l'impuissance et la mutilation. Une connotation sexuelle.

Il se frotta les yeux, des croûtes de sommeil crissèrent sous ses doigts. Il nota : vernissage de Mont dans les jours précédents ? Il arrivait aux dernières pages de son carnet à spirales. Ici, le tueur avait à nouveau eu le temps de nettoyer. Malgré les allers-retours entre le peintre et la toile, pas une trace de sang sur le sol. Le nez de Heckmann identifia l'odeur fraîche d'un produit de nettoyage. La même qu'à Brunoy. Sa mémoire olfactive associa le parfum du produit à celui de Julie Bordères. Il frissonna, repensa à la mystérieuse femme qui avait volé le tableau du manège.

Georgelin débarqua, de plus en plus négligé. Heckmann et lui commençaient à se ressembler.

– Je me mets dans la peau d'un chômeur, dit Georgelin en réponse au regard du lieutenant. Vous savez que, normalement, il devrait y avoir quelqu'un ici, qui ramasse les morceaux pour me les amener au labo ? J'ai affiné les tests, le produit de nettoyage est du Tipol. Un produit multi-usages, très concentré, utilisé par vingt mille personnes tous les jours.

Georgelin avait aussi vu le film, Georgelin avait vu tous les cadavres, il avait mis le nez dedans comme il faut, il n'allait pas s'en sortir indemne et n'avait pas encore son UV de criminologie. Heckmann se demanda combien de temps ils allaient encore pouvoir tenir.

– Je vais essayer de vous trouver un assistant. On finira par le coincer.

Georgelin ne l'écoutait pas, il tournait autour du cadavre de Miquel Mont.

Virgile appela depuis sa voiture. Julie Bordères ne répondit pas.

À Nation, son portable sonna. Il reconnut l'indicatif. Alsace. Aujourd'hui, se dit-il, on se débarrasse du superflu. Il laissa sonner sans répondre, écouta ensuite le message. Sa mère, la voix cassée, disait qu'elle avait effacé ses messages de samedi avant que son père ne les entende. « Quand viendras-tu nous voir ? Peut-être que vous pourriez parler ? Il est malade. Nous sommes vieux, Virgile. Tu ne peux pas te permettre d'attendre beaucoup plus longtemps ». Qu'avait-il dit cette nuit-là, enregistré par un répondeur, dont il ne se souvenait pas, que son père n'entendrait jamais, que sa mère avait effacé ?

Il passa au quai des Orfèvres prendre la liste des dix-sept magasins et le portrait-robot qui était terminé et affiné, après trois visites du couple homo. Les portraits : les deux hommes ne s'étaient tellement pas accordés qu'ils avaient dressé chacun le leur. L'ordinateur avait fait une moyenne, mélangeant les deux versions. Au final, le dessin n'avait l'air de rien. Ce qu'on pouvait dire du suspect ? Blond, ni vieux ni jeune, ni laid ni beau, ni grand ni petit. Ce n'était personne, c'était tout le monde. Virgile emporta les trois versions différentes.

Heckmann écouta du rock entre les visites dans des magasins qui sentaient le propre. Rien. Demain, encore huit à vérifier. Il chercha un bar où aller boire des verres.

***

Max faisait aussi sa tournée. Il allait voir des clients, discutait des contrats, visitait des sièges sociaux à moitié vides dans des immeubles de banlieues. Il se perdait dans des couloirs tellement déserts qu'il aurait pu repartir avec la moquette sans déranger personne. Il négociait, distribuait des factures et réclamait des paiements, offrait des tee-shirts jamaïcains à des hôtesses d'accueil qui s'emmerdaient et des chefs de service qu'il était toujours bon d'avoir à la bonne. Il poireautait dans des salles grises avec des journaux d'entreprise pour toute lecture. À l'occasion, il pensait à deux corps multicolores se dévorant l'un l'autre et au ventre d'Hélène. Il tripotait sa cicatrice et l'idée qu'il allait bientôt changer des couches.

19.

– Heckmann ? C'est Marty.

– Que voulez-vous ?

– Changer d'air.

– Très amusant. Je dois terminer un rapport. Je ne peux pas bouger avant une heure.

– Vous vous souvenez de Chez George ?

– 15 heures.

Une semaine s'était écoulée depuis le meurtre de Pantin. Rapport. Des faits, rien que des faits, pour Lecreux qui ne lisait même plus les comptes-rendus d'Heckmann. Le juge Martin lui avait donné carte blanche, Heckmann faisait désormais tout ce qu'il voulait, avec de moins en moins de moyens. Les meurtres étaient de plus en plus rapprochés les uns des autres, plus il pataugeait, plus on le laissait faire. On voulait que ça dure. Pendant que les banlieues brûlaient, que les lois de politique sécuritaire passaient les unes après les autres, les gros titres étaient pour *l'Artiste*.

Les douches et les vêtements propres ne changeaient plus son allure, c'était sa peau qu'il aurait fallu envoyer au pressing. Somnifères le soir, café le matin. Ses épaules tombaient. Dans sa dernière bagarre de bistrot, il avait laissé une côte. Cette fois, les flics avaient débarqué. Ils l'avaient contrôlé, l'avaient laissé filer et fait un rapport :

le lieutenant Heckmann, saoul, s'était battu dans un bar. Le divisionnaire Lecreux était au courant mais n'avait même pas bougé son cul de son bureau. On le laissait se saborder, on les laissait, lui et l'affaire, pourrir sur pied.

Quelqu'un frappa à sa porte, il dit « Entrez » sans lever la tête.

Une voix hésitante de jeune fille.

– Monsieur Heckmann ?

Une fille de quinze ou seize ans, des jambes trop longues pour elle, en jogging, souriait timidement. Elle avait des bagues sur les dents, le nez rond, rouge d'acné, les traits informes de l'adolescence, masculine : sport et surproduction d'œstrogène. Elle tenait quelque chose à la main, un cadre emballé dans du papier journal.

– Oui ? Je peux vous aider ?

– Je suis venue rapporter quelque chose. Je suis désolée, je ne voulais pas faire ça. Je voulais récupérer mon argent et ma photo. J'ai voulu comme me rembourser, vous voyez ?

Heckmann commençait à comprendre.

– Vous avez pris ce tableau chez Monsieur Kurzeja ?

Elle se mit à pleurer.

– Oui. Je suis allée récupérer mon argent, il devait faire mon portrait. Et puis je me suis dit… Je suis désolée.

– Vous vous êtes dit que vous pourriez revendre le tableau d'un mort et vous faire un peu d'argent ?

Elle hocha la tête. Heckmann lui dit de s'asseoir. La fille raconta qu'elle était allée à l'atelier, elle n'avait pas trouvé ses trente euros et avait eu l'idée de prendre le manège. Ensuite, elle avait eu peur, à cause des autres meurtres.

– Le tableau aussi il m'a fait peur, parce que c'était le tableau d'un mort. J'ai vu votre nom dans les journaux.

Heckmann déchira le papier d'emballage et regarda la toile ; c'était bien celle de la rue Sémard. Il tremblait légèrement, essaya de ne pas le montrer à la jeune fille. Il passa outre les démarches administratives, dit qu'il gardait le tableau et qu'elle n'aurait pas de problèmes, tira trente euros de son portefeuille et les lui donna. Il aurait donné tout ce qu'il avait pour le manège.

– Je vais noter votre nom et votre adresse. Seulement au cas où, mais ne vous faites aucun souci.

Elle donna son nom et son adresse à Clamart.

– Mes parents, vous allez les appeler ?

– Non, rentrez chez vous, ne vous inquiétez pas.

– Vous savez, je l'aime pas ce tableau, il est triste. Y a que le ciel bleu qui est bien. Vous… vous n'avez pas ma photo ?

– Non, et je vous interdis de retourner à l'atelier la chercher, vous m'entendez ?

La fille repartit. Heckmann referma la porte à clef derrière elle. Seul dans son bureau, il s'assit face à la toile. Il avait en sa possession la première œuvre du tueur d'artistes. Au lieu de la mettre sous scellé, il la remballa dans le papier journal et la laissa dans le coffre de sa voiture lorsqu'il alla retrouver Marty.

***

La rue des Canettes avait été populaire, elle ne l'était plus, les marchands de vêtements y avaient acheté une vitrine sur deux. Chez Georges, à l'époque où le Coca-Cola débarquait doucement en France, avait été un bar d'habitués qui préféraient être ici que chez eux ou au boulot. Nicole, la fille de Georges, avait grandi dans le bar et pris la suite de son père. Elle chouchoutait encore quelques anciens. Ballons de rouge et bières à la bouteille, ici pas de musique.

– Bonjour, Max.

– Salut, Nicole.

– Qu'est-ce que tu bois ? C'est pour moi.

– Une bière s'il te plaît.

Ici, Max avait un statut d'héritier et la tête de son père, qui avait été un de ces habitués, *les vieux cons* de la grande époque révolue. La nostalgie de cet endroit était supportable, pas trop mièvre, pas trop sentimentale ; mais il fallait bien l'entretenir un peu, parce que la mort rôdait et que les trous de mémoire allaient finir par engloutir tout ça. Quand son père était encore vivant, Max avait moins de mal avec l'évocation du passé. Ici, le fond du problème était évident : son môme n'aurait pas de grand-père. La passation, l'ordre cosmique ne serait pas respecté. Les artères de son père en avaient décidé autrement. Et l'on pouvait sans risque avancer qu'elles s'étaient bouchées au comptoir de Chez Georges, à coups de rouge et de Gauloises brunes. Georges et sa fille Nicole, qui ne buvait pas d'alcool, avaient envoyé un paquet de leurs clients favoris au cimetière. Du moins les avaient aidés à en trouver le chemin. On ne ressort d'un bar qu'avec ce qu'on y avait apporté. Et les bistrots sont parfois le dernier rempart contre le désespoir et la solitude. Toujours la balance cosmique ; le vieux de Max avait peut-être trop traîné à ce comptoir, mais c'était ici qu'il avait rencontré sa mère. Alors ? Alors quand le petit ou la petite serait né, quand il tiendrait assis sur son cul, il viendrait le poser sur le zinc de Chez Georges et paierait une tournée.

Max resta au bar en attendant Heckmann, termina sa bière et en commanda une deuxième. Quand le lieutenant poussa la porte du troquet, il ne dépareillait pas avec la clientèle. Il tournait à l'épave, il devenait attachant.

– Qu'est-ce que vous prenez ?

– Café.

– Nicole, on peut avoir un café s'il te plaît ?

Ils s'installèrent à une petite table ronde, au cerclage de cuivre poli par les coudes. Max avala une gorgée, observa Heckmann.

– C'est pas la grande forme ?

– Pas exactement.

– Vous en êtes où ?

– Nulle part. N'essayez pas de me cuisiner.

– Donc vous n'en n'êtes pas vraiment nulle part.

– C'est vous qui m'avez appelé et qui vouliez parler, non ?

– Il faudrait qu'on se tutoie.

– Je n'aime pas tellement.

– Je vais commencer, fais comme tu le sens.

Heckmann avala son café sans sucre et regarda Max comme s'il ne le connaissait pas ou qu'il venait de l'insulter.

– Bon, ça ne va pas marcher. Je vais juste vous appeler Virgile.

– Qu'est-ce que vous vouliez me dire ?

– J'ai repensé à ce que vous m'avez raconté sur la tour l'autre soir. Après, quand on a picolé ici, on a pris soin de ne plus évoquer ce qui nous gênait. La famille. Mais ce bar, c'est quasiment une maison de famille pour moi, et je pense qu'on est tous les deux à un moment de nos vies où nous avons des choix à faire.

Virgile avait terminé son café un peu vite, il en demanda un autre.

– Max, je ne voudrais pas être malpoli, mais je ne suis pas sûr d'avoir envie de cette discussion.

– Ben moi, oui. Et après ce que vous avez balancé sur le répondeur de vos parents, je ne pense pas que vous devriez faire l'économie d'un peu de blabla.

– Qu'est-ce que j'ai dit dans ce message ?

– *Ces* messages.

Quand Nicole apporta le café, Virgile se ravisa et commanda en plus un verre de vin blanc.

– Vous allez me le dire ou pas ?

– Vous parliez à votre père. En résumé, et sans les cris, vous lui demandiez pourquoi il avait menti, à tous et à vous surtout, à propos du passé, de votre famille, de la guerre. Vous disiez que s'il avait été moins con – je vous cite –, il aurait fait de son fils un allié au lieu d'un étranger. Que vous pouviez le pardonner d'avoir protégé l'image de la famille, pas d'avoir sacrifié son amour de père à ces apparences.

– J'ai dit ça ?

– Et plus.

– Quoi d'autre ?

– Vous avez dit à votre père qu'il vous avait sacrifié vous, au nom de ses mensonges, en voulant faire de vous un parfait alibi, pas un parfait humain. Qu'il vous a dressé à n'être que l'héritier de sa tromperie, respectable en tout point, et qu'il avait étouffé votre personnalité.

Le vin de Virgile disparu aussi vite que son café, les contenants qu'on lui apportait ne suffisaient pas. Il fit un signe à Nicole, d'un doigt au-dessus de la table ronde, de rapporter une tournée complète, bière et vin.

– Jamais je ne lui avais dit ça.

– Attendez, c'est pas fini.

– Vous plaisantez ?

– Pas vraiment. Il reste même le plus intéressant. Vous avez gueulé dans votre téléphone que vous vouliez devenir artiste et que votre père s'y était opposé. Qu'il était responsable de votre carrière absurde de policier, que vous l'avez choisie pour l'humilier. Et aussi pour le menacer, en quelque sorte, en devenant enquêteur, de dévoiler la vérité sur la collaboration de la famille Heckmann, l'argent de la guerre, toute cette merde. Je vous cite. À chaque fois que je croyais que c'était terminé, vous repreniez votre téléphone pour en remettre une couche. Vous vouliez devenir artiste ?

Virgile, blême, reposa son verre.

– Quand j'avais vingt ans, j'ai voulu abandonner la faculté de droit pour m'inscrire aux Beaux-Arts de Strasbourg. Mon père me l'a interdit.

– Votre père vous a interdit de faire ce que vous vouliez à vingt ans ?

– Il me l'interdit toujours.

Max sourit.

– C'est de ces choix-là que je voulais parler.

– Que je me mette à peindre ?

– Et moi que j'arrête de venir dans ce bistrot, où mon père se réfugiait parce qu'il n'avait pas envie de rester à la maison avec un gamin dans les pattes. Ça n'empêche pas que j'aurais voulu que mon enfant ait un grand-père. Mais c'est trop tard, et ces derniers temps, à mon âge, je trouve un peu trop que tout est trop tard. Que ma vie est une suite de rendez-vous manqués. Je passe tellement de temps à penser à ça, que je ne vis même plus. Au lieu de profiter de ma femme et me réjouir de l'accouchement, de me dire que moi j'aurai des petits-enfants, que j'arrêterai de fumer assez tôt pour les croiser, je vais traîner sur des scènes de crime et je me fais tirer dessus. Notre rendez-vous, au moins on peut dire qu'il n'a pas été raté. On est tombés l'un sur l'autre bien comme il faut. C'est ce que je voulais vous dire.

– Le début d'une grande amitié ?

– Et pourquoi pas ?

Virgile, gêné par l'intimité de leur échange, plongea le nez dans son verre.

– J'apprécie cela aussi, Max. Que tous nos rendez-vous ne soient pas manqués. Mon père n'a jamais entendu mes messages. Ma mère les a effacés avant qu'il puisse les entendre.

– C'est dommage. Mais pas totalement perdu. Vous avez lâché ce que vous aviez sur le ventre.

– Que j'ai oublié.

– Mais j'étais là pour vous entendre et vous le raconter. Vous voyez ?

Virgile sourit.

– Et à Julie Bordères, qu'est-ce que j'ai dit ?

– Ça, je vous laisse la surprise pour la prochaine fois que vous la verrez !

Le rire de Virgile monta haut puis s'éteignit trop vite.

– Je reçois des appels du tueur.

– Quoi ?

– Il appelle chez moi. Il laisse des messages silencieux, je suis sûr que c'est lui. Tous les jours, juste des silences sur mon répondeur. J'ai fait tracer les appels, ils sont passés depuis des cabines téléphoniques, à chaque fois différentes. Max, il n'appelle jamais quand je suis là.

Max additionna les idées.

– Vous voulez dire qu'il sait quand vous n'êtes pas chez vous ?... Qu'il vous suit ?

– C'est ce que je pense.

– Merde. Et vous n'avez toujours pas de nouvelle piste ?

– Je ne peux rien vous dire, Max.

– Après ce que je viens de vous raconter, vous croyez encore que je vais me mêler de cette enquête ? C'est le contraire, je vous ai expliqué que je voulais vivre ma vie dans le bon sens maintenant, et que si je lâche l'affaire, je voudrais quand même qu'on reste en contact. Comme ça, si vous voulez parler, vous pouvez m'appeler. Ou l'inverse.

Virgile rentra la tête dans les épaules et parla plus bas.

– Nous avons un début de portrait-robot.

– Hé ben, c'est une sacrée avancée, ça, non ?

– Aussi la marque d'un produit d'entretien qu'il utilise. Du Tipol.

Max leva un sourcil.

– Je connais, on s'en sert avec Laurent pour laver les vitres. Un multi-usages concentré.

– J'ai visité dix-sept magasins de produits professionnels, avec le portrait-robot. Rien.

– Je voudrais pas vous coller la trouille, Virgile, mais à mon avis, votre rendez-vous avec ce dingue, vous n'allez pas le rater. Celui-là, il est écrit.

Max laissa planer un silence, se frotta le menton.

– C'est pas que j'ai décidé de vous ruiner le moral, Virgile, mais il y a autre chose qui me tracasse et dont je voudrais vous parler.

– Au point où nous en sommes. Allez-y.

– Quand j'étais enquêteur privé, j'avais des contacts chez les flics. Quand je me suis intéressé à votre affaire, j'ai rappelé un de ces anciens contacts. Un brigadier du quai des Orfèvres. Gilles Daniel. Vous connaissez ?

– Non.

– Il a toujours été limite. À se remplir les poches de petites choses au passage, s'arranger avec des indics, arrondir ses fins de mois. Mais j'ai l'impression qu'il fait dans le plus sérieux en ce moment.

– C’est-à-dire ?

– À l’ancienne, du genre la grande époque de Gaulle, le SAC et compagnie. Des gros bras, police et truands coude à coude, pour s’occuper des sales besognes politiques.

– Mais encore ?

– La banlieue. Il se passe quelque chose en banlieue. Quelqu’un jette de l’huile sur le feu.

– Pourquoi on ferait ça ?

– Pour avoir de bonnes raisons de serrer les boulons, Virgile. Qu’est-ce que vous croyez ?

***

Dans le salon de l’appartement, l’écran de la télévision diffusait sa lumière bleutée. C’était l’heure de la berceuse du 20 heures. Le présentateur faisait parfaitement son travail, compassion, suspense, sourires et peines appropriés. Et ce soir, encore à la une : la situation en banlieue. Lancement du reportage. Machine parfaitement rôdée. Images.

La Courneuve, cité des 4 000. La caméra était instable, le spot, en plein dans la figure du jeune Noir, faisait briller son front et son nez. L’éclairage capturait devant le garçon des gouttes de pluie blanchies, comme une averse de petites étoiles filantes. Derrière lui, d’autres adolescents se marraient et se bousculaient pour entrer dans le champ. Derrière encore, les fenêtres éclairées d’une barre HLM. Une interview cliché, l’actualité à chaud, des images qui n’avaient même plus besoin d’être récupérées : ceux qui les filmaient et ceux qui les jouaient étaient déjà leurs propres clichés, dressés à remplir le rôle qu’on leur réservait : caricaturer, entretenir, divertir des questions importantes. Le jeune à l'accent des banlieues, qui s'exprime sur un problème de société avec un vocabulaire approximatif, hilare parce qu'il va passer à la télé.

– Sans déconner, c'est pas des keums d'ici qui ont fait le coup ! Y sont pas du quartier ! Les gens y disent encore que c'est nous, mais c'est pas nous. Y viennent, y cherchent les embrouilles et nous on est cool quoi, mais y font des provocations et tout, y nous respectent pas. La nuit y viennent chercher les embrouilles quoi, c'est eux qui commencent. Nous on doit faire quoi ? »

Les autres renchérissaient derrière :

– Ouais, c'est les keufs qui mettent la zone !

Ils rigolaient. Enchaînement. Un plan sur des voitures qui brûlent, et l'idée est là, que des ados crétins font un concours du quartier qui en incendiera le plus ; pour des histoires de rivalités débiles, avec des excuses bidon. Résultat : la banlieue ne serait qu'une succession de fausses excuses. Jeunes à capuches, mères voilées et imams. Les sous-entendus sont là : si l'intégration ne se fait pas, c'est qu'on n'en veut pas.

Depuis six jours les mêmes boucles et analyses politiques dignes d'un journal sportif. Au début, la France avait essayé de comprendre, et puis c'était devenu lassant ces images, entre les publicités de Noël qui approchait déjà.

C'est pas des keums du quartier.

Le brigadier Daniel, dans le salon dont il n'avait pas beaucoup le temps de profiter, s'amusait de voir pour une fois le monde depuis l'autre côté de la fenêtre ; le côté où l'on était à l'abri des coups et de la vérité. Quelle connerie. Il arrivait au brigadier de se demander pourquoi il ne serait pas plus simple de dire et présenter les choses comme elles étaient. Jamais il n'aurait habité dans une cité comme les 4 000, mais il savait que ce n'était pas non plus l'enfer que les journalistes décrivaient. Que la mauvaise graine ne durait pas éternellement : les jeunes ruaient dans les brancards, et s'ils passaient vingt-cinq ans, la plupart rentraient dans le rang que là-bas les préoccupations étaient les mêmes qu'ici : bosser, se marier, regarder la télé. Il éteignit la sienne, enfila son blouson en cuir épais, glissa une matraque en plomb et un poing américain dans ses poches. Pas de carte de police ni de badge.

Dans son garage, le brigadier Daniel attrapa le sac de Molotov, le cala sur son épaule et sortit dans la rue. La petite Peugeot arriva une minute plus tard, la portière s'ouvrit devant lui et il monta à bord. Dedans, d'autres blousons dont les cuirs grinçaient les uns contre les autres ; que de la grosse viande. Les pare-chocs de la Peugeot traînaient par terre.

– Vous avez le gros sel ?

– Dans le coffre.

La voiture partit dans la nuit, direction les quartiers nord. Gilles Daniel, flic à QI de moineau qui avait trouvé de l'avancement, savait exactement pourquoi la banlieue n'était pas un enfer : parce qu'on lui avait confié le boulot d'y mettre le feu.

20.

Virgile Heckmann se réveilla la joue collée au cuir de son canapé. Il bougea, tira sur ses plaies et ses muscles froissés. L'appartement était gelé. Une fenêtre du salon était grande ouverte, les rideaux blancs se soulevaient dans le vent comme des fantômes. Des flocons de neige entraient dans la pièce et fondaient sur le parquet. Il regarda un moment le tableau du manège accroché au mur, avant de se lever pour fermer la fenêtre. Le jour venait de se lever. La neige fondait en touchant le sol. Aujourd'hui non plus, il ne sortirait pas.

Une semaine qu'il n'avait pas quitté l'appartement. Il se faisait livrer de la nourriture et du vin, regardait la télévision, s'endormait, se réveillait sans savoir quelle heure il était, de jour comme de nuit. Il laissait son corps décider de manger ou de dormir. Quand l'esprit renonce à lui donner des ordres et le mettre en mouvement, il n'aspire plus qu'à cela. Son esprit, qui protestait contre cette mise en vieille, ne vivait plus qu'à travers ses rêves ; une activité intense, dont il ne gardait au mieux, se réveillant, que quelques images. Mais comme les messages laissés sur le répondeur de ses parents, ses rêves s'effaçaient aussitôt. Julie Bordères y apparaissait aussi, régulièrement. Le corps n'avait pas besoin que de repos et de protéines.

Il se déshabilla dans la salle de bains et prit une douche, n'essuya pas la buée du miroir quand il en sortit. Une image de soi ne l'intéressait pas.

La cafetière crachait de l'eau fumante, le jus sombre tombait en gouttes serrées. La température dans l'appartement remontait doucement et son téléphone portable sonna. Il regarda l'appareil sans bouger. Après une dizaine de sonneries, le silence revint. Mais aussitôt, le combiné de sa ligne fixe se mit à sonner. Il inspira profondément. C'était peut-être l'appel qu'il attendait. Pas l'Alsace, pas Julie.

Virgile décrocha. Silence.

– Allô ?

Un bruit de connexion.

– Lieutenant Heckmann ? Centrale.

C'était la standardiste Alka-Seltzer.

– Homicide. 12 rue des Écluses Saint-Martin, Paris X^e^. Les agents municipaux et les pompiers sont sur place.

– …

– Lieutenant ?

Il conduisait lentement, il se sentait reposé, il s'y préparait depuis une semaine, pourtant il n'était pas prêt. La frénésie du tueur. Il avait trouvé sa passion. L'euphorie des débuts.

Il se gara. Encore combien ? Était-ce comme une tuerie, quand les munitions manquent, que le plaisir est passé et que le tireur retourne son arme contre lui ? Ou bien allait-il soudainement arrêter, sentant la police trop proche, disparaître et recommencer ailleurs, dans un an, trois ans ? Virgile s'était reposé et avait attendu, espérant que le téléphone ne sonnerait pas, s'inquiétant que cela n'arrive pas.

Au fond d'une cour, un vieil entrepôt. Un flic qui tentait de calmer une femme hystérique. *Elle a trouvé le corps*, nota mentalement Virgile. Des sculptures en ferraille dans un petit jardin entretenu ; récupération et soudure. Des animaux en pièces mécaniques, des oiseaux, des poissons, un cheval. Il entra par les portes vitrées aux larges dimensions, faites pour s'ouvrir en grand et laisser le passage aux grandes sculptures. Une odeur de vaisselle propre en passant devant des W.-C.

Les policiers qui l'attendaient étaient gris, verts, blancs ; ils tournaient le dos à l'œuvre.

Grandiose.

Au milieu des outils, des postes à souder, des étaux et des meuleuses, des morceaux de carrosseries de voitures, des blocs-moteurs démontés, des caisses de boulonnerie, d'axes en métal chromé, sur une estrade au centre de l'atelier, une sculpture.

Un homme de deux mètres de haut, fait d'engrenages, de bielles, de pistons et de tubes soudés. La sculpture avançait d'un pas conquérant, buste en avant, bras écartés. La silhouette avait l'arrogance d'un héros du IIIe Reich, le pas conquérant d'une allégorie du réalisme socialiste. L'industrie en marche ou la guerre triomphante.

Dans l'armature, un corps humain, débité en morceaux, était greffé au métal.

La tête était coiffée d'un casque ailé, taillé dans les deux extrémités d'un pare-chocs soudées ensemble. Des mèches de longs cheveux bruns tombaient sur des clavicules formées par des barres stabilisatrices. Le torse, sans bras, était attaché par des fils de fer à un radiateur de voiture. Bras, avant-bras et jambes se mêlaient au reste de la sculpture, glissés dedans ou attachés si le tueur n'avait pas réussi à mieux les inclure dedans.

Les doigts en tiges filetées étaient doublés par ceux, humains, qui leur faisaient comme des gants. *Où est le sexe*, se demanda Virgile. Le monstre était asexué.

Impuissance.

Des tubes disparaissaient dans la chair ; ailleurs la peau, ficelée, recouvrait le métal. *Une greffe impossible.* Mais l'effet imaginé fonctionnait : alors que le corps humain avait été ajouté à la sculpture, l'impression dominante était que c'était le métal qui avait poussé à l'intérieur du corps, le faisant exploser.

Fusion.

Un agent en informe, montrant le sol, lui dit de faire attention et de ne plus avancer. Aux pieds du monstre, sur le béton brut de l'atelier, un cercle de mots, en sang déjà noirci, entourait l'estrade. Heckmann suivit les lettres.

AU THÉÂTRE JE SYMPATHISAIS AVEC LA JOIE DES AMANTS, QUAND ILS JOUISSAIENT HONTEUSEMENT L'UN DE L'AUTRE.

La fusion était-elle accomplie, se demanda-t-il, refaisant le tour de la sculpture ? Il avait le tournis, de regarder ainsi le sol et de suivre les mots, incapable de lever les yeux et de revoir la sculpture. Était-ce la dernière œuvre ? Leur dernier rendez-vous ?

Le lieutenant Heckmann s'arrêta de marcher, quand il voulut relever la tête, le poids de son propre crâne l'entraîna en arrière, son oreille interne déboussolée amplifia le vertige et la sensation de chute ; comme si un deuxième corps tentait de s'échapper du sien et l'emportait en voulant s'en décoller. Virgile s'effondra sur un établi, renversa les outils et roula sur le sol. Un policier municipal gueula.

– Pompiers ! Les pompiers ! Il fait une crise d'épilepsie !

Virgile Heckmann reprit conscience. Des bouteilles d'oxygène, du matériel médical, des vitre opaques et de la carrosserie rouge. Le camion était à l'arrêt. Il se redressa. Un pompier lui dit de ne pas bouger, Virgile se laissa retomber sur le lit. Puis il se redressa à nouveau comme un ressort, bouscula le type qui voulait le garder au repos, ouvrit les portes du fourgon et se lança dans la lumière du dehors. Il tituba jusqu'à sa voiture, démarra et s'enfuit. Il arriva à la Garenne-Colombes sans se souvenir du trajet. Rue des Bleuets, il écrasa la Mercedes sur le muret du pavillon de Roland Parques, zigzagua dans les herbes hautes du jardin et frappa de ses deux poings sur les volets métalliques de la porte.

Le vieux médecin installa une nouvelle fois Heckmann sur le canapé, déboucha le Lagavulin.

– Je vous préviens, c'est la dernière bouteille.

Heckmann vida son verre d'un trait.

– Il est parti. Je ne l'ai pas trouvé avant. Il a terminé.

– Calmez-vous.

Parques resservit du whisky et déposa un cachet de Xanax dans la paume de Virgile, qui avala sans questions et s'allongea.

– Est-ce que cette phrase vous dit quelque chose : *Au théâtre je sympathisais avec la joie des amants, quand ils jouissaient honteusement l'un de l'autre* ?

Parques s'enfonça un doigt dans l'oreille et secoua, comme pour exciter ses neurones.

– Je ne suis pas sûr.

– Il a écrit ça sur le sol.

– Ça sonne familier. Comme un vieux classique…

Le vieux fouilla dans sa bibliothèque, se plaignit du bordel dans la classification, finit par laisser tomber les volumes à mesure qu'il posait les yeux dessus. Il tira une chaise, s'y percha en tremblant et explora les étages supérieurs.

– Non. Non. Non… Attendez. Ça va me revenir. Le théâtre, les amants…

Il redescendit de la chaise.

– Ce n'est pas dans les romans. Peut-être dans les essais et la philosophie ?

Il disparut en trottant dans le couloir. Au bout de dix minutes, Virgile l'entendit crier et payer son excès d'enthousiasme au prix d'une terrible quinte de toux.

– La honte, criait-il, la honte ! C'est ça !

Et il réapparut avec à la main un livre relié.

– Ha ! Je savais bien que je connaissais ! Voilà, dit-il en brandissant l'ouvrage, la merveille des merveilles du cas clinique ecclésiastique : *Les Confessions*. Saint Augustin !

Virgile se redressa sur le canapé, mais l'alcool et le cachet ralentissaient ses mouvements, il se recoucha.

– Saint Augustin ?… Le *Saint*…

Roland Parques avait allumé un cigare et s'était installé dans son fauteuil, le livre sur les genoux.

– Attendez, je vais retrouver le passage que vous avez cité.

Il se mit à tourner les pages, les parcourant en diagonale derrière le verre double foyer de ses lunettes.

– *Je cheminais… Babylone… me roulais dans la boue…* Non. C'est pas encore ça. *Je vins à Carthage, mon âme avait faim…* blablabla…

Le crissement du papier et les murmures de Parques bercèrent Virgile, qui s'endormit, avalant des gorgées de salive mêlée du sang de sa langue, qu'il avait mordue pendant son malaise aux pieds de la sculpture.

Quand il se réveilla, Parques n'avait pas bougé, il était plongé dans la lecture de saint Augustin. Le vieux regarda au-dessus de ses lunettes.

– Je vous ai laissé dormir. Je suis tombé dans la lecture de ce vieux fou. Je n'y avais pas retouché depuis des dizaines d'années. Vous savez, si l'on prend soin de soustraire Dieu de l'équation, je ne trouve plus autant qu'Augustin était fou. Lue aujourd'hui, à mon grand âge, sa quête prend un autre sens.

– Et le passage ?

– Livre III, deuxième chapitre : *Sa passion du spectacle ; nature du plaisir dramatique*. Et bien que je trouve ce texte moins absurde que lorsque j'étais jeune, cela me fait frémir d'imaginer que votre tueur lit une chose pareille.

– S'il vous plaît, arrêtez de dire *votre tueur*.

– Excusez-moi.

Puis Roland se mit à lire.

> *Ce sont donc les larmes et les impressions douloureuses que nous aimons. Sans doute tout homme cherche la joie. Il ne plaît à personne d'être malheureux, mais on aime éprouver de la pitié, et, comme la pitié ne va pas sans douleur, n'est-ce pas pour cette raison que la douleur est aimée ? Ce phénomène a sa source dans l'amitié que les hommes ont les uns pour les autres. Mais où va ce sentiment ? où coule-t-il ? Pourquoi va-t-il se perdre dans le torrent de poix bouillante, dans le bouillonnement monstrueux des noires voluptés en quoi il se métamorphose par son propre mouvement, détourné et déchu de sa pureté céleste. La pitié serait-elle donc à répudier ? Pas du tout. Il est permis quelquefois d'aimer la douleur. Mais prends garde à l'impureté, ô mon âme, sous la protection de mon Dieu, oui prends garde à l'impureté. Aujourd'hui*

encore, je n'ignore pas la pitié. Mais alors au théâtre je sympathisais avec la joie des amants, quand ils jouissaient honteusement l'un de l'autre, bien que ce ne fussent là qu'aventures imaginaires et jeux scéniques ; et lorsqu'ils se séparaient, une espèce de pitié me faisait partager leur tristesse ; ce double sentiment m'était un délice.

– Je reviens sur ce que j'ai dit. Saint Augustin est le père de tous les schizophrènes. Changez quelques références et quelques termes, vous obtenez le parfait journal d'un sociopathe tueur en série.

Heckmann s'assit et massa ses tempes.

– Je pense qu'il a terminé son apprentissage. Il s'est libéré. Et il me suit.

Roland mordit dans son cigare, qu'il trancha net et qui tomba sur sa robe de chambre.

– Quoi ? Vous pensez qu'il vous a déjà suivi jusqu'ici ?

– Vous devriez peut-être aller vous installer ailleurs, au moins quelque temps.

– La police, les juges, les fascistes et les promoteurs n'ont pas réussi à me faire bouger d'ici, vous croyez que je vais déménager à cause de ce fou ? Pas question. Occupez-vous plutôt de le trouver. Si ça peut vous rassurer, j'ai un vieux tromblon quelque part, chargé avec une poignée de clous rouillés. De toute façon, je pense que si tueur s'en prend à quelqu'un, ce sera à vous. Alors arrêtez de tomber dans les pommes sur les scènes de crime, sinon vous allez vous faire retirer l'enquête. Même si vous êtes au bout du rouleau, c'est ce qui pourrait vous arriver de pire.

– Ils ne feront pas ça. Ils veulent que j'aille jusqu'au bout, et plus j'ai l'air de me suicider, plus ils sont heureux. Ils attendront la fin de cette enquête, quelle qu'elle soit, pour me saquer.

– Ouais. Les délicatesses de la politique. La machine à martyrs ou boucs émissaires. Et peut-être que j'en rajoute, Virgile. Si vous sentez que vous n'en pouvez plus, il n'y aurait aucune honte à laisser tomber.

Heckmann le regarda dans les yeux.

– Je ne pense pas que cela soit possible.

– Je ne le pense pas vraiment non plus. Mais il fallait bien que je le dise.

Heckmann repartit sur des jambes encore hésitantes. À coups de pied il redressa une aile de sa voiture dont la taule frottait sur un pneu. La Mercedes de son père, ainsi cabossée, avait un air qui lui plaisait. Il appela le labo.

– Ici Ménard.

– Lieutenant Heckmann à l'appareil. Je voudrais parler à Boris Georgelin, s'il vous plaît.

– Il n'est pas là, il est en arrêt depuis hier.

Heckmann réfléchit un instant.

– Il me faut quelqu'un 12 rue des Écluses Saint-Martin. Homicide, l'affaire du…

– Je sais sur quoi vous travaillez, lieutenant Heckmann.

21.

Après une nuit de sommeil sous Xanax, Virgile estima qu'il allait mieux. Il avait faim et grilla quelques tranches de pain de mie, gastronomie de célibataire, et un rayon de soleil éclaira la cuisine. Mais c'est lui qui s'assombrit, même pas parce qu'il repensa à l'atelier de sculpture – victime : Hubert Desrivières ; pas de vernissage récent, mais il avait eu droit deux jours plus tôt à un portrait dans les pages Culture de *Libé* –, mais parce qu'il était inquiétant de se sentir bien ce matin, moins de vingt-quatre heures après s'être senti aussi mal. Ce changement d'humeur n'était pas naturel.

Culpabilité.

Il appela Max, portable indisponible. Heckmann s'en voulut d'avoir espéré une réponse. Il détestait demander. Il essaya tout de même chez Max, et composa le numéro de fixe.

– Oui ?

Une voix de femme. Comment Max avait-il dit que s'appelait sa femme ? Hélène ?

– Pourrais-je parler à Max, s'il vous plaît ?

Mais tout à coup, c'était à elle qu'il voulait parler.

– Vous êtes le lieutenant Heckmann ?

– Oui.

– C'est bien vous qui avez tiré sur Max ?

– C'était un quiproquo.

– Un quiproquo ! Comme une sorte d'acte manqué, vous voulez dire, avec une arme à la main ? C'est le nouvel euphémisme des bavures policières ?

– Je ne minimise pas la gravité de mon geste, madame. Mais Max était sur le lieu d'un crime violent, et il se cachait. Je regrette de l'avoir blessé, mais j'ai aussi été clément avec lui. J'aurais pu l'arrêter.

– Il m'a dit que vous étiez sacrément sérieux et que ce n'était pas facile de vous dérider. J'ai l'impression que pour une fois il n'a pas tellement exagéré.

– Il a dit ça ?

– Max est à Fontainebleau avec Laurent, son associé. Ils font semblant de faire de l'escalade, fument des joints et parlent de leurs femmes. Vous avez un message ?

– Non, pas particulièrement.

– Je lui dirai que vous avez appelé. Ça lui fera plaisir, j'en suis sûre.

– Vous vous moquez de moi ?

– Un peu, oui.

– Bonne chance pour votre accouchement, j'espère que tout se passera bien. Au revoir.

– Attendez. C'est Max qui vous a dit que j'étais enceinte ? Il vous a parlé de ça ?

Heckmann hésita, se demanda si l'échange qu'il avait eu avec Marty – Chez Georges, à propos des messages pour son père, et de l'amitié que lui offrait Max – ne devait pas conduire maintenant à une intervention de sa part ? Si ce n'était pas ça, l'amitié ?

– Oui, il m'a parlé de votre grossesse, et de l'enfant que vous attendez. Il était très inquiet, mais aussi très heureux. Je pense que la mort de son père complique un peu les choses. Que cela réveille des peurs qu'il ne connaissait pas. Mais il a dit qu'il voulait un jour rencontrer ses petits-enfants.

Hélène resta silencieuse.

– Madame Marty ? Vous êtes toujours là ?

– Oui.

– Bien. Je vous laisse. Au revoir.

– Mademoiselle !

– Je vous demande pardon ?

– Mademoiselle Cardi. Max et moi, nous ne sommes pas mariés. Il n'est pas doué pour les engagements. Merci de m'avoir dit ça.

– De rien. Bonne journée à vous.

Elle raccrocha. Heckmann sortit se promener, imaginant que peut-être le contact des Parisiens apaiserait sa solitude. Rue Saint-Charles, se retournant discrètement, observant les reflets des passants sur les vitrines des boutiques, il guettait l'apparition d'une silhouette blonde, avec dans sa poche, sécurité déverrouillée, son arme de service chargée. Il était prêt pour un autre *quiproquo*. Mais peut-être jouait-il seulement avec l'idée d'un compagnon imaginaire pour combler cette solitude.

Il marcha dans les rues sans regarder les noms, suivant seulement la foule et un itinéraire sans but parmi ceux, nerveux et chronométrés, des coureurs de magasins. Il flânait dans la capitale de la flânerie, tous ses sens étaient en éveil. Dans les rues de Saint-Germain, pas de tête blonde. Au Danton, carrefour de l'Odéon, il but un expresso en surveillant la rue derrière un journal, se décida pour un film. À l'Action Christine, il se décida pour la séance d'un documentaire : *La sociologie est un sport de combat*. Dans la petite salle presque vide, il s'était assis au dernier rang. Lorsque l'image était claire, il observait les spectateurs devant lui. Pas de tête blonde. Heckmann essaya de se concentrer sur ce portrait audiovisuel de Pierre Bourdieu, penseur populaire, vu par quelques intellectuels. Bourdieu qui se battait contre ça : le cloisonnement du savoir. Et le sociologue, face à des gamins de banlieue, les traite de cons : *Si vous ne comprenez pas ce que je dis, éduquez-vous, ensuite allez vous battre*. Un documentaire que la télévision et les journalistes auraient dû diffuser à des heures de grande écoute. Bourdieu savait mettre le feu aux voitures, lui, et pour de bon.

Rentré chez lui, pas de message silencieux sur son répondeur.

Le tueur n'était plus là. La nuit tombait. Virgile regardait le tableau du manège, les enfants sur des chevaux, dans des carrosses et des barques fleuries, les parents grossièrement peints, peut-être trop préoccupés pour vraiment les voir grandir, les enfants trop occupés à jouer pour voir leurs parents vieillir.

La journée n'était pas encore finie. Il y avait encore de la lumière dans Paris, le lieutenant Heckmann ressortit, pour chercher encore. Mais il le sentait ; la ville était vide. Il était parti.

***

Dans son pavillon de banlieue, le vieux Roland Parques s'était retranché dans son salon. Il avait rapporté de la cuisine un paquet de biscottes et du fromage, il avait tiré en râlant le canapé devant la porte de la pièce et installé à côté des biscottes, sur son guéridon, sa boîte à cigares et son whisky. Contre l'accoudoir de son fauteuil, après en avoir vérifié le fonctionnement et versé sur les ressorts quelques gouttes d'huile d'olive, il avait appuyé son fusil de chasse. Puis il avait remonté la couverture sur ses jambes, vidé un verre et ouvert *Les*

Confessions à la page où il avait arrêté de lire. Il essaya de ne pas se mettre en colère, persuadé qu'il y avait dans cette autobiographie, au-delà des délires mystiques d'Augustin – évêque romain d'origine berbère, ce qui le rendait plutôt sympathique dans le paysage blanc des chrétiens natalistes – des leçons de vie à retenir, et vite, pour un vieillard.

Roland, dernièrement, était perturbé par des idées gênantes. Comme, par exemple, l'idée que parmi tous les fœtus qu'il avait avortés, l'un d'eux aurait pu devenir un sauveur de l'humanité, un grand penseur, un génie créatif, quelqu'un qui aurait fait le bien. Il savait que naître dans de mauvaises conditions, d'une mère malheureuse, ne prédestinait pas au bonheur et au bien-être. Mais si ?…

Et si, parmi ces possibilités avortées d'humains, il avait épargné au monde un dictateur, un massacreur de peuples ou un assassin comme celui qu'il attendait dans son salon avec un fusil ? L'humanité produisait chaque année, décade ou génération, une quantité vertigineuse de possibilités. Mais les possibilités ne sont que des vœux pieux. La plupart menaient à des déceptions et leur éventail, globalement, était limité ; peut-être même un mythe, entretenu pour satisfaire les espoirs des masses indistinctes ? L'exception, en grandeur ou monstruosité, ne se présentait qu'en nombre ridiculement petit.

Roland reprenait son raisonnement en boucle, chaque fois jusqu'à cette conclusion qui le rassurait : en aidant des femmes désespérées ou traumatisées à avorter, lui et ses collègues faiseurs d'anges, statistiquement, réduisaient la quantité de malheur produite par le monde ; parce que le malheur n'engendre que lui-même.

Il reposa le livre. La couverture n'était plus assez épaisse pour lui tenir chaud et il frissonna. Une vieille histoire lui revint en mémoire, du temps où, après la guerre, il était étudiant en médecine à Toulouse.

Dans un immeuble voisin du sien, vivait une bonne sœur. Tout le monde la connaissait dans le quartier. Elle avait travaillé soixante ans dans un dispensaire, quelque part dans le Sahara français. En 1947, âgée et trop faible pour travailler dans son dispensaire en Afrique, elle était revenue en métropole. Elle faisait ses courses, saluait poliment, rentrait chez elle. Un jour, ne l'ayant pas vue depuis un moment, ses voisins de palier frappèrent chez elle. Ils n'avaient pas obtenu de réponse et forcé la porte. L'appartement était entièrement vide et le parquet recouvert d'une couche de vingt centimètres de sable. Aucun meuble, sinon un réchaud à gaz, un lit de camp militaire et un petit tabouret africain au milieu de la pièce principale, un jerrican d'eau et des boîtes de conserve. La vieille religieuse, dans sa robe blanche des sœurs de Notre-Dame d'Afrique, était couchée sur le lit, morte depuis des jours, serrant dans ses mains un chapelet. Elle avait transporté, dans les sacs Prisunic qui pendaient toujours à ses bras, deux tonnes de sable, ramassé jour après jour on ne savait où. Les voisins l'avaient fait appeler, lui, étudiant en quatrième année de médecine, comme s'il pouvait ressusciter les morts. Il avait constaté son décès et fermé les yeux de cette femme qui avait dédié sa vie à aider et pardonner tout ce que l'humanité produisait de possibilités, bonnes ou répugnantes. On ne lui avait retrouvé aucune famille et la bonne sœur fut enterrée aux frais du diocèse au cimetière Saint-Simon.

Finalement, la lecture de saint Augustin ne le réconfortait pas. Il y avait, dans les lamentations masturbatoires de ce père de l'Église, un cancer de l'espoir terrestre.

Tout y puait la mort et les stratagèmes de l'esprit pour échapper à la peur de finir seul.

Mourir assassiné, voilà une authentique façon de ne pas mourir seul.

Roland Parques, vieille sentinelle fatiguée, se demanda ce soir-là, en cas de visite de *l'artiste*, s'il ouvrirait tout de suite et spontanément le feu.

***

L'homme-artiste conduisait, il quittait Paris. L'homme-créateur avala une poignée de cachets blancs. Il allait voir quelqu'un qu'il n'avait pas vu depuis longtemps. Il récitait, trompant son anxiété rampante.

Tard je vous ai aimée, Beauté si ancienne et si nouvelle, tard je vous ai aimée. C'est que vous étiez au-dedans de moi, et, moi, j'étais en dehors de moi.

La création ne libérait pas de l'angoisse, elle était produite par elle et ne pouvait plus, dès lors, s'éteindre sous peine de le laisser infécond au milieu du chemin ; celui de la transformation. Il aurait voulu que la force créatrice vienne d'ailleurs, mais c'était là le fardeau des artistes, leur don et leur peine : ils recyclaient les douleurs en beauté. La récompense n'était pas la fin de la souffrance, mais d'avoir *fait*. Produit. Ajouté de la beauté au monde. Un privilège divin. Un crime de lèse-majesté.

Il franchit un péage d'autoroute devant des motards de la police qui regardaient passer les voitures comme si leur seule présence allait dissuader quiconque de faire le mal. Le mal était invisible. Lui était seul, qui remarquait un homme seul ?

Il était excité. S'il trouvait encore la Beauté, s'il prouvait une fois encore qu'il en était capable, alors il irait ensuite voir la femme.

Sois sourd aux sollicitations impures de ta chair en ce monde, afin de la mortifier. Elle te conte des délices qui ne valent pas la loi du Seigneur ton Dieu.

Son Dieu, la beauté.

Il devait remercier celui qui l'avait aidé, car il n'était pas ingrat – le talent et les dons doivent être encouragés, nourris, élevés. C'est le rôle des parents, des pères et des mères qui accompagnent leurs enfants au manège de la vie.

Lui, créateur, il avait dû se faire un autre père, se le trouver, se le fabriquer, parce que le sien… Le sien ne valait rien.

Mais tout peut s'inventer. Une nouvelle vie. Un nouveau corps. Il y a toujours de nouvelles œuvres.

22.

Lundi, 10 heures du matin. La brasserie était un aquarium Kanterbraü à l'angle de Montparnasse et du Cherche-Midi, Au Chien qui Fume. Ils étaient installés au fond de la salle, à une table pas encore débarrassée.

– Pourquoi avez-vous contacté l'IGPN, lieutenant ?

– Je cherche des informations.

Larrue eut un faux rire.

– C'est une blague ? En général, on ne contacte pas les affaires internes pour obtenir des renseignements, mais pour en donner. À quoi vous jouez, Heckmann ?

– Je n'ai que des soupçons, j'ai besoin de consulter certains dossiers.

– Ça ne se passe pas de cette façon, lieutenant. Si vous avez des informations, ou même des soupçons, vous nous en faites part ; mais nos dossiers ne sont pas à la disposition des autres services.

Larrue fit semblant de réfléchir.

– À vrai dire, c'est même une requête étrange, lieutenant. De la façon dont je vois les choses, il y a trois possibilités. Soit vous êtes en train d'inventer une histoire de toutes pièces pour récolter des informations pour des amis. Soit vous inventez une histoire pour savoir ce que nous avons sur vous. Soit vous avez des problèmes et vous inventez, ou révélez, une histoire pour vous couvrir. Vous êtes un type malin, Heckmann, ça nous le savons.

De la façon dont Virgile voyait les choses, Larrue n'était là que pour lui tirer les vers du nez et en savait plus qu'il ne voulait le montrer.

– Je n'invente pas d'histoire. Je ne cherche pas d'informations pour des amis parce que je n'ai pas d'amis, ça aussi vous devez le savoir. De plus, je me fous de mon dossier, parce que je ne cherche pas à sauver ma peau. Prenez ça comme vous voulez, mais je veux seulement foutre la merde.

Larrue ne touchait pas à son café.

– L'IGPN n'a pas pour mission de « foutre la merde », mais de faire que la police nationale s'améliore, que tout marche bien. Les affaires internes se règlent globalement de façon interne.

– Je ne dis pas que je veux faire des étincelles en public. Je veux seulement me rappeler au souvenir de ceux qui voudraient me faire payer l'addition. J'ai pensé que l'IGPN pourrait m'aider en ce sens.

– Je ne vous fournirai pas d'informations qui vous permettraient ensuite de faire du chantage, Heckmann.

– Vous savez donc ce que je cherche ?

– Ne jouez pas au plus malin. Je sais dans quelle position vous êtes.

– Bien, nous savons tous les deux de quoi il s'agit. Vous êtes exactement celui à qui je voulais parler.

Larrue eut un tic, son œil gauche cligna. Heckmann continua.

– Je suis certain maintenant que mon message remontera là où je veux.

De la façon dont Virgile voyait les choses, les affaires internes, soucieuses de faire fonctionner correctement la machine, étaient un nid d'agents doubles : régler les problèmes en interne, ce n'était pas de la justice, mais de l'arbitrage à l'amiable ; Larrue, jeune promu, rendait autant de comptes à l'IGPN qu'aux pontes de l'Intérieur. Un porteur de valises. Virgile le laissa mariner un instant, dégustant son café.

– Des flics en civil qui font des virées en banlieue pour provoquer des émeutes, ça ne vous dit rien ?

Larrue le regarda droit dans les yeux.

– Absolument rien.

– Brigadier Gilles Daniel ?

– Connais pas.

– J'en ai dit assez ?

Larrue essaya de sourire.

– Suffisamment.

– Vous pouvez transmettre. Et merci pour les renseignements, capitaine Larrue. Je sais ce que je voulais maintenant. Vous aviez raison dans les trois cas. J'ai inventé une histoire, je suis allé à la pêche, et j'ai maintenant les moyens de me couvrir.

Larrue accusa le coup, mais alors que Virgile se levait, le capitaine éleva la voix.

– Vous savez que dalle, Heckmann. Vous allez vous retrouver dans un merdier que vous n'imaginez même pas. Faites gaffe où vous mettez les pieds.

Il sortit de la brasserie, incertain des résultats de cette entrevue. Larrue ne s'était pas démonté. Tout ça, au fond, n'était qu'un jeu de menaces et d'équilibre ; une clarification des positions. Mais si les armes devaient être dégainées, Virgile ne ferait pas le poids. Il pouvait seulement annoncer la couleur : il pouvait être un caillou dans la chaussure du ministère. Pas empêcher ou dénoncer efficacement quoi que ce soit, mais devenir un problème dont on préférait se passer.

Son portable sonna.
11 h 02.

***

Max traînait les pieds, cherchait des excuses pour ne pas sortir. Encore un café, pas de chaussettes propres, ça caillait dehors. Corvée du jour : des clients à voir, début de la série des hôtels.

Hélène aussi traînait les pieds, elle passait à peine dans les portes et se déplaçait au ralenti, les mains sur les reins, cambrée pour supporter son ventre.

– T'es sûre que c'est pas des quintuplés ?

– Tu peux me déposer à la piscine en passant ?

– Encore ?

– Max, je vais accoucher dans l'eau.

– Je ne veux pas le savoir.

– On en a déjà parlé. Furet t'a dit que c'était une bonne méthode et que…

– Furet ne veut plus me voir.

– Je me demande bien pourquoi. Tu as appelé ta mère ? Elle a dit qu'elle voulait venir à Paris après la naissance. Depuis combien de temps tu n'as pas pris de ses nouvelles ?

– Ça va, ça va. Je vais bosser et je te dépose.

Il enfila des chaussettes sales.

Devant la piscine des Lilas, Hélène se pencha pour embrasser Max. Il tendit la joue.

– Max, il faut aussi qu'on se décide pour les prénoms.

– M'en parle pas.

Hélène s'éloigna.

Et merde, il restait encore une semaine avant la naissance. C'était quoi ce besoin de tout vouloir régler à l'avance, tout gérer, tout prévoir ? C'était de l'anxiété, voilà. Est-ce qu'il était anxieux, lui ? Il démarra et regretta de ne pas avoir embrassé Hélène sur la bouche.

Heckmann se lança sur l'A13, direction Rouen. Deux cents kilomètres jusqu'à Deauville. Hors les murs de Paris. Heckmann roulait à 170 kilomètres-heure. L'aile défoncée de sa Mercedes, contredisant l'aérodynamisme allemand, criait dans le vent.

Double meurtre. Nouveau terrain de chasse. La province.

Depuis combien de temps n'avait-il pas quitté la capitale ?

Heckmann lança un appel radio pour s'ouvrir la route. 190 kilomètre-heure. La voiture noire hurlait. L'autoroute devint un couloir étroit, bordé d'arbres dénudés, sous un ciel gris lumineux. Au bout, la mer, rouge.

Il leva le pied quatre-vingt-dix minutes plus tard. Dix kilomètres avant Deauville, il bifurqua sur la N177, s'arrêta à Canapville demander son chemin.

La résidence du Mont-Saint-Léger était un immense parc privé entouré d'un mur de briques. Un portail avec digicode en barrait l'entrée. Heckmann tapa le numéro qu'on lui avait donné. Quelques secondes. Grésillement de l'interphone.

– Résidence Dumontant.

– Lieutenant Heckmann, PJ de Paris.

Dumontant ?

– Numéro 14, allée centrale.

Vibration dans le haut-parleur. Un petit gyrophare orange clignota et le portail automatique s'ouvrit.

Des allées nettoyées de leurs feuilles mortes, des maisons massives, imitation d'architecture traditionnelle normande. Pas de clôtures, dans cette communauté privative, entre les lots attribués à chacun. Dans cet entre-soi fortifié, la confiance régnait. Le mur d'enceinte n'avait pas été assez haut pour arrêter le tueur. Heckmann, dès qu'il avait quitté Paris, avait compris que quelque chose de nouveau était arrivé, qu'une nouvelle étape, dans cette série de crimes, commençait. On était aussi loin que possible, ici, du monde de l'art et de la bohème artiste. Les œuvres de prix qui devaient décorer ces maisons ne comptaient pas : cet environnement détonnait totalement avec ceux des meurtres précédents. Virgile se sentit aussi un peu rassuré. Contrairement à ce qu'il pensait – à ce que le vieux Parques et Marty continuaient de sous-entendre –, le tueur ne s'était pas rapproché de lui ; il s'était au contraire éloigné. Puis une autre idée le frappa, qui validait celle, fantasmagorique, d'un lien entre lui et le tueur : à Paris, depuis deux jours, s'était-il mieux senti parce que l'*Autre* n'y était pas ?…

Heckmann se gara. L'éducation de classe, dans la résidence du Mont-Saint-Léger, retenait les voisins de se montrer curieux, de sortir sur leur porche ou de regarder aux fenêtres. Une politesse qui donnait une impression d'indifférence.

La scénographie était respectée et tous les figurants à leur place : agents en uniforme, pompiers, officiers de l'identité judiciaire, un fonctionnaire de la préfecture. Heckmann suivit le chemin qu'on lui indiquait.

Bibliothèque en chêne foncé, livres décoratifs. Confort marron, entre pavillon de chasse et parties fines, décoration sans goût payée au prix fort. Stéréotypes bourgeois et petite persistance du design années soixante-dix, quand l'opulence était sans honte, le matériel hifi lourd et de qualité. Peintures naturalistes, tapis kazakh en grosse laine, énorme salon cuir et cadres dorés. L'art moderne avait fait une entrée remarquée dans ce décor conservateur.

Les gendarmes de Deauville étaient bouleversés, mais aussi plus aimables et détendus que des flics parisiens ; le charme de la province. Les officiers la section homicide du Calvados, eux, étaient très excités. Le tueur de Paris, *l'Artiste*, était venu jusque chez eux. Et dans cette atmosphère studieuse et zélée, tous traitaient le lieutenant Heckmann avec courtoisie ; la superstar du 36.

Sur l'A13, les gens roulaient vite pour arriver à la mer. Les pompiers du coin avaient l'habitude de voir des cadavres violemment amochés. Mais le médecin généraliste de Deauville, faisant exceptionnellement office de légiste, était plus habitué aux problèmes de cholestérol qu'aux assassinats.

Cette fois, le couple n'était pas une métaphore, comme pour la sculpture de Pantin.

La mise en scène était sobre. Le contraste entre le décor intérieur et l'obscénité de la scène semblait avoir suffi au tueur pour faire impression. La simplicité, le lieu, tout était différent. Du coup, après des artistes choisis au hasard de ses errances, le rapport entre le tueur et les victimes, ici, était-il différent ? Les connaissait-il ? Qui étaient-ils ?

Les deux corps étaient nus, face à face, ils se maintenaient l'un l'autre, symétriques, comme un corps en prière devant un miroir. Les bras pendaient le long des corps, l'homme et la femme étaient joue contre joue, regardant chacun dans une direction opposée. L'homme vers une porte au fond du salon, la femme vers la baie vitrée du jardin, aux rideaux ouverts.

C'était le facteur qui avait appelé la gendarmerie. À 8 h 30, il était arrivé avec un paquet à livrer. Après avoir sonné, il s'était glissé le long de la baie pour voir s'il y avait quelqu'un. « C'est que la maison est grande, ils n'entendent pas toujours la sonnette. Et puis les clients d'ici, leur courrier est toujours important, si vous voyez ce que je veux dire. Ils aiment pas quand il y a du retard. »

À travers la baie vitrée, le postier avait croisé le regard de la femme braqué sur lui. Le paquet était toujours au milieu de la pelouse, là où il l'avait laissé tomber avant de partir en courant.

La femme était plus jeune. Lui avait dans les soixante-cinq ans et malgré la blancheur cadavérique, on remarquait immédiatement que sa peau était plus foncée que celle de la femme : bronzage. Encore bien bâti, cheveux blancs, gorge tranchée, pour tous les deux. Tout était propre, mais le tueur n'avait sans doute pas eu à faire le ménage ici.

Le médecin, un mouchoir sur la bouche, à genoux sur le tapis, tâtait les chairs d'une main gantée de latex. Il se releva en grimaçant et se présenta à Heckmann, puis lui fit un premier rapport sur ce qu'il avait observé.

– Je dirais une douzaine d'heures pour la mort.

Le toubib reversa quelques gouttes de menthol sur son mouchoir et le renifla un grand coup.

– Il faudra les séparer pour en savoir plus et les examiner individuellement.

Au même instant, un pompier qui roulait un lit dans le salon entra en collision avec l'épaule du cadavre de l'homme. Il jura entre ses dents, confus, mais il était trop tard. Les deux cadavres tremblèrent une seconde, puis, leur fragile équilibre perturbé, basculèrent lentement et tombèrent sur la laine du tapis en se séparant l'un de l'autre, l'homme face contre terre et la femme les yeux au plafond. Les collègues du pompier se retinrent de rire. Puis la vision des deux corps coupa à tous l'envie de plaisanter. La verge et les testicules de Dumontant avaient été tranchés, et les seins de sa femme, quarante-cinq ans, n'avaient plus de tétons. Il faut toujours quelqu'un pour vomir. Le médecin de Deauville s'en chargea, courant jusqu'à l'évier de la cuisine.

Question art, le tueur s'était contenté de badigeonner au sang un tableau de chasse ; un chien qui tenait un faisan dans sa gueule, sur fond de forêt solognote. Une simple signature plus qu'un effort esthétique. Le plus intéressant était que le tableau, monté sur des charnières, entrebâillé, servait de cache à un petit coffre-fort encastré dans le mur. À la main, comme un enfant s'en prenant au papier peint de la maison, le tueur avait étalé du sang autour du coffre. Heckmann pensa aux flèches peintes autour de la petite fenêtre des Frigos, ce hublot carré par lequel on pouvait voir la locomotive des camps de concentration. Le grand sac noir.

Heckmann, mains gantées, ouvrit doucement la porte d'acier, qui pivota silencieusement sur ses paumelles huilées. Dedans, rien d'autre qu'un coffret, en bois exotique, sombre et vernis. Heckmann en souleva le couvercle. La boîte était tapissée de velours vert. Un revolver, absent, y avait laissé vide le dessin de sa forme. Heckmann identifia avec certitude la silhouette d'un Manurhin 73, canon de quatre pouces. Une arme connue pour le tir de précision. À la place de la crosse et du barillet, les tétons de madame Dumontant.

Il a maintenant une arme à feu.

Où est le sexe de monsieur Dumontant ?

Le commandant de la gendarmerie fit à Heckmann un topo bien emmené.

– Alexis Dumontant, chirurgien à Paris, il a une clinique privée dans un quartier chic, je ne sais pas lequel.

C'est sa maison de week-end. Enfin, une de ses maisons. Il était aussi conseiller municipal de Canapville. Beaucoup de relations politiques, beaucoup d'argent. Sa femme, on ne la voyait jamais ici. C'est une maison où il recevait surtout ses amis, affaires et politique. Une garçonnière, quoi. On était parfois prévenu quand des personnalités importantes venaient chez Dumontant.

Le genre de cadavre qu'on n'aimait pas avoir sur les bras, voilà ce que disait le commandant, heureux qu'un lieutenant de Paris le soulage de cette responsabilité. La maison sentait la partouze et les plans de batailles électorales.

– Il y a quoi là-bas ?

Il montrait la porte que Dumontant avait fixée avant de rouler sur le tapis.

– On n'a pas encore fouillé la maison, on attendait des ordres et l'arrivée de monsieur le préfet.

Heckmann n'avait pas l'intention d'attendre. Il poussa la porte. La maison était bâtie sur une petite colline artificielle, un escalier descendait sous le niveau du rez-de-chaussée, jusqu'à un garage à bricolage, une porte coulissante qui devait donner sur le jardin. Tondeuse et outillage de jardinage. Sur un mur, entre des étagères métalliques, une porte blindée et un petit clavier digital. La porte était entrouverte, Heckmann l'ouvrit en grand.

Un bloc opératoire. Dans le sous-sol de la maison de week-end d'un ami des grands de ce monde. Carrelage blanc, inox et néons. L'hygiène faite architecture. Un bureau et un petit meuble à dossiers dans un coin de la salle, un des tiroirs du meuble ouvert. Le tueur ne faisait plus semblant de laisser des indices : il montrait la voie.

Virgile jeta un œil aux dossiers. Après quelques minutes, il remonta en courant au salon et marcha vers la baie vitrée, là où madame Dumontant, à l'opposé de son mari, regardait. Puis il ordonna aux gendarmes :

– Fouillez le jardin. Mettez des gants et prenez un sac plastique.

Le téléphone de la maison sonna. Un gendarme regarda Heckmann, qui fit oui de la tête, et le militaire décrocha. L'un de ceux qui fouillaient le jardin entra au même moment, poussant un cri :

– Les mecs ! J'ai trouvé sa bite !

Celui qui avait répondu au téléphone couvrit avec sa main, mais trop tard, le combiné. Il bégaya :

– Euh, lieutenant… Une dame au téléphone. Madame Dumontant…

Ils regardèrent le cadavre de la femme sur le tapis. Le gendarme du jardin tenait toujours en l'air le sac hermétique contenant l'appareil génital de Dumontant, celui qui tenait le téléphone écrasait le combiné à deux mains. Un de leurs collègues pénétra dans le salon et annonça que monsieur le préfet était arrivé.

Le représentant de l'État faisait tellement bien semblant de ne pas connaître la maison que Virgile en sourit. Le préfet déclara qu'il s'occupait personnellement de cette terrible affaire. Virgile n'insista pas. Il se foutait des implications politiques de l'assassinat de Dumontant, laissa la place au préfet et entraîna le médecin au sous-sol.

– Comment vous appelez-vous ?

– Docteur Aïta.

Le docteur Aïta regardait la salle d'opération avec des yeux de poisson échoué sur le sable.

– Docteur, nous n'avons pas beaucoup de temps, on va me retirer cette enquête et le droit de fouiller cette maison. Je vous le dis clairement : je n'ai aucune autorisation officielle pour perquisitionner ici. Mais le préfet, là-haut, ne va chercher qu'à étouffer le scandale de ces meurtres, pour sauver sa peau de politicien. Moi, je ne veux qu'une chose : trouver celui qui a commis ces crimes. Est-ce que vous êtes prêt à m'aider ?

Me médecin réfléchit vite et hocha la tête.

– Merci, docteur. Dans ce cas, est-ce que vous pouvez regarder dans ces dossiers et me dire ce qu'ils contiennent ?

Aïta se mit à éplucher les dossiers à toute allure, les feuillets tremblaient dans ses mains.

Il n'y a pas les noms des patients, seulement des codes.

– Oui, j'ai déjà vu ça. J'ai besoin de savoir à quelles opérations correspondent tous ces noms et ces termes.

Aïta se replongea dans les papiers, il disait « nom de Dieu, nom de Dieu » à chaque nouveau dossier, et après avoir consulté une dizaine de fiches et de feuillets, lâcha un mot étrange, d'une étrange poésie sous l'éclairage du bloc opératoire :

– Orchidectomie.

– Que dites-vous ?

– Vaginoplastie, ablation du pénis, changement de sexe. On dit orchidectomie…

– Comme les fleurs ?

– Oui.

– La chirurgie des fleurs ?… Légale ?

– Pour raisons médicales, tout est légal. Mais c'est peu pratiqué en France. Trop de préjugés moraux. Beaucoup de patients vont à l'étranger pour ce genre d'interventions. Il y a aussi des cas d'avortements tardifs. Il faudrait savoir s'il y avait des justifications médicales ou pas.

– Est-ce que Dumontant pouvait travailler seul ?

– Je ne suis pas expert… Cette salle semble équipée de tout ce qu'il faut. Mais je dirais qu'il faut au minimum un assistant, quelqu'un qui s'y connaisse bien. Vous pensez… vous pensez que le tueur était l'assistant de Dumontant ?

– Non. Mais qu'il est passé sur cette table. Docteur, pour notre bien à tous les deux, vous n'avez rien vu ni rien entendu au sujet de ces dossiers.

Le docteur Aïta bégaya un « oui bien sûr ». Heckmann sortit du bloc opératoire, ouvrit la porte du garage et sortit directement dans le jardin, abandonnant au préfet les cadavres de Dumontant et de l'une de ses maîtresses.

Il était 17 h 09, il repartit vers Paris aussi vite qu'il était arrivé. Pas tout à fait Paris. Une de ses banlieues et un vieux pavillon insalubre au milieu des immeubles neufs. Il devait parler à Roland Parques de l'année 1971.

***

Max terminait sa tournée. Évry, hôtel Formule 1. Dernière étape avant les vacances et, ce soir, une réunion prénoms avec Hélène. Fille ou garçon ?

Il ne l'avait pas avoué à Hélène ni à personne d'autre, mais sous ses angoisses et sa mauvaise foi théorique, le jour où Hélène avait fait ce test de grossesse, c'était cette question qui avait emporté son adhésion à ce projet insensé. Après un instant de panique, il s'était demandé : fille ou garçon ? Terminé. La part de lui qui voulait un enfant avait été la plus forte. Il avait ensuite simplement refusé de se rendre sans un digne combat cynique.

Et voilà qu'il observait, dans ce petit salon anthracite et surchauffé d'un immeuble de bureaux, à une semaine de l'accouchement annoncé, les hommes et les femmes qui passaient. Quelle femme serait sa fille ? Quel homme serait son fils ? Un prénom aidait-il à devenir qui l'on était ? Ne faisait-il qu'illustrer une personnalité que rien ne pouvait changer ?

Face à lui, un comptoir à l'ergonomie choisie pour son intelligence et une secrétaire choisie pour ses formes ; elles faisaient la paire. Quatre portes donnaient sur cette salle d'attente sans lecture. Sur les quatre portes, les noms de quatre chaînes d'hôtels pour VRP, toutes propriétés du grand monstre Accor. Il attendait d'être reçu par le directeur du service technique et entretien. Gros client. Max s'impatientait et était à deux doigts de foutre le camp.

La secrétaire, bien maquillée, bien coiffée, désespérément greffée à son bureau, répondit au téléphone qui sonnait et l'appelait : « Prends-moi dans ta main ! » Elle écouta, raccrocha et s'adressa à Max.

– Monsieur Marty ?

– Oui.

– Monsieur Viard s'excuse, il aura encore quinze minutes de retard. Voulez-vous boire quelque chose en attendant ?

– Non merci.

Max se leva, direction le rez-de-chaussée, pour fumer une cigarette. Il choisit l'escalier de service pour descendre les trois étages. Marches en béton peintes, une odeur de neuf et de tabac dans la cage d'escalier. Il descendit en sautillant. Sur le palier du deuxième, trois femmes de ménage se planquaient pour faire une pause. Elles se turent en le voyant arriver, l'une d'elles jeta une cigarette dans un seau à serpillière. Elles le regardèrent. Max sourit.

– La pause syndicale ?

Les filles rigolèrent. Une Noire et deux Arabes, de trente à quarante ans, dans leur blouse bleu ciel brodée au nom du groupe Accor. Des bas de robes en nylon dépassaient sous leurs blouses.

– C'est fumeur ici ?

– Ben non, enfin ça dépend si vous fumez, dit la plus jeune en rigolant.

Max sortit ses cigarettes et en proposa. La plus âgée, avec des dessins au henné sur le visage, cacha son sourire avec sa main et dit non. La Noire secoua la tête pour refuser. La plus jeune accepta. Max s'en alluma une aussi et regarda au plafond. Détecteur de fumée.

– Ils marchent ces trucs ?

– Non.

– Et puis y a personne qui vient jamais. Ils prennent tous l'ascenseur.

– Ils sont trop fainéants pour marcher !

Elles rigolèrent. Max rit aussi.

– C'est comment ici ? Pas trop de boulot ?

La femme noire s'était détendue.

– Bah ! C'est comme partout, il faut faire comme ils disent.

– Ouais.

Résignation dans le regard de la plus âgée.

– Ça fait dix ans que je suis là. C'est pas drôle, mais il faut bien travailler. La paie arrive chaque mois. Tous mes hommes sont au chômage.

La plus jeune, plus agressive.

– Si tu es malin, tu travailles pas trop. Faut juste faire attention quand il y a des inspections.

Toutes les trois poussèrent des « Oula ! », « Oulala oui ! »

– Les inspecteurs, ils viennent deux ou trois fois par an. Parfois par surprise !

– Ils sont fous !

– Y en a un qui met tout le temps des gants en plastique, même pour nous serrer la main ! J'te jure, c'est un flic de laboratoire !

Elles plaisantaient, mais l'évocation de cet inspecteur ne les rassurait pas. Un de ces petits chefs à petit pouvoir, parmi tous les autres, qui faisait peser sur elles la menace d'un licenciement.

– Celui-là, il est complètement fou ! C'est tout juste s'il met pas la tête dans les cabinets !

Max écoutait, tirant sur sa cigarette.

– Il est obsédé par les bactéries.

– Quand il vient, on a intérêt à tout bien faire.

– À quatre pattes dans toutes les toilettes de l'immeuble !

– Il doit bien l'astiquer, sa femme. Elle doit sacrément briller !

Elles explosèrent de rire, Max souriait mais d'autres idées venaient contrarier son envie de s'amuser avec elles.

– Il note tout sur ses papiers et il nous fait des grands discours sur l'hygiène !

– Bah ! L'hygiène, comme il dit, moi je sais ce que c'est. J'ai élevé trois enfants.

Max se perdait dans des réflexions étranges et les trois femmes s'assombrirent tout à coup.

– N'empêche qu'il a fait virer Djamila, l'autre fou, avec ses gants.

La plus jeune s'énervait, elle pestait contre l'inspecteur, toutes les trois parlaient en même temps. Max ne les entendait plus, il regardait leur chariot de nettoyage, les sacs-poubelles, les produits à vitre, les balais et les serpillières, les chiffons, le bidon de cinq litres de Tipol.

Max partit en courant dans les escaliers. Les trois femmes le regardèrent s'enfuir.

– Eh ben ! Il est fou aussi, celui-là !

La plus jeune jeta son mégot dans le seau, les femmes de ménage repartirent au travail.

Max remonta à la salle d'attente, la secrétaire avait dégainé son sourire d'urgence.

– Monsieur Marty, monsieur Viard s'excuse, encore dix petites minutes…

– C'est pas grave. Dites…

Max lut le badge de la secrétaire.

– Dites-moi, Armelle, je cherche des renseignements, peut-être que vous pouvez m'aider.

Max tira de son sac un tee-shirt jamaïcain et commença son numéro de charme.

17 h 30, Heckmann était en route pour Paris. La nuit tombait.

23.

Heckmann se gara rue des Bleuets. 19 h 12.

Parques avait une sale tête, la pénombre de sa maison ne suffisait plus à cacher son âge. Il respirait difficilement mais ne lâchait pas son cigare, assis dans son fauteuil, un fusil de chasse rouillé sur les jambes. Virgile s'inquiéta de la réaction du vieux.

– Comment allez-vous, Roland ?

– Je suis fatigué, jeune homme, et cela n'arrange rien de passer mes nuits à attendre votre tueur !

– C'est de cela dont je voudrais vous parler. Promettez-moi de ne pas vous inquiéter inutilement.

Roland ouvrit un peu plus grand ses yeux.

– Vous êtes bête ou quoi ? Vous venez déjà de m'inquiéter ! Expliquez-vous.

– Il ne s'est pas rapproché de moi. Il a encore tué. Mais il ne s'est pas rapproché de moi… Il s'est rapproché de vous.

Parques se redressa dans un craquement de fauteuil.

– Quoi ?

– 1971. Alexis Dumontant.

Le nom eut sur Parques l'effet d'une injection de caféine.

– Nom de Dieu, qu'est-ce que cette raclure vient faire là-dedans ?

– Il est mort. Le tueur l'a assassiné à Deauville la nuit dernière, lui et sa maîtresse.

– Vous vous foutez de moi ?

Roland tendit le bras vers la bouteille de Lagavulin qui n'était plus là.

– Virgile, allez dans la cuisine ! Cherchez sous l'évier, il doit bien rester une bouteille de quelque chose ! Nom de Dieu, il faut fêter ça.

Roland se reprit tout à coup et déclara d'un ton solennel :

– Paix aux âmes de toutes les maîtresses du monde. Elles réconfortent les salauds comme les justes.

Heckmann chercha dans les détritus de la cuisine. Sous l'évier, il trouva une bouteille de porto couverte de poussière, pilier de plusieurs toiles d'araignées.

– C'est tout ce qu'il y avait.

– Ça suffira bien pour cette enflure. Je peux mourir heureux. Mon jeune ami, la vie est jusqu'au bout pleine de surprises.

Parques se dandinait sur son fauteuil, il se versa un verre de porto qui coulait aussi lentement que de la mélasse en hiver.

– Alors, vous allez me raconter ou pas ?

– Quand on a prononcé son nom, je me suis dit que je l'avais déjà entendu ou vu quelque part. Il m'a fallu une heure avant de me souvenir. C'est bien l'homme dont j'ai lu le nom dans votre dossier ?

– Alexis Dumontant, la crème de l'anti-avortement des années soixante-dix. J'ai été arrêté pour lui avoir collé quelques beignes, en 71, à un congrès sur la natalité. Il avait quoi à l'époque ? Trente ans ? Toujours été ambitieux. Je n'ai jamais su s'il croyait vraiment à ce qu'il disait ou bien si c'était seulement de l'opportunisme. Ça ne faisait pas de différence de toute façon.

Convaincu ou pas, c'était le chantre de la natalité. Il flirtait avec la politique, du côté du caniveau, extrême droite, royalistes, poujadistes, tout ce qui portait une croix. Un type brillant, milieu modeste, revanchard, le pire. Il a toujours une clinique privée, je crois. Qu'est-ce qui lui est arrivé ? Racontez-moi !

Virgile essaya de calmer le vieux.

– Rien de plus que d'habitude. En fait, ce n'était pas un meurtre comme les autres. Je pense que c'était plutôt une sorte de règlement de comptes. Je suis tout près de lui, maintenant. Chez Dumontant, il y avait une salle d'opération, au sous-sol. Des dossiers codés, pas de noms, mais les opérations étaient plus ou moins légales. Il se faisait de l'argent en plus, il opérait des personnalités publiques qui souhaitaient rester anonymes. Parmi ces interventions chirurgicales, il y avait aussi des avortements tardifs.

Parques en laissa tomber son verre.

– Qu'est-ce que vous dites ?

– Des opérations clandestines discrètes. Vaginoplastie, orchidectomie, ce genre de choses, changement de sexe.

Parques s'étrangla.

– Je n'arrive pas à y croire.

– Roland, calmez-vous, s'il vous plaît. Je vous demande seulement encore un instant. *L'artiste* a coupé le sexe de Dumontant…

Virgile tenta d'ignorer le sourire de Roland.

– Et je suis presque certain que *l'Artiste* a lui-même été opéré par Dumontant. *L'Artiste* est allé chez le chirurgien pour récupérer son dossier. Peut-être aussi que Dumontant lui fournissait les médicaments dont il est dépendant. Roland, écoutez bien. Un médecin de Deauville m'a dit que Dumontant ne pouvait pas travailler seul. Est-ce que vous vous souvenez de quelqu'un qui pourrait être son assistant ?

– Il lui a coupé la bite ?

– Roland, s'il vous plaît.

Heckmann s'approcha du vieux médecin. Toutes ces informations étaient soudain trop pour lui, sa tête yoyotait et il regardait au loin, dans le brouillard de fumée de son salon.

– Roland, vous m'entendez ?

Virgile prit ses vieilles mains froides dans les siennes.

– 71… Dumontant… il était toujours avec un autre type… un petit homme, son secrétaire, son homme à tout faire… je me souviens… ils étaient toujours ensemble… Morel… docteur Yves Morel.

Heckmann prit une couverture sur le canapé et la posa doucement sur Roland, terrassé par la fatigue. Il embrassa le front du vieil homme avant de partir.

Il était 19 h 31.

***

Max poursuivait une idée folle.

La secrétaire ne savait pas, elle ne connaissait pas les noms des « responsables de qualité à l'entretien et à l'hygiène », ces types qui faisaient la tournée des chiottes après les femmes de ménage. Mais elle avait donné à Max le numéro du superviseur technique de chez Accor.

Max, sans croire vraiment à son intuition délirante, s'inquiétait tout de même pour son avenir. Ses intuitions, aux conclusions souvent erronées, le conduisaient néanmoins et depuis un moment à prendre des décisions catastrophiques. Maximilien Marty, assis dans sa voiture qui sentait vraiment trop le chien, appela le superviseur et recommença le baratin qu'il avait servi à la secrétaire.

– Monsieur Barthoux ? Maximilien Marty, société AcroJob. Je ne vous dérange pas ?... Hé oui ! Il faut bien qu'il y en ait qui travaillent !... Exactement, les monte-en-l'air ! Dites-moi, je cherche des renseignements, peut-être que vous pouvez m'aider. Nous voulons envoyer des petits cadeaux de Noël à certains de vos collaborateurs du service entretien. Un petit geste de remerciement... Ha ! Non, rien d'aussi merveilleux ! Seulement des tee-shirts, ce genre de choses, vous voyez ? Il me faut aussi votre adresse, bien sûr !... Pas de quoi, monsieur Barthoux, Accor est notre meilleur client ! Du coup, est-ce que vous pourriez m'envoyer par mail les adresses des responsables de qualité sur le secteur de Paris ?... Trois seulement ?.... Quatre avec vous. Je ne vous oublie pas, monsieur Barthoux. Je vous écoute... Si vous aviez leurs numéros de téléphone, ce serait encore mieux... Les numéros pro, bien sûr, oui.

Max nota tout cela sur le verso d'une facture AccroJob.

– Merci monsieur Barthoux... C'est ça, oui, bonne année à vous.

Max raccrocha. Son intuition lui avait peut-être déjà coûté le contrat Formule 1, ce qui était bon signe bon signe. Il regarda la petite liste de trois noms, adresses et téléphones.

Une femme et deux hommes. Il raya l'adresse de la femme et appela le premier des deux numéros restants. Un message de répondeur donnait un numéro de portable à joindre en cas de besoin.

– Monsieur Barre ?

Max déballa son histoire encore une fois.

Il était tard, Barre était chez lui, n'appréciait pas d'être dérangé pour le travail et se foutait de recevoir un tee-shirt aux couleurs de la Jamaïque. Mais surtout, sa voix disait : soixante ans minimum, sans doute proche de la retraite… Max composa le deuxième numéro. Son portable pousse un petit cri d'agonie et s'éteignit. Après dix minutes de fouille sous les sièges de sa voiture, il trouva le cordon d'alimentation de l'allume-cigare. Le chien l'avait épluché et débité en morceaux.

Max reprit la route de chez lui.

***

Heckmann contacta le sommier pour une demande d'identification. Yves Morel. Médecin. Paris ou Île-de-France. Urgent. Il attendait l'appel dans sa voiture.

Il passa sous les entrailles de la Défense et continua vers Paris illuminée. Place de l'Étoile, sur les pavés mouillés qui reflétaient les feux des voitures, il tourna en rond, autour de l'Arc de triomphe torse bombé, en attendant qu'on lui indique une direction à prendre.

Heckmann est amaigri, son corps a dévoré toutes ses graisses, s'attaquerait à ses os s'il le pouvait ; Virgile Heckmann s'est cannibalisé.

Son téléphone sonna. Le type des identifications lui balança une adresse et un numéro de téléphone. Virgile, le téléphone coincé à l'oreille et à l'épaule, une main sur le volant, nota de l'autre sur son carnet, puis il expulsa sa voiture de la centrifugeuse de l'Étoile. Le moteur à propulsion de la Mercedes le lança en travers de l'avenue Marceau. Couloir de bus glissants, piétons terrorisés. Quai Branly, Heckmann passa devant la tour Eiffel depuis laquelle il avait tiré une balle dans la nuit.

À gauche toute, boulevard de Grenelle, accélération haussmannienne, Paris engloutie dans la vitesse.

Yves Morel, l'homme qui connaissait l'Homme.

Virgile serra le frein à main, dérapa sur un trottoir et baissa son pare-soleil. POLICE. Numéro 92. Cinq étages à l'angle de la rue Violet. Porte parisienne, digicode. Heckmann appela le numéro de téléphone. Sept, huit, neuf, dix sonneries. Une voix d'homme ensommeillé. « Allô ? ». Heckmann raccrocha. Passe PTT, quinze boîtes aux lettres. Morel. Troisième étage.

Il sonna à la porte, frappa du poing.

Des pas légers, Heckmann dégaina le SIG de son holster et braqua le judas. La porte s'ouvrit. Un visage jaune, des joues plus creuses que celles de Virgile.

– Docteur Yves Morel ?

Le vieux ne répondit pas, ses yeux, enfoncés dans son crâne, ne semblaient même pas voir l'arme. Il avait entre soixante et cent ans. Plus propre que Parques, mais plus répugnant. Les yeux caves étaient cerclés de noir, les pupilles invisibles. Il était debout mais mort. La minuterie de l'escalier s'arrêta, Heckmann fut plongé dans le noir. À contre-jour de la lumière de l'appartement, Morel était une ombre chinoise, on voyait à travers ses vêtements. Heckmann poussa le vieux devant lui. Morel, allégé du poids de la volonté, était une marionnette d'os.

La moquette était blanche, le canapé était blanc, les meubles et les murs étaient blancs. Même mobilier seventies que chez Dumontant. Heckmann rengaina son automatique. Fumée, une odeur âcre le prit à la gorge. Opium. Il dit à Morel de s'asseoir. Le vieux s'allongea, s'installa instinctivement dans la position du fumeur, celle d'un patient de psychanalyste prêt à tout dire. Il attendait la tétée. Sur la table basse, tout son équipement. Pipe, lampe en terre cuite, aiguille, boîte de chandoo en ivoire.

Heckmann ouvrit la fenêtre pour aérer. Le vieux frissonna.

– Vous êtes le policier.

Ses paupières à demi closes ne bougeaient pas.

– Vous le cherchez ?

– Oui.

– Je le savais… je savais que vous alliez venir.

Morel se tut, un sourire d'oubli aux lèvres. Virgile passa dans la cuisine et remplit un verre d'eau.

– Buvez.

Morel ne bougea pas, le regard perdu, affamé de rêves. Virgile le redressa et versa un peu d'eau entre ses lèvres noircies. Morel toussa. Heckmann parla doucement à son oreille.

– Qui est-il ?

– Celui… Celui qui ne voulait plus de sexe… Les autres, ils voulaient changer… Lui, il n'en voulait plus.

– Vous et Dumontant, vous avez fait ça ?

– Nous sommes des docteurs.

– Quand ?

L'esprit de Morel voguait à nouveau, ses yeux étaient brûlants d'absence. Virgile chuchota encore.

– Comment s'appelle-t-il ? Monsieur Morel, comment s'appelle-t-il ?

Les paupières violettes descendirent et remontèrent lentement.

– Il n'a pas de nom. C'est l'ange.

– Docteur, où est-ce qu'il habite ?

Le vieux repartit pour un autre voyage dans les flammes du manque. Heckmann hurla.

– Dumontant est mort ! Dites-moi ce que vous savez ! Vous êtes le prochain, Morel ! Vous allez y passer aussi !

Les menaces étaient inutiles, les cris ne faisaient pas réagir le vieux fantôme. Virgile attrapa la boîte en ivoire, la fit passer devant les yeux du vieux médecin. Morel sourit, tendit la main. Heckmann recula. Le vieux, dents rongées, le regarda en souriant. Il comprenait. Il dit :

– La boîte à rêves.

– Docteur Morel, je vais la jeter par la fenêtre si vous ne me dites pas ce que je veux.

– S'il vous plaît.

– Comment s'appelle-t-il ?

– S'il vous plaît.

Virgile ouvrit la boîte et marcha vers la fenêtre. Le vieux glissa du canapé comme un drap ripant sur le cuir, et commença à ramper. Heckmann se dégoûtait. Il se mordit les joues.

– Comment est-ce que je peux le trouver ?

Le vieux rampait sur la moquette blanche. Heckmann s'écarta d'un pas. Le vieux le chercha du regard, changea de direction et continua sa reptation.

– Son nom.

– S'il vous plaît. Je ne sais pas comment il s'appelle. Alexis, lui il le sait. S'il vous plaît, je n'ai plus que ça.

Morel, épuisé, s'immobilisa et se roula en position fœtale sur la moquette. Il se mit à pleurer et sucer ses doigts jaunis par les boulettes d'opium.

– S'il vous plaît.

Virgile s'accroupit

– Dumontant est mort. Vous m'entendez ? Il n'y a plus que vous, vous êtes le dernier à savoir. Il vous retrouvera aussi.

Virgile passa la boîte ouverte sous le nez du vieux. L'odeur du chandoo le secoua.

– Dites-moi ce que vous savez et je vous laisse la boîte.

Le vieux tremblait de peur et d'envie.

– Je ne sais pas son nom, je ne sais pas où il habite.

– Est-ce que quelqu'un d'autre le sait ?

– Chris n'est plus là. Chris, lui il sait. Je n'ai plus que ça. S'il vous plaît.

Les yeux de Morel se révulsaient. Heckmann le secoua.

– Je vous laisse si vous me dites qui est Chris. C'est votre fournisseur ? Qui est Chris ?

– C'est lui qui a ses médicaments. Chris le sait, il le connaît. S'il vous plaît…

Les yeux blancs. Heckmann hurla, lança la boîte en ivoire contre le mur.

– Le nom de Chris ! Morel ! Son nom !

Morel protégea son visage de ses bras maigres. La peur engendrait le manque, le manque engendrait la peur.

– Courrèges… Chris… Christophe Courrèges.

Heckmann partit sans se retourner. Dévalant les étages, un autre appel au sommier. Identification, permanence nuit, priorité homicide.

– Renseignements sur Courrèges, Christophe, trafic de stupéfiants. TOUT DE SUITE !

20 h 48. Heckmann s'éjecta du 92 boulevard de Grenelle.

Il marche sur le trottoir, revient sur ses pas, s'appuie à sa voiture. Il attend et réfléchit. Un dealer qui fournit les patients de Dumontant. Un dealer avec sans doute un carnet d'adresses à faire peur.

Le téléphone sonna au bout d'une minute. Et Virgile écouta en essayant de rester calme.

– Lieutenant ? On a un Christophe Courrèges qui correspond à ce qui vous intéresse. En attente de jugement pour homicide et trafic de drogues médicales. En préventive à la prison de la Santé.

Heckmann appela le juge Martin, qu'il dérangea au milieu d'un cocktail. Heckmann demanda : affaire du tueur d'artistes, interrogatoire d'un détenu. Heckmann ne dit pas *Courrèges*. Le juge d'instruction autorisa la visite sans broncher. L'acte rogatoire serait le lendemain matin sur le bureau du lieutenant, première heure. Martin demanda à Heckmann où il en était. Heckmann ne dit rien ; il suivait une piste, mince. Le juge Martin, le divisionnaire Lecreux, le capitaine Larrue, le brigadier Daniel,... politique. Il ne parla pas de Morel, il ne dit pas : je l'ai, je l'ai trouvé, tout de suite, demain. Le juge Martin, prudemment, avança le nom de Dumontant.

– Cette affaire-là est particulière, Heckmann. Concentrez-vous sur les crimes parisiens. Le préfet du Calvados se chargera de ce qui est arrivé là-bas. Entendu ?

– Entendu, monsieur le juge.

Heckmann sourit : combien de personnes, au cocktail du juge Martin, avaient des noms de code dans les dossiers de Dumontant ?

– Nous sommes avec vous, lieutenant. Nous comptons sur vous. Si vous concluez comme il faut cette affaire, votre carrière est sur de bons rails, je vous le certifie.

Virgile assura le juge de sa coopération et raccrocha, composa le numéro des renseignements, obtint celui de la Santé. Pas question d'attendre le lendemain. Mais il était beaucoup trop tard, plus de visites à la prison. Inutile de rentrer chez lui. Il ne dormirait pas.

Virgile fonça au 36 et s'enferma dans son bureau. Ordinateur. Accès sommier. Recherche : Christophe Courrèges. Heckmann lut le dossier.

Il comprenait les mots, bien sûr, ce qu'ils voulaient dire, leur logique et leur enchaînement, mais leurs conséquences, leurs implications, étaient impossibles à admettre.

***

– Gabrielle ?

– Ou Gabriel.

– C'est pratique, remarque.

– Max, ce n'est pas une question de pratique. Est-ce que ça te plaît ?

– C'est pas une question non plus. Est-ce que ça te plaît de t'appeler Hélène ?

– Je sais où tu vas, Max. Mais j'aime bien Hélène, même si je ne l'ai pas choisi.

– Ha ! On parle bien de la même chose. Je ne veux pas choisir. C'est comme marquer du bétail.

– Max, quand est-ce que tu m'as fait rire pour la dernière fois ?

Il fit un sourire débile et elle se marra. Max prononça à voix haute :

– Gabriel Marty. Ça sonne bien.

– Gabrielle Cardi aussi.

Hélène se blottit contre lui dans le canapé.

– C'est seulement un prénom… Maximilien.

– Salope.

– Max, promets-moi de ne plus te mêler de l'affaire Heckmann. Ce flic est en train de se détruire, ne le suis pas.

– C'est promis.

Max nicha sa tête entre les seins d'Hélène et son ventre.

Juste une dernière petite chose à vérifier, se dit-il, demain matin.

***

Max laissa Hélène dormir. Le soleil entamait sa courte trajectoire hivernale, basse et lente. Le chien attendait devant la porte, assis sur son cul. Max descendit chez Momo l'épicier et attacha le chien à un panneau de sens interdit. Il acheta du yaourt à boire, parce qu'il n'avait pas envie de faire l'effort de marcher, à la fraise parce que c'était un goût d'enfance. Momo, derrière sa caisse, feuilletait *Le Parisien*.

– Ça y est, ils se sont calmés dans les banlieues. Pourquoi maintenant, va savoir ? Et qu'est-ce qu'ils ont gagné ? Le droit de retourner à l'ANPE. Ma femme a fait du couscous, Max, tu en veux une part ?

– Mets-en deux parts de côté, je repasserai les prendre. La banlieue c'est tout ce qui reste de Paris, ajouta Max, c'est tout ce qui reste des villes depuis la honte d'être socialiste.

– Je te mets le yaourt sur la note ?

Dans le garage souterrain, le chien arrosa tous les piliers un par un. Ils remontèrent à la lumière dans leur Espace intime et cabossé. Max consulta le petit papier avec les adresses qu'il avait trouvées la veille, et appela le deuxième numéro professionnel.

– Monsieur Turpin, s'il vous plaît.

– Monsieur Turpin est absent, il est en congé. Puis-je prendre un message ?

Max n'avait aucun message à laisser, il avait de la route à faire. Il sirota son yaourt en conduisant. Le chien avait passé la tête par la fenêtre et claquait des dents en essayant d'attraper les voitures qu'ils croisaient. La circulation du dimanche était aussi lente que le soleil.

Rue du Moulin-Vert, pas de places de parking. Max passa devant le numéro 12, un immeuble des années soixante. Le numéro 14 était un chantier, un grand trou de terre glaise entouré de palissades vertes et blanches. À la recherche d'une place, Max et le chien remontèrent la rue, direction Gergovie. À l'angle de la rue Didot étaient garées deux bagnoles de flics. Max jeta un œil. Il aperçut une tête qui lui disait quelque chose. Ce cher brigadier Daniel, avec dix kilos en plus depuis la dernière fois qu'il l'avait vu. Max planta sa voiture sur un passage-piéton, se dirigea vers le policier et laissa le chien traîner sa laisse sur le trottoir.

– Salut, Daniel.

Le flic se retourna. Sa sale gueule de boxeur poivrot semblait vouloir échapper à sa casquette.

– Merde alors, Max la menace.

Daniel tenait un petit crayon entre ses gros doigts et prenait des notes sur un carnet.

– Qu'est-ce que tu fous là ?

– Je me promène.

Le chien pissait sur le mur de la pharmacie qui faisait l'angle.

– Tu es tombé sur moi par hasard, c'est ce que tu essaies de me dire ?

– Ouais, j'ai un pote qui habite dans la rue. Qu'est-ce que tu fais là ?

– Cambriolage.

– Je croyais que tu étais aux homicides, avec ton pote Heckmann.

– Celui-là, il est mal barré.

– Il paraît.

Daniel se pencha sur ses notes.

– Qu'est-ce que t'en sais ?

– Rien, les journaux. Qu'est-ce que tu fais là, alors, si c'est un braquage ?

– Y a eu cambriolage *et* meurtre. Cette nuit. Marty, j'aime pas te voir te balader ici. Dégage.

– Oh là ! Sois pas vache, raconte un peu.

Le chien était passé aux enjoliveurs d'une voiture de patrouille.

– Le pharmacien s'est fait descendre. Il s'était déjà fait cambrioler y a un mois, et une pharmacie braquée, c'est une pharmacie qui va encore se faire braquer. Du coup, il dormait sur un lit de camp derrière son comptoir, avec une pétoire qui s'est enrayée. Les mecs sont revenus cette nuit. Au lieu de sauver son stock, il a pris deux balles dans le caisson.

– Un karma de commerçant, quoi.

– Ouais. Comment va ta poulette ? Toujours aussi bandante ?

Max laissa passer le rire vicelard.

– Je te laisse, Daniel. Faut que j'aille voir mon pote.

– Toujours aussi sensible, hein ? Salut Marty, et continue à t'emmerder sans faire de vagues.

Et le brigadier Daniel fit un clin d'œil. Max siffla le chien qui partait dans la mauvaise direction, gueulant après des odeurs invisibles. Il finit par reprendre la laisse, le chien continua à tirer dans l'autre sens, mais

Max voulait vérifier une dernière petite chose, pour ne pas avoir de regrets. Ensuite, il attendrait. Il rentrerait à l'appartement et attendrait avec Hélène. Gabrielle. Ce sera une fille, décida-t-il, parce que quand il faisait l'amour à Hélène, il ne pensait jamais à des mecs.

24.

8 h 15. Heckmann n'a pas fermé l'œil de la nuit, il essaie de se calmer. Les pièces s'assemblent. Il ne comprend pas, mais il sait. Le sac noir est tellement gonflé qu'il va exploser. Virgile longe la muraille de la prison, forteresse sale, une autre locomotive, énorme, au cœur de Paris. La Santé, prison modèle du XIXe siècle, usine à criminels, construite pour réguler les excès de la révolution industrielle. Heckmann se dit qu'il devrait un jour finir le livre de Foucault. Quand il aura le temps.

Visiteurs Officiels.

Heckmann montre ses papiers. Le gardien de l'accueil lui indique le chemin jusqu'au parloir du bloc A. Le lieutenant traverse des cours désertes où résonnent les échos de voix et de portes métalliques. Heckmann, une nouvelle fois, est mal à l'aise dans ce décor dominant, cette architecture de château, de maison de maître ou d'église, manifestation matérielle d'un pouvoir dont il est le rejeton et le serviteur. Mais ce décor de prison, se dit-il, fait le même effet à tout le monde.

Gardiens, clés, portes. Heckmann dépose son arme et signe un formulaire.

Une salle avec de hautes fenêtres grillagées. Une lumière carrée, façon tueur d'artistes, tombe sur trois chaises et une table boulonnée au sol. Heckmann se sent inspiré, il imagine une mise en scène sobre, quelque chose de minimaliste. Heckmann attend et tourne autour du mobilier, disposant des corps, imaginant des peintures rouges pour les murs gris. Un gardien frappe, Heckmann se retourne en sursaut. Heckmann essaie de se calmer.

Le maton pousse dans la salle un détenu menotté. Trente ans, tête rasée, une démarche cool, des vêtements propres. Un visage en bonne santé, de dealer qui ne touche pas à la merde qu'il vend. Il est sûr de lui. Heckmann le déteste depuis déjà longtemps.

– Asseyez-vous, s'il vous plaît.

Courrèges hésite entre les trois chaises et finit par s'asseoir du côté de la table où il y en a deux. Il s'étire.

– Qu'est-ce que vous me voulez ?

Heckmann est au fond de la salle, il s'appuie au mur, pas pour avoir l'air d'un dur, mais pour être le plus loin possible de ce type, pour essayer de chasser les images de sa tête.

– Vous poser quelques questions.

– Ouais, c'est ce qu'on m'a dit. Vous êtes le flic de la télé. Mon avocat m'a dit de ne pas parler quand il est pas là.

– Vous n'avez pas besoin de lui, je ne suis pas là pour votre affaire. Pas directement. Et je sais que vous avez un bon avocat.

– Ouais.

Pas la peine de faire de la diplomatie avec Courrèges.

– Je sais que vous avez beaucoup de relations.

– Ah bon ? Vous savez ça ?

– Je me suis occupé de l'affaire Dumontant. Les opérations clandestines de chirurgie, vos clients. Il est mort, vous le savez ?

Courrèges tortille du cul. Courrèges sourit.

– Ouais. Mais j'ai rien à voir là-dedans. Je prendrai le minimum, c'est tout ce que je sais, et c'est tout ce que j'ai à vous dire.

– Votre carnet d'adresses ?

Courrèges ne dit rien. Heckmann respire lentement par le nez.

– Il n'y a qu'un seul de vos clients qui m'intéresse, le reste m'est égal.

– Un marché, c'est ça ?

Le sourire de Courrèges grandit.

– Mon avocat m'a dit que des tas de gens allaient essayer de négocier avec moi, il m'a dit de pas ouvrir la bouche.

Heckmann va vomir une marée noire, il défait sa cravate et la glisse dans sa poche.

– D'accord, je vais te présenter les choses autrement. Si tu ne réponds pas à mes questions, je balance toute l'affaire et tu pars au trou pour vingt ans, avec tes petits copains de la haute.

Heckmann fait claquer les feuilles des trois portraits robots sur la table, Courrèges sursaute.

– Trente à trente-cinq ans, blond, des médicaments. Artane, Haldol, Rohypnol. Un client de Dumontant à qui tu vendais des médicaments, avant de te faire coincer il y a un mois et demi.

Virgile est pris de vertige, il pense : Courrèges, dealer, braquer de pharmacie, arrêté dans le centre commercial Bercy 2, après un cambriolage et le meurtre d'un pompier. Courrèges, assommé par Marty alors qu'il s'enfuyait.

– Tu crois que quand je vais te mouiller dans l'affaire du tueur d'artistes, tes clients riches et puissants vont toujours te protéger ? Ils vont te démembrer en place publique, Courrèges. Je vais te faire manger ton carnet d'adresses. Tu sortiras de prison pour entrer directement en maison de retraite.

– Le tueur d'artistes ? Le cinglé qui découpe des mecs ? De quoi vous parlez ? J'ai rien à voir là-dedans, moi.

Heckmann l'attrape par le col et le secoue.

– C'était un client de Dumontant, sur la liste des types à qui tu fournissais les drogues. Blond ! Trente-cinq ans ! Accouche !

Heckmann passe dans son dos, ses doigts jouent avec la cravate dans sa poche. Il l'enroule doucement autour de ses poings, se jette sur Courrèges, lui plie le dos à l'envers et serre sa gorge avec le tissu de soie. Le dealer se débat, Virgile lâche prise et le jette à terre. Alerté par le bruit, un gardien entre en courant et se fige. Heckmann l'insulte et lui dit de sortir. Courrèges se pisse dessus et rampe.

– Putain, je savais pas qui c'était ce mec ! J'ai rien à voir là-dedans !

– Ton super avocat n'y pourra rien, je vais t'enfoncer, Courrèges. Dis-moi son nom !

Courrèges dit un nom, un nom doux.

Heckmann le regarde sans y croire. Il a le nom. Il glisse le .38 dans sa ceinture.

Mais il reste encore une chose à dire, une chose à vomir.

– Je vais te laisser pourrir ici, Courrèges, mais avec quelques fantômes en plus. J'espère qu'ils te rendront fou et que tu te fracasseras le crâne sur un mur.

Virgile se penche et parle tout bas au dealer.

– Ton fils est mort, Courrèges. Ta femme, Isabelle, elle s'est jetée par la fenêtre de son appartement. Ça fait des semaines qu'on essaie de retrouver le père de ses enfants. Cette ordure qui s'était tirée depuis longtemps. Elle s'est défenestrée avec tes enfants dans les bras. Ton fils est mort. Ta fille est paralysée. Isabelle ne se souvient même plus de toi. Depuis combien d'années tu ne les avais pas vus, hein ?

Heckmann sort. Les gardiens qui arrivent en courant le regardent passer. Il récupère son Sig à l'accueil et sort du bloc A. Virgile appelle l'identification. Il donne le nom, obtient une adresse et appelle la Centrale.

– Heckmann. Appel prioritaire. Groupe d'intervention, tout de suite, tout ce qui est disponible, 12 rue du Moulin-Vert, Paris XIVe. Suspect armé et dangereux. Je serai sur place dans dix minutes.

Heckmann va raccrocher, dans son portable, la voix de la standardiste crie.

– Attendez ! 12 rue du Moulin-Vert ? Attendez… Oui. Nous avons du monde sur place, lieutenant. Toutes les équipes sont déjà en route. Fusillade, 12 rue du Moulin…

Virgile n'entend pas la suite, il a lâché son téléphone et court.

Il klaxonne, freine, accélère, hurle par la fenêtre de sa voiture. Barrage de flics au croisement Didot-Moulin-Vert. Heckmann s'arrête au milieu de la rue, descend de son vieux coupé Mercedes et brandit sa carte au-dessus des têtes. Il court encore. Les Parisiens sont sur les trottoirs, des flics contiennent la foule. Des sirènes hurlent. Heckmann passe devant les palissades d'un chantier, des flics et des pompiers sont en train de descendre dans un grand trou où des pelleteuses ont arrêté de creuser. Heckmann entre dans l'immeuble au numéro 12. Les sirènes s'affaiblissent mais un cri continue dans sa tête. Il grimpe les étages, le cri est un hurlement, un chant de solitude. Dans le couloir, il court à bout de souffle, le cri est déchirant, plus fort que les voix qui disent « Faites gaffe ! Abattez-le ! » Des flics font cercle autour de quelque chose : autour du cri. Virgile les bouscule. Du sang sur le mur du couloir, une porte ouverte. Un chien assis devant la porte. Un bâtard, une bête à poils jaunes, qui chante la mort avec son cri de bête. Virgile essaie de respirer. Le chien hurle et grogne en gardant l'entrée de l'appartement. Un flic bat en retraite et sort son arme. Heckmann s'interpose. L'animal arrête de hurler et le regarde. Virgile tend la main vers lui. Le chien lui lèche les doigts. Le chien mordille sa manche et tire dessus. Virgile entre dans l'appartement et commence lui aussi à hurler.

***

Rapport préliminaire – fusillade du 12 rue du Moulin-Vert, Paris XIVe, mardi 23 octobre 2001.

Victimes : Brigadier Gilles Daniel, PN, DDN 09 / 13 / 59 (cf. dossier PN) – Maximilien Marty, ouvrier / enquêteur privé, DDN 3 mars 1973 (cf. casier PN-03657, dossier RG-99078 et affaire en cours : arrestation de C. Courrèges – dealer – homicide / cambriolage pharmacie Centre Commercial Bercy 2 – arrestation le 10 septembre 2001)
9 h 00 environ. Le brigadier Daniel est sur les lieux d'un homicide / cambriolage (Pharmacie du Moulin, 63 rue du Moulin-Vert-affaire en cours) pour enquête. Selon le témoignage de ses collègues (brigadier P. Léger, agents R. Debruyne et L. Chassin), Daniel parle avec le dénommé Maximilien Marty quelques minutes avant

les premiers coups de feu (Daniel et Marty se connaissaient, du temps où le dénommé Marty exerçait le métier d'enquêteur privé).
Après la conversation, M. Marty descend la rue du Moulin-Vert. Quelques minutes plus tard (environ 9 h 15), deux coups de feu alertent le brigadier Daniel et ses collègues. Ils lancent un appel à la Centrale et se dirigent vers l'origine des tirs. Arrivés à la hauteur du 14 rue du Moulin-Vert, ils voient un homme sortir du numéro 12 (suspecté d'être l'auteur des meurtres d'artistes, cf. rapports lieutenant Heckmann-affaire en cours – et du juge Martin, dossier FJ-h047). Le suspect (identité ultérieurement confirmée par le lieutenant Heckmann – Clément Turpin, DDN 23 décembre 1969, employé de la société Accor, principal suspect de la série des meurtres d'artistes – en fuite) s'échappe à travers un chantier de fondation (14 rue du Moulin-Vert). Le brigadier Daniel et l'agent Chassin le poursuivent. Le brigadier Léger et l'agent Debruyne pénètrent au 12 rue du Moulin-Vert.
Pendant la poursuite, le suspect, armé (arme de poing, rapport balistique en cours), ouvre le feu sur Daniel et Chassin. Le brigadier Daniel est touché au cœur et au poumon (décédé avant l'arrivée des secours), l'agent Chassin abandonne la poursuite.
Dix minutes plus tard, arrivée de toutes les équipes, secours et intervention, appelées aussi par le lieutenant Heckmann (cf. enregistrement CPN-0118), sur la piste du suspect et qui se rendait sur les lieux pour arrestation lorsque la fusillade a éclaté.
Aucun lien n'a encore été établi entre le suspect Clément Turpin (actuellement sous avis de recherche prioritaire) et Maximilien Marty, sinon que le lieutenant Heckmann a déclaré connaître personnellement M. Marty, mort dans l'appartement (blessure par balle à la tête) du suspect, M. Turpin.

Dans l'appartement du suspect ont été retrouvés des indices qui valident la culpabilité de Clément Turpin dans l'affaire des artistes (cf. dossier rogatoire Martin FJ-h047).
NB : suite au recoupement avec l'affaire Martin / Heckmann, le suspect Clément Turpin devient aussi le suspect principal du cambriolage / homicide de la pharmacie du Moulin, sise à dix numéros de son appartement, dans la même rue.

À faire suivre au substitut du procureur en charge, au commissaire divisionnaire G. Lecreux PJ de Paris, et au juge Martin Lieutenant M. Julien, PJ de Paris. Quai des Orfèvres, 23 octobre 2001.

25.

L'ascenseur vibre. D'autres corps avant lui ont laissé une odeur poisseuse, de laine et de métal mouillés, de tabac froid. Il y a aussi l'odeur alcoolisée d'un marqueur indélébile : *Difficile de partir quand personne n'attend votre retour*. Il y a un poète dans l'immeuble. Virgile n'est pas sûr de comprendre ce qu'il lit. Les griffes du chien crissent sur les portes. Sixième étage. L'animal court dans le couloir. Parfum de l'habitude, il croit que Max est là, à l'attendre. Le cœur de Virgile tabasse ses côtes, cassées dans sa dernière bagarre de bistrot. Les portes de l'ascenseur se referment derrière lui. Sa bouche est sèche. Le chien impatient aboie devant la porte de l'appartement.

De l'autre côté du mur, la vie a encore la solidité d'une évidence. Dans le couloir, c'est un autre monde. Le chien aboie. Virgile panique. Il recule d'un pas. Le chien n'arrête pas. Virgile recule encore d'un pas et la porte s'ouvre. Un sourire. Le chien se jette sur Hélène et lui fait la fête. Elle lui gratte la tête, tire sur ses oreilles. Hélène lève les yeux vers Max en souriant. Mais elle ne voit que le lieutenant Heckmann. Elle regarde derrière lui, cherche au fond du couloir. Le silence est déjà douloureux. Elle regarde à nouveau Virgile. Le lieutenant est très pâle, il a un mouvement de recul. Hélène sourit toujours mais ses yeux posent une étrange question. Ses yeux noirs s'enfoncent dans le bleu de ceux de Virgile. Hélène lui arrache une confession silencieuse. Elle baisse les yeux vers le chien qui traîne sa laisse. Elle fléchit, appuie son épaule au chambranle de la porte et, de ses mains, soutient son ventre énorme. Son sourire se change en grimace, sa grimace en cri. Virgile se précipite.

Quel rituel faut-il maintenant accomplir ? se demande-t-il en prenant Hélène dans ses bras.

Il l'allonge sur le canapé. Virgile n'ose pas la regarder. L'appartement est plein de couleurs.

Hélène lève les yeux sur lui. Elle est laide de douleur. Magnifique d'amour. L'espoir du silence est insupportable, le besoin de mots est plus fort.

– Dites quelque chose…

Elle le supplie.

– Dites quelque chose.

Virgile a honte de tenir encore debout.

– Aidez-moi ! Dites quelque chose !

Virgile tombe à genoux, il baisse la tête. Elle agrippe ses cheveux blonds, plante ses ongles dans son crâne et oblige Heckmann à la regarder.

– Est-ce que vous étiez avec lui ? Répondez ! Est-ce qu'il était seul ?

Virgile revoit le couloir de l'immeuble, imagine la porte qui s'ouvre. Il n'y a que Max, le tueur et le chien qui grogne. Max n'a pas le temps de parler. Il a le temps peut-être pour une pensée, rien qu'une. Il n'entend pas la détonation.

Max était seul.

Où était-il, lui ? Il courait après un nom, il courait trop lentement. Virgile suffoque.

– Je n'étais pas avec lui.

Le rituel commence, la mort est là. D'une main, Hélène caresse son ventre, de l'autre, elle laboure le crâne du messager. Les têtes tournent. La grande valse des images qui ne sont pas encore des souvenirs.

***

Virgile regarde Paris, blotti contre le fer de la grande antenne à rêves. La nuit est orange et froide, l'hiver ne fait qu'empirer. Il se souvient du froid d'une autre nuit. Virgile regarde Paris depuis le premier étage de la tour Eiffel. Des fenêtres s'allument et s'éteignent. Une image stupide, qui le fait pleurer. Le vent traverse sa veste aux couleurs de la Jamaïque.

La Seine glisse sur elle-même, brûle les crêtes de ses remous aux lumières des quais. Virgile essaie de ne penser à rien. Il accomplit son rituel. Sa colère explose, il lance son poing gelé contre le métal.

– Qu'est-ce que tu faisais là-bas, Max ?

Son cri se perd dans la nuit. Virgile pleure de rage, parce qu'il ne peut pas en vouloir à un mort. On ne peut plus rien vouloir à un mort. Il dégaine son arme, son métal est chaud de s'être reposé sous son bras. Virgile ne croit plus aux coïncidences. Il croit maintenant à une autre forme de pensée, qui nous accompagne partout et nous précède toujours. Une version imaginée de nous-mêmes, qui ne voyage pas, qui ne vieillit pas, quelque chose comme un destin.

– Est-ce que les balles sont plus rapides que les pensées, Max ?

Heckmann tire. Un éclair de feu dans la tour Eiffel. La balle siffle dans la nuit. *Et si elle tombe sur quelqu'un ?* La détonation lance le départ, une course contre la mémoire. Isabelle Enjalbal sur son lit d'hôpital, les enfants, des gouttes d'eau brillantes, Roland Parques, le fumé d'un vieux whisky, Laurent Osdez, un bouchon de champagne qui vole dans l'air, un froissement de jupe, Max, Hélène, un sourire, des larmes. La balle vole, droit dans l'air, rectiligne et arrogante. Un destin. Virgile voit maintenant celui qui manque encore. L'Autre. L'Autre est dans un petit coffre-fort du Calvados. La balle ralentit dans l'air de plus en plus épais. Virgile ouvre la boîte dans le petit coffre-fort, des flèches sont peintes sur le mur. La balle commence à flotter dans le vent de l'océan, qui la pousse vers l'est.

Dans la petite boîte, il y a deux tétons. Et si tout est lié, alors ce message est pour lui.

Une femme.

La balle renonce, elle plonge vers le sol.

Dans la petite boîte, il y a l'amour impossible et la honte des amants. Oui. Des flèches montrent là où il doit regarder. Regarde, pense-t-il, regarde la trajectoire de la balle. La balle tombe, verticale, elle perd son combat contre la gravité. Les chances sont minces qu'elle tombe sur un être humain et, estimant la distance, Virgile est certain que la petite bille de plomb a plongé dans l'eau de la Seine. Pourtant, puisque c'est lui qui a tiré, il est impossible que personne ne soit blessé. Telle est la logique de ces dernières semaines, que rien de ce qui a été dit ou fait n'a été sans conséquences. Et quand il imagine le bruit de la balle touchant la surface du fleuve, ce n'est pas ce bruit d'eau qu'il entend, c'est, à nouveau, ce léger bruissement d'une jupe.

Le tueur, Turpin, n'a plus nulle part où aller ; ni le refuge de Dumontant, ni son appartement. Il a eu peur. L'excitation va le conduire à tuer encore.

Le frottement d'un tissu, la peau soyeuse des jambes.

La femme.

Clément Turpin ne s'en est pas encore pris à une femme. Mais tout – depuis la découverte de la salle d'opération de Dumontant, avec les corps mutilés, la sensualité terrifiante de ses *œuvres* – dit désormais : sexe. Et saint Augustin. La honte des amants. Turpin qui surveillait ses mouvements, rue Saint Charles. Il a peut-être vu…

Julie Bordères.

Virgile a déjà commencé à redescendre de la tour Eiffel. Il ne pense pas au vide. Il court verticalement, vers le sol, puis entre les arbres du Champ-de-Mars. Sa vieille Mercedes démarre. Il traverse la Seine et s'enfonce dans le XVIe arrondissement. Il a retenu depuis longtemps l'adresse. Il voulait y aller, depuis les messages qu'il avait laissés. Pour revoir Julie. Il a trop tardé. L'Autre l'y aura précédé.

Rue de Chaillot, numéro 7, à deux cents mètres du musée d'Art moderne. Immeuble en pierre de taille, la rue et le quartier chics sont endormis, plus un chat à 22 heures. Virgile passe rapidement devant l'immeuble et se gare à bonne distance. Il revient à pied en arrière, frôlant les murs des numéros impairs. L'air est gelé et les pare-brise des voitures se couvrent de paillettes de givre. Passe PTT. La porte grince. Tapis rouge, rampe d'escalier cirée, odeur de vieilles femmes parfumées. Il sort son arme. Ses mains sont noires de la crasse de la tour Eiffel, la pollution de Paris s'est incrustée sous ses ongles. L'automatique suisse est léger, Virgile désengage la sécurité et lui vient l'image, avec ses doigts sales, d'un mécanicien tenant un outil. Boîte aux lettres, le nom ; Bordères, appartement 6. Le lieutenant Heckmann monte les escaliers en silence. Deuxième étage. Numéro 6. Il braque la porte comme si elle allait s'ouvrir, d'un seul coup, sur le canon d'un Manurhin. Il écoute. Aucun bruit. Il attend. Il regarde la porte. De ce côté du monde, tout va encore bien. Pas de frisson magique ou prémonitoire. Comment entre-t-on en enfer, quand on n'a pas les clés ? Virgile se décide pour la sonnette.

Tu as le temps de penser. Tu es plus rapide que les balles, tu as un destin, lieutenant Heckmann. Il sonne. Rien.

Il tire sur la serrure, deux fois. Le bois et le métal éclatent.

Bouge vite. Tu as le temps de penser.

Virgile lance un coup de pied dans la porte, le canon du Sig fouille le couloir. Les lumières sont allumées. Il avance à petits pas rapides. Première porte à gauche, il se baisse. Son envie de tuer, prolongée par le métal de l'automatique, explore en une seconde tous les recoins d'une petite cuisine. Il se redresse et avance. À droite, une porte fermée. Il met la main sur la poignée, l'automatique et ses yeux règnent sur le couloir. Il pousse la porte du pied et braque. Salle de bains, son reflet dans le miroir. Il a le temps de se reconnaître et n'ouvre pas le feu. Couloir, petits pas. Salon. Des gémissements. Il n'écoute pas et reste concentré. De droite à gauche, il balaie l'espace, Les balles du chargeur sont comme dix yeux. Petits pas. Aux murs, des collages de Philibert Charrin. Julie Bordères est attachée à une chaise. Elle est nue, bâillonnée avec un bas. Ses yeux sont hallucinés, sa tête balance : complètement défoncée, le cocktail de l'enfer. Du sang coule sur son ventre, le téton de son sein gauche est à moitié tranché, il pend. Ses genoux, entravés à la chaise et écartés, ouvrent son sexe rose. Des petites écorchures de la peau tout autour, à ses pieds un rasoir trempe dans un verre d'eau. Son pubis est imberbe, la peau plus blanche sous les poils que Turpin vient de raser. À côté, un sac de voyage noir, ouvert. Des outils, des bidons, des gants en plastique. Du matériel de torture et de nettoyage. Il regarde Julie. Elle plane, son cerveau noyé par la chimie des médicaments confond douleur et plaisir. Elle s'agite de plus en plus. Et enfin, à cet instant, le frisson. Heckmann pivote sur lui-même, et tire. Au bout du couloir la porte d'entrée est ouverte, debout derrière son arme, un homme blond fait feu en même temps que Heckmann. Les deux balles se croisent. L'homme est projeté sur le palier. Heckmann est propulsé dans le salon. Un coup dans la poitrine. La balle a percuté ses côtes déjà brisées, elle a ricoché sur les os et sifflé dans l'appartement, allant se nicher dans un mur. Le temps de se redresser, Virgile braque le couloir et tire trois fois au jugé. Fumée, cordite brûlée. Il n'y a personne sur le palier. Les balles ont fissuré le plâtre du mur d'en face. Il entend des cris dans la cage d'escalier. Il hurle :

– CLÉMENT TURPIN !

Quand il se relève, la douleur paralyse ses muscles respiratoires. Par le nez, le plus lentement possible, il regonfle sa cage thoracique, repousse les côtes brisées qui craquent, refait de la place pour l'air et part en courant, dévale les marches. Des vieux en peignoir sortent la tête de leur terrier. La porte de l'immeuble est en train de se refermer. Il l'ouvre. Détonation. Des éclats de pierre lui explosent au visage. Il dérape sur le trottoir et tombe, pousse un cri de rage et de douleur. Il se redresse. Turpin court sous les lampadaires jaunes, vers l'avenue Wilson. Heckmann repart sur ses talons, il tire en courant. Un pare-brise feuilleté explose et le verre fait un petit bruit de cascade. Turpin traverse la place de Tokyo. Devant la grande porte entrouverte du musée d'Art moderne, deux gardiens fument une cigarette. Clément Turpin tire sur eux. Il les manque. Les gardiens se jettent au sol. Turpin entre dans le musée. Heckmann hurle.

– Police ! Arrêtez !

Turpin se retourne, il tire encore et Virgile se met à couvert derrière une voiture. Une balle se fiche dans la carrosserie.

Turpin a collé son arme dans le dos d'un gardien et lui fait ouvrir la grande porte du musée, il s'engouffre à l'intérieur. Le voyant entrer dans le bâtiment, Virgile sait qu'il le tient. C'est un réflexe de fuite, de vouloir se cacher dans un trou, de s'enfermer soi-même. Ou bien Turpin ne fuit pas. Il va au musée. Il a laissé ouvert derrière lui. Les gardiens sont terrifiés, Heckmann crie en courant vers eux :

– Lieutenant de police Heckmann ! Appelez des renforts. Suspect armé et dangereux !

Il ne s'arrête pas et s'engouffre à l'intérieur.

Les pas de *l'Artiste* résonnent dans la pénombre des grandes salles vides. Seules les œuvres sont éclairées par de petites lumières individuelles et au-dessus des portes rayonnent doucement les plastiques blancs et verts des éclairages de sécurité. Heckmann poursuit l'écho. Le bruit de ses pas couvre celui de l'autre. Il s'arrête, s'oriente, court, trébuche sur un banc et s'écroule. Il tombe sur le flanc, ses côtes s'enfoncent dans son poumon et il perd connaissance une fraction de seconde, son arme lui échappe des mains. Le Sig glisse sur le parquet. Heckmann écoute. Silence. Il cherche à quatre pattes. Sur le mur au-dessus de lui, des corps rouges et nus dansent en cercle, une danse joyeuse. Heckmann trouve son arme. Il repart. Il explore, scrute l'obscurité, des tableaux défilent. Virgile se calme, il marche doucement. Il entend un souffle rauque, des râles sifflants. Il les suit.

Clément Turpin est assis par terre, appuyé à une immense fresque en arc de cercle. Virgile reconnaît *La Fée Électricité*, l'ode au progrès peinte par Dufy, commande d'une Exposition internationale et, en 1937, le plus grand tableau du monde. Clément est assis au centre de la fresque, sous la centrale électrique de Vitry-sur-Seine. Sur la toile, l'usine toute moderne est bleue ; dans quelques années, elle sera noire de crasse. La centrale, diamant de la modernité, irradie, brille de mille feux et célèbre le génie des hommes.

Le sang de Clément Turpin coule de son ventre et se répand sur le sol ; il tient son arme à deux mains, entre ses cuisses. Tout autour de lui, le Paris de Dufy est en fête. Les lampadaires éclairent, les flonflons et les orchestres font danser la foule, le peuple et les savants regardent vers l'horizon de l'avenir, des trains foncent dans la lumière. L'électricité brûle, de l'énergie sans fin. Une promesse faite au peuple : plus jamais de rues sombres, plus de misère, plus de guerres.

La centrale de Vitry a été rasée, il ne reste plus là-bas qu'une grande porte en acier, fermée, face à la Seine, et derrière la porte un terrain en friche.

Virgile avance vers la grande centrale illuminée. Il s'arrête à quelques mètres, quand il voit enfin son visage.

Turpin n'est personne ; ce qu'il est ne se voit pas. Le tableau autour de lui, plein de visages et d'éléments, de couleurs expressives, ces mètres carrés de toile et de peinture en disent plus long que ce vrai visage, vivant, souffrant, pâle et perlé de transpiration. Ils ne se ressemblent pas ; pas de cette façon. Qu'y a-t-il à comprendre de plus ? Clément Turpin lève lentement son arme, il la colle sur sa tempe. Heckmann le regarde faire. Clément parle, sa voix est pointue, rayée, une voix d'enfant qui mue.

– J'ai joui sans l'aide répugnante des sens, lieutenant. Sans sexe, sans organes, j'ai joui de moi-même. Mes œuvres resteront, vous n'y pouvez plus rien.

Turpin se pisse dessus, l'urine et le sang se mélangent. Il se vide. Virgile a envie de silence. Clément Turpin pousse le canon de son arme contre sa tempe et appuie sur la détente. Le chien du Manurhin percute à vide. Heckmann sourit, il regarde son arme. Il n'a pas compté le nombre de balles qu'il a tirées. Il ne sait pas combien il lui en reste. Sa poitrine lui fait mal, il bouge la tête, s'étire prudemment et regarde au-dessus de lui. Le toit du musée est une grande verrière, il voit à travers la nappe orange de la nuit parisienne, engorgée par les lumières de la ville. Il estime la distance qui sépare le musée d'Art moderne de la tour Eiffel. Un kilomètre, peut-être moins. Avec l'aide du vent, peut-être que la balle de son Sig, tirée depuis la tour, aurait pu arriver jusqu'ici, retomber sur le verre cathédrale de ce plafond ? L'image lui plaît, il la range dans l'autre sac, le grand sac de rire, que l'on trouve toujours à côté du grand sac noir. Le sien est presque vide, depuis combien de temps le néglige-t-il ? Il y met l'image d'une vitre émaillée par la chute d'une balle, la constellation de la balle perdue, dans le ciel orangé de la capitale, au-dessus de *la Fée électricité* et toutes ses couleurs.

Il regarde Turpin qui s'appuie au tableau pour se relever. Une alarme se déclenche. *L'Artiste* laisse sur la toile les empreintes d'une main ensanglanté, sur les flonflons d'un bal et un groupe de danseurs. Sa dernière contribution à l'œuvre d'un autre.

Encore un peu de bruit, se dit Virgile, ensuite le silence. L'alarme leur blesse les oreilles. Turpin, adossé au tableau de Dufy, pour l'honneur, braque son arme vide sur le flic. Virgile appuie sur sa détente et, pendant un quart de seconde où il ne sait pas si le coup va partir, il se demande comment, le cas échéant, il tuera Turpin avec ses mains, ici dans ce musée, au milieu d'autres sculptures ?

Mais le coup part. Alors il appuie encore, il lui restait une autre balle. Il réessaie. Une troisième balle. Et encore une. Puis une dernière. Cinq en tout, tirées en baissant doucement le bras, en suivant le mouvement de Turpin tombant lentement. La tête de Clément Turpin s'est transformée en papillon, ouverte, éclaboussant la *Fée* d'une poussière écarlate. Un papillon, ou une grosse fleur, écarlate et pulpeuse. Orchidectomie, la chirurgie des fleurs.

L'alarme continue de résonner, mais après les détonations, pendant quelques secondes, il semble à Virgile que le silence est revenu.

***

Laurent Osdez, rouge, jaune, vert, soutient Hélène qui essaie de regarder loin devant elle. Virgile Heckmann marche à leurs côtés, et à son bras un vieil homme un peu ahuri sous la lumière du ciel. Il s'est soudain mis à faire beau et depuis quelques jours les Parisiens ont repris possession de leur ville. Le chien renifle, court d'un point à un autre en traînant sa laisse. Les quatre personnages et la bête descendent la petite rue du Repos, qui mène du cimetière du Père Lachaise au boulevard de Ménilmontant.

Le costume noir de Roland Parques sent le moisi et tombe sur lui droit comme un rideau. Virgile est impeccable dans son costume, le bras en écharpe sous le duffel-coat. Laurent a les yeux brûlés par les larmes. Le ventre d'Hélène, qui semble la porter plutôt que l'inverse, est le centre de cet alignement dépareillé d'êtres tristes. Le vieux faiseur d'anges, un cigare éteint dans la bouche, y jette des coups d'œil en souriant.

Hélène regarde le vieux Roland qui dévore son ventre des yeux.

– Vous faites aussi les accouchements, Docteur ?

Virgile, surpris, observe Hélène, puis le vieux Parques tout tremblant. Laurent rigole, et Roland sourit lui aussi.

– Les accouchements, c'est comme le vélo.

***

La société Accor, pour remplacer celui des trois qui est mort, a embauché un nouveau responsable de qualité pour le Grand Paris ; on dit de lui le plus grand bien.

La femme du chirurgien Alexis Dumontant, après la fin de l'enquête et la vente de la maison du Mont-Saint-Léger, a demandé à divorcer et, à titre posthume, a obtenu gain de cause.

Julie Bordères a quitté son appartement de la rue Chaillot. Après avoir revendu ses toiles de Philibert Charrin, qu'elle avait eu la bonne idée de demander en salaire, elle aurait ouvert une galerie dans une ville de province.

Isabelle Enjalbal n'a jamais récupéré de ses blessures, elle vit, dans un état neurologique végétatif, une vie de pleine santé ; sa fille retourne maintenant à l'école, en fauteuil roulant.

Christophe Courrèges purge une peine de seize ans d'emprisonnement.

La société AcroJob est toujours en activité, Laurent Osdez mène seul la barque ; sa femme a accouché d'un troisième enfant, un petit garçon turbulent qu'il a appelé Gustave, en souvenir de monsieur Eiffel. Les week-ends de soleil, avec femme et enfants, la famille Osdez se rend à Fontainebleau. Laurent apprend l'escalade aux petits.

Personne n'a de nouvelles du vieux pompier.

Personne n'a de nouvelles du docteur Morel.

Le commissaire divisionnaire Lecreux est entré au cabinet du ministère de l'Intérieur en 2002. Il dîne souvent avec le juge Martin. Ils ont tous deux tiré le meilleur profit de l'affaire de *l'Artiste*. Le ministère de l'Intérieur, après les attentats de New York et l'agitation dans les banlieues, a pris un virage sécuritaire soutenu par l'ensemble de la société politique et civile.

Boris Georgelin s'est remis de sa dépression nerveuse bien qu'il fasse toujours des rêves arc-en-ciel accompagnés de musique stridente. Il ne travaille plus pour la police nationale et a mis à profit ses connaissance en chimie pour se spécialiser dans la vinification. Après un été bien ensoleillé, les vendanges 2004 devraient être bonnes ; le Château Maximilien est un vin rouge d'Alsace plein de promesses. Georgelin aime certainement marcher dans les vignes, quand le soleil tiède de septembre traverse le vert des feuilles. Le chien qui l'accompagne et court après les oiseaux ne le dérange pas. Le chien galope et revient sans cesse vers une petite fille qui explore elle aussi les vignes, le cul à l'air. Le chien lui lèche le visage, pour vérifier que la petite est bien là, et repart en courant.

Roland Parques est mort un an après avoir aidé à mettre la petite Gabrielle au monde. Ils étaient tous à sa crémation, il y avait des fleurs fraîches et il faisait beau. Le pavillon de la rue des Bleuets a été rasé.

Hélène regarde Gabrielle grandir, elle pleure de moins en moins souvent et s'est mise à écrire. Elle s'est attelée à un roman. Paris ne lui manque pas. Elle aime la grande maison sur le flanc de la colline des vignes. La petite et elle se partagent un étage, au-dessus de celui de Virgile.

Virgile Heckmann passe peu de temps dans la maison. Il a un grand atelier, aménagé dans une grange de la propriété dont les murs ont été percés de larges baies vitrées. Virgile sculpte d'énormes pièces de bois, des troncs d'arbres écorcés qu'il va choisir dans les forêts. Hélène a dessiné l'une de ses sculptures pour en faire l'étiquette du Château Maximilien.

D'un côté des troncs, avec des ciseaux fins et des maillets, Virgile sculpte des villes imaginaires, pleines de détails, des groupes de maisons et d'immeubles, dont il va jusqu'à graver des fenêtres. De l'autre côté de ces piliers noueux, un jour sur deux, il sculpte des visages à grands coups de hache ; des visages brutaux, de bois éclaté et couverts d'échardes, visages de dieux anciens et hurlants, des personnages de mythologie souterraine. Virgile fait toujours des rêves arc-en-ciel. Quand ses bras ne peuvent plus tenir la hache, il s'assoit pour regarder les vignes à travers les baies, il fume des cigarettes et boit du vin, regarde Gabrielle appeler le chien, et Hélène, qui lui fait parfois des signes depuis la fenêtre de son bureau.

Après deux ans sous le toit de la grande maison, achetée avec sa part de l'argent des entreprises Heckmann, c'est elle qui l'avait la première invité à monter.

Ils ne se pressent pas. L'amour fait encore trop pleurer Hélène.

Virgile ne veut pas prendre la place de Max, il ne veut pas encore remplir le vide laissé par son ami. Tous les deux ont encore besoin de l'entretenir.

La tableau du manège est accroché sur un mur de l'atelier de Virgile. Il est couvert de poussière de bois, qui s'accroche aux reliefs des coups de pinceau, partout sauf sur le ciel bleu, à la patine plus lisse, et dont la couleur, au milieu des autres, reste vive.

Les chiens ne voient pas les couleurs, bien que ça se remarque à peine.

RÉALISATION : NORD COMPO À VILLENEUVE-D'ASCQ
IMPRESSION : CPI FRANCE
DÉPÔT LÉGAL : OCTOBRE 2020. N° 139371 (3040523)
IMPRIMÉ EN FRANCE